« Ceux qui aiment les histoires d'enquêtes sobres et classiques devraient prendre plaisir à découvrir cette série, de facture facile et agréable. »

***Le Devoir***

« Avec *La Nuit de toutes les chances*, Eric Wright, qui a à son actif quatre prix Arthur-Ellis, signe un roman percutant et solide. »

***Le Soleil***

« Lire Eric Wright, c'est savourer le roman policier d'époque et de style classiques. »

***Nuit blanche***

« Voilà un petit roman bien fait sous tous les angles et qui n'a pas la prétention de vouloir nous glacer le sang ou encore de nous faire frissonner de terreur. »

***Alibis***

« Ce roman policier déroule une intrigue classique, solide, allégée d'humour... mais c'est surtout la personnalité attachante de Charlie Salter qui retient l'intérêt. Ses tourments, doutes et tentations donnent envie de le suivre dans ses prochaines aventures. »

***Amazon.ca***

« Une série qui promet ! »
***Le Libraire***

« Ce deuxième opus [*Une odeur de fumée*] vient hors de tout doute confirmer l'optimisme que j'avais manifesté à la lecture du premier tome. »
***Alibis***

« L'énigme est bien troussée mais ce qui rend le roman [*Une mort en Angleterre*] si divertissant, ce sont surtout les petits à-côtés : des personnages savoureux [...] et d'amusantes observations touristiques et sociologiques sur l'Angleterre. »
***Amazon.ca***

« Dans son quatrième roman [*Mort d'une femme seule*], Eric Wright se montre sous son meilleur jour : il dose savamment l'intrigue policière, la profondeur des personnages et leurs motivations d'une manière extrêmement plausible, dans un style clair et sans fioriture. »
***Boston Sunday Globe***

« L'œil vif et l'esprit allumé, Wright propose non seulement une solide enquête, mais aussi un portrait coloré de la plus petite province canadienne. *Morts sur l'Île-du-Prince-Édouard* a tout ce qu'il faut pour divertir, avec des personnages riches et une intrigue qui offre quelques revirements remarquables. »
***Winnipeg Free Press***

# La Dernière Main

## Du même auteur

*Série* Charlie Salter

1. *The Night the Gods Smiled*, HarperCollins, 1983.
   *La Nuit de toutes les chances*. Roman.
   Lévis : Alire, Romans 074, 2004.
2. *Smoke Detector*, HarperCollins, 1984.
   *Une odeur de fumée*. Roman.
   Lévis : Alire, Romans 079, 2004.
3. *Death in the Old Country*, HarperCollins, 1985.
   *Une mort en Angleterre*. Roman.
   Lévis : Alire, Romans 083, 2005.
4. *A Single Death*, HarperCollins, 1986.
   *Mort d'une femme seule*. Roman.
   Lévis : Alire, Romans 088, 2005.
5. *A Body Surrounded by Water*, HarperCollins, 1987.
   *Morts sur l'Île-du-Prince-Édouard*. Roman.
   Lévis : Alire, Romans 093, 2006.
6. *A Question of Murder*, HarperCollins, 1988.
   *Une affaire explosive*. Roman.
   Lévis : Alire, Romans 098, 2006.
7. *A Sensitive Case*, Doubleday, 1990.
   *Une affaire délicate*. Roman.
   Lévis : Alire, Romans 105, 2007.
8. *Final Cut*, Doubleday, 1991.
   *Mort au générique*. Roman.
   Lévis : Alire, Romans 111, 2008.
9. *A Fine Italian Hand*, Doubleday, 1992.
   *Mort à l'italienne*. Roman.
   Lévis : Alire, Romans 120, 2008.
10. *Death By Degrees*, Doubleday, 1993.
    *Une mort collégiale*. Roman.
    Lévis : Alire, Romans 121, 2009.
11. *The Last Hand*, Dundurn Press, 2001.
    *La Dernière Main*. Roman.
    Lévis : Alire, Romans 132, 2010.

# La Dernière Main

Eric Wright

traduit de l'anglais
par
Isabelle Collombat

ALIRE

Illustration de couverture : LAURINE SPEHNER
Photographie : ERIC WRIGHT

Distributeurs exclusifs :

Canada et États-Unis :
**Messageries ADP**
2315, rue de la Province
Longueuil (Québec) Canada
J4G 1G4
Téléphone : 450-640-1237
Télécopieur : 450-674-6237

France et autres pays :
**Interforum editis**
Immeuble Paryseine, 3, Allée de la Seine,
94854 Ivry Cedex
Tél. : 33 (0) 4 49 59 11 56/91
Télécopieur : 33 (0) 1 49 59 11 33
Service commande France Métropolitaine
Tél. : 33 (0) 2 38 32 71 00
Télécopieur : 33 (0) 2 38 32 71 28
Service commandes Export-DOM-TOM
Télécopieur : 33 (0) 2 38 32 78 86
Internet : www.interforum.fr
Courriel : cdes-export@interforum.fr

Suisse :
**Interforum editis Suisse**
Case postale 69 – CH 1701 Fribourg – Suisse
Téléphone : 41 (0) 26 460 80 60
Télécopieur : 41 (0) 26 460 80 68
Internet : www.interforumsuisse.ch
Courriel : office@interforumsuisse.ch
Distributeur : OLS S.A.
ZI. 3, Corminboeuf
Case postale 1061 – CH 1701 Fribourg – Suisse
Commandes :
Tél. : 41 (0) 26 467 53 33
Télécopieur : 41 (0) 26 467 55 66
Internet : www.olf.ch
Courriel : information@olf.ch

Belgique et Luxembourg :
**Interforum editis Benelux S.A.**
Boulevard de l'Europe 117, B-1301 Wavre – Belgique
Tél. : 32 (0) 10 42 03 20
Télécopieur : 32 (0) 10 41 20 24
Internet : www.interforum.be
Courriel : info@interforum.be

Pour toute information supplémentaire
**LES ÉDITIONS ALIRE INC.**
C. P. 67, Succ. B, Québec (Qc) Canada G1K 7A1
Tél. : 418-835-4441 Fax : 418-838-4443
Courriel : info@alire.com Internet : www.alire.com

Les Éditions Alire inc. bénéficient des programmes d'aide à l'édition de la Société de développement des entreprises culturelles du Québec (SODEC), du Conseil des Arts du Canada (CAC) et reconnaissent l'aide financière du gouvernement du Canada par l'entremise du Programme d'aide au développement de l'industrie de l'édition (PADIÉ) pour leurs activités d'édition.

Gouvernement du Québec – Programme de crédit d'impôt pour l'édition de livres – Gestion Sodec.



Dépôt légal : 1er trimestre 2010
Bibliothèque nationale du Québec
Bibliothèque nationale du Canada



10 9 8 7 6 5 4 3 2e MILLE

*Pour Liz et Terry Byram*

# CHAPITRE 1

S'apprêtant à débarquer, Salter tendit la main pour attraper le ponton comme le canot s'en approchait. Dans l'autre main, il tenait le sac contenant ses affaires de la fin de semaine et deux cannes à pêche. Il attendit que son fils Seth agrippât lui aussi l'embarcadère pour lâcher prise et se lever bien droit. La manière dont on se relève avant de débarquer est aussi cruciale dans un canot en aluminium que dans un canoë : dans les deux cas, il faut éviter de se pencher en avant et de repousser l'embarcation au moment où l'on pose le premier pied sur le ponton. Salter le savait pertinemment, mais l'embarcadère avait été reconstruit depuis l'année précédente ; il était désormais un peu plus haut que dans son souvenir, aussi lui fallut-il un peu plus de temps avant de poser le pied sur le ponton. Il dut inévitablement fournir un effort supplémentaire pour achever sa manœuvre avant que la barque ne s'éloignât – effort qui le conduisit à exercer sur celle-ci une poussée verticale qui l'enfonça dans l'eau, de sorte que lorsque Salter leva la deuxième jambe, le canot se souleva plus haut que prévu avant que Salter n'eût le temps de poser le pied sur le ponton que ledit pied accrochait ledit ponton. Salter se retrouva le visage écrasé contre le ponton, se tordit le poignet, sa main ayant refusé de lâcher son sac et ses cannes à pêche, se cogna violemment les genoux et la hanche et s'écorcha la joue.

— Hé, papa, doucement ! dit Seth, comme si Salter était tombé en essayant de faire le poirier en dépit de son âge.

Salter resta allongé pendant un moment sur le ponton. Il leva finalement la tête, proféra un « Merde ! » et adressa à son fils une grimace comique visant à lui signifier qu'il se sentait blessé davantage moralement que physiquement. Il se mit à genoux.

— Ce putain de ponton a été surélevé, protesta-t-il sur une parodie de ton sérieux indiquant qu'il ne fallait pas exagérer l'importance de sa chute.

— J'imagine, répliqua Seth qui, n'ayant pas saisi que son père plaisantait, fut légèrement choqué par la grossièreté de ce dernier. Sois prudent en remontant sur le quai : le niveau de la rivière a baissé et la rampe est plutôt raide.

— Je vais y aller à quatre pattes, ne t'en fais pas, rétorqua Salter.

Cette réplique était elle aussi censée être une plaisanterie, mais Salter ne put masquer l'irritation inconsciente qui affleurait dans son ton, aussi Seth se braqua-t-il légèrement. Salter s'efforça donc de détendre l'atmosphère :

— Je pourrais aussi attendre le printemps prochain, quand le niveau de l'eau remontera, reprit-il, tout sourire.

À ce moment-là, une vague fit légèrement tanguer le ponton : Salter tituba un tantinet, sans tomber toutefois. Avant qu'il n'eût le temps de l'en empêcher, Seth l'agrippa pour l'aider à reprendre l'équilibre. Salter tenta une dernière plaisanterie :

— Ne dis rien à ta mère, le supplia-t-il. Je lui ai promis d'arrêter de boire après la fois où j'ai foutu le feu à la grange.

Seth rit poliment et entreprit de décharger le canot. Salter posa son sac sur la glacière, saisit les poignées de cette dernière, la souleva et monta la rampe en direction du stationnement de la marina. Lorsqu'il essaya d'ouvrir la porte latérale coulissante de son auto, il se rendit compte qu'il s'était foulé le poignet.

◆

Salter n'émit aucune objection lorsque Seth s'assit au volant. Tout en léchant les écorchures qu'il s'était faites sur les jointures des doigts, il repensait à l'incident et au contexte dans lequel celui-ci s'inscrivait – et dans lequel s'intégraient d'autres événements récents. Sa réflexion lui permit de prendre conscience de certains faits.

Il lui arrivait de trébucher, comme à tout le monde. En soi, cela ne le dérangeait pas ; ce qui le chicotait, en revanche, c'était la lenteur de ses réflexes, à cause de laquelle il avait de moins en moins le temps de faire le nécessaire pour amortir sa chute. Il avait songé à tout cela au chalet, aussi. Une fois par an, Salter allait à la pêche, utilisant à cette fin un chalet situé à deux cent vingt kilomètres au nord de Toronto : cette périodicité lui donnait une bonne indication de la vitesse à laquelle il déclinait d'année en année. Mais cette fois-ci, les changements étaient plus nombreux. Il y avait eu l'épisode du rocher, par exemple. Pour rejoindre le chalet depuis la rive, il fallait escalader, sur une dizaine de mètres, un rocher incliné qui, l'hiver, disparaissait sous la glace, de sorte qu'il était recouvert d'une fine couche de mousse noire. Lorsqu'il était séché par le soleil, sa surface était aussi adhérente qu'un terrain de tennis bien entretenu, mais dès qu'il était mouillé, il devenait aussi glissant qu'une mare d'huile. Dans ces circonstances, même Seth le franchissait lentement : il avançait alors prudemment, prenant appui sur les rares petits coins exempts de mousse et repérant les endroits moussus où il pourrait poser le pied délicatement avant de pouvoir atteindre un autre recoin sec. Autrefois, Salter était capable de franchir l'obstacle, mais cette année, toutes ses tentatives s'étaient soldées par un échec :

chaque fois qu'il avait tenté de se mettre debout, son pied glissait, et il avait été obligé de se cramponner à la main de Seth plusieurs fois afin d'éviter de se retrouver dans la rivière. Il avait fini par se résoudre à prendre un autre chemin : il s'était donc rendu au chalet en longeant la rive, sur la plage, jusqu'à un sentier qui traversait les broussailles, puis avait emprunté les quelques marches taillées dans la roche qui auraient permis à une grand-mère de monter jusqu'au chalet. Ç'avait été exactement comme d'aller aux toilettes pour dames. Quant au chemin qui conduisait aux toilettes extérieures, qu'il avait autrefois admiré pour la façon dont le propriétaire du chalet, un collègue des Homicides, avait dompté la nature en traçant un sentier qui passait sur des racines et contournait des rochers sans le revêtir de béton, il lui apparaissait désormais comme un champ de mines, un parcours du combattant d'une cinquantaine de mètres qui semblait des plus aptes à provoquer des fractures de la cheville dans l'obscurité.

Alors comme ça, il avait perdu son agilité d'antan. Tandis qu'ils roulaient en direction de la friterie mobile de Pointe au Baril, Salter fut tenté de ne plus accorder la moindre importance à ces vétilles, mais lorsqu'il ouvrit la porte et sortit de l'auto d'un bond, ses jambes refusèrent de le porter. Des courbatures ? Après cinquante kilomètres de route ? En à peine une demi-heure ?

— C'est pas grave, papa, voulut le rassurer Seth, qui se dégageait de derrière le volant en se tortillant comme un danseur de limbo.

Une fois dehors, le jeune homme fit un geste en direction de la baraque à frites :

— Je vais aller les chercher. Une petite ou une grande portion ? Tu veux du sel et du vinaigre ?

Salter achevait tout juste de se relever. Non, il n'était pas décrépit. Juste contusionné, sans nul doute. Il n'y paraîtrait plus le lendemain.

— Tu veux du café ? demanda-t-il à son fils.

— Je peux m'en charger.

— Il n'y a pas de café à la friterie. Il faut aller à la station-service. Je vais aller nous en chercher. Tu le prends avec de la crème et deux sucres, c'est bien ça ?

— Ouais, c'est ça, mais tu sais, je peux y aller après…

— Pas de problème, fiston.

Salter estimait que ses jambes étaient indemnes et désormais assez fiables. C'est donc d'un pas presque assuré qu'il se dirigea vers la station-service pour aller chercher les cafés.

◆

Les deux hommes s'installèrent à la table de pique-nique pour manger leurs frites, puis ils mirent un couvercle sur le reste de leur café afin de pouvoir le boire en route. Lorsqu'ils furent de retour dans l'auto, Salter proposa à son fils :

— Donne-moi ton café pendant que tu finis de t'installer.

Sans répondre, Seth tira un petit plateau qui se trouvait sous le cendrier : deux porte-gobelets apparurent.

— Tu vois ? dit-il.

— Ah oui, tiens. Je ne l'utilise jamais, en fait.

— Ça fait combien de temps que tu as cette auto, déjà ? Trois ans ?

— À peu près.

— Et tu n'as jamais utilisé ces porte-gobelets ?

— J'ai oublié que j'en avais.

Désormais, il ne s'agissait plus simplement d'une perte d'agilité mais d'un début de sénilité, rien de moins.

Salter termina son café et entreprit de chercher des preuves contradictoires, des signes qui lui indiqueraient que tout n'était pas perdu. Il n'avait que soixante ans, quand même ! Et il jouait toujours au squash, non ? En outre, il battait généralement la bande de vieux semi-retraités avec lesquels il jouait – des comptables et des avocats pour la plupart, des hommes quelconques, et même des ratés, selon les normes des requins de leurs professions, car dans le cas contraire, ils ne fréquenteraient pas le même club que Salter, mais l'un de ces grands clubs dans lesquels il est bien vu d'emmener les clients qui viennent de l'extérieur. Oui, des pères de famille heureux et prompts à l'autodénigrement, qui vivaient à Leaside ou près d'Old Mill et s'écriaient « Bon sang ! » lorsque leurs adversaires faisaient un beau coup. Quant à Salter, il était encore capable de bondir, de courir et de plonger pour aller chercher la balle ; son corps répondait comme quand il avait cinquante ans et n'éprouvait nullement le besoin de récupérer – pendant trente minutes, cela dit, ce qui correspondait à la durée normale pour les représentants de son groupe d'âge, soit trois manches.

Et puis, deux ans auparavant, il s'était trouvé en pleine tragédie, en l'une des rares occasions où il avait pourtant agi avec prudence. Pendant une visite de routine chez l'optométriste, il s'était vanté auprès d'elle de jouer encore au squash sans lunettes. La professionnelle avait paru horrifiée : elle l'avait alors mis en garde contre le risque de se retrouver avec un œil éclaté à cause d'une balle reçue directement dans l'orbite, sans compter les blessures potentiellement causées par la raquette d'un adversaire. Salter s'était alors résigné à acheter des lunettes de protection – ses partenaires en portaient depuis des années déjà – que, moyennant une coquette somme, il avait fait équiper de verres à sa vue. La première fois qu'il les avait mises, il s'était retrouvé dans un univers déstabilisant, un peu comme s'il avait été sous l'effet d'une drogue euphorisante. Sa perception des distances était faussée ; à cela se combinait la gêne que lui causait la monture, de sorte qu'il reculait trop vite et trop loin lorsqu'il se préparait à smasher, et son épaule heurtait de plein fouet le mur du fond, qui était bien plus près qu'il ne l'avait cru. Le premier soir, il avait eu la moitié du corps ornée d'un bleu qui virait au rose au milieu du torse, là où les chairs étaient moins fermes. Diagnostic : blessure de la coiffe des rotateurs. Un mois plus tard, son torse avait repris sa couleur normale et Salter avait pu reprendre le squash ; malgré quelques craquements nouveaux dans les articulations et l'impression que les petits os de son épaule s'étaient transformés en billes de verre, son jeu était demeuré inchangé. Après avoir troqué ses lunettes à trois cents dollars contre une paire à six dollars qui ne gênait pas sa vision périphérique, il avait retrouvé à peu près son niveau initial – ce qui fut un grand soulagement, parce que le squash était le dernier dérivatif qui lui permettait d'oublier complètement le monde extérieur pendant deux fois trente minutes chaque semaine.

Quand il se regardait dans le miroir sans ses lunettes de lecture, il se trouvait encore plutôt pas mal ; il était même capable d'occulter le fait que les collégiennes bien élevées, surtout les Noires, lui offraient maintenant à l'occasion leur place dans le métro. Bien sûr, il se disait que pour ces jeunettes, on est gâteux dès qu'on a plus de trente ans, de toute façon. Il lui était plus difficile de digérer le fait que dernièrement, à plusieurs reprises, on lui avait offert des rabais pour les aînés chez le teinturier et au cinéma. Là encore, ces offres émanaient d'Antillaises, et il supposait qu'aux yeux de jeunes Noires, tous les hommes blancs dans la fleur de l'âge avaient l'air vieux.

Salter essaya de se dire qu'il était stupide de paniquer ainsi. Il ressentait certes les effets de l'âge, mais il n'était pas près de rejoindre la grande majorité de ceux qui recherchaient la jouvence éternelle dans le Viagra, les implants capillaires et les bancs de musculation. *Accepte ce qui est naturel dans le vieillissement*, se disait-il, *et tâche d'oublier le reste. Bien sûr, concentre-toi un peu plus quand tu débarques d'un canot ou soulèves des roches. Mais ne t'inquiète surtout pas si tu oublies quel film tu es allé voir la veille. Pas seulement le titre, mais aussi toute l'intrigue et même le genre :*

*film de guerre ? comédie musicale ? film d'auteur ? Ah ! Fait chier !*

Au cours de la fin de semaine, lors d'une conversation avec Seth, il s'était souvenu sans effort du nom de Petrucchio, personnage de *La Mégère apprivoisée* de Shakespeare, qu'il avait été voir au théâtre douze ans plus tôt. Comme quoi tous les souvenirs étaient stockés là, quelque part.

Après un court somme, il se réveilla au moment où ils passaient devant la bifurcation vers Honey Harbour, l'esprit occupé tout entier par le vrai problème, un problème qui n'avait qu'un rapport indirect avec le banc de musculation et le ponton d'accostage : était-il vraiment fini ? Si oui, que faire ? Après avoir médité sur sa condition elle-même, il se rendit compte qu'il n'était pas seul à avoir constaté les dégâts. Au lieu de persister à les refouler, il se remémora tous les signes indiquant que lui et sa détérioration étaient l'objet de conversations quotidiennes parmi ses proches, ses amis et certainement aussi ses ennemis. Il prit conscience du fait que Seth avait pris des risques en l'emmenant à la pêche et qu'il ne s'était plaint de rien, bien que son intérêt pour ce sport eût considérablement décru depuis qu'il avait douze ans. La facilité avec laquelle ce petit séjour s'était organisé sentait la conspiration ; le coup monté avait commencé dès que Salter avait annoncé qu'il voulait aller à la pêche, et qu'il entendait s'y rendre seul. A posteriori, Salter comprenait qu'Annie avait visualisé son vieux mari vacillant entouré d'énormes roches et de non moins énormes vagues, qui se brisait une cheville en rentrant à la cabane la nuit venue, immobilisé en pleine nature jusqu'au lendemain matin, lorsqu'un bateau qui passerait par là entendrait peut-être ses cris affaiblis. Seth s'était donc laissé embrigader sans aucune résistance, parce que cela faisait déjà un bon moment que les membres de la petite famille de Salter se répartissaient les rôles qu'ils devraient jouer en raison de sa sénilité galopante.

Même chose au travail: Salter était chef et unique membre du Centre des missions spéciales, qui était placé directement sous les ordres du chef adjoint et à qui étaient confiés des mandats particuliers. Le Centre avait été créé pour faire face à certaines situations inhabituelles, par exemple lorsqu'il s'agissait d'enquêter sur des politiciens véreux qui étaient par ailleurs membres de la commission de police. Salter avait traité un certain nombre d'affaires délicates de ce genre et, entre-temps, il avait prêté main-forte aux Homicides, qui étaient toujours en sous-effectifs. Mais cela faisait un an que, bien que le Centre des missions spéciales existât toujours – au moins sur le papier –, Salter était devenu dans les faits l'assistant personnel du chef adjoint, son aide de bureau, en réalité, son garçon de bureau, pour ainsi dire. Pour mériter son salaire, il accomplissait le travail de bureau du chef adjoint et écoutait ce dernier, qui aimait énoncer ses idées à voix haute avant de les rendre publiques. Même ce rôle d'oreille s'était réduit dernièrement, de sorte que Salter, à environ cinquante kilomètres au sud de Barrie – Seth s'était arrêté prendre de l'essence –, en venait maintenant à la conclusion que le chef adjoint Mackenzie attendait qu'il accepte le fait que, d'un strict point de vue réglementaire, Salter avait désormais entamé sa dernière année dans la police – la limite d'âge étant de soixante ans –, et une sourde anxiété l'envahit.

Salter était même allé voir l'ex-surintendant Orliff, son précédent chef qui, bien qu'à la retraite depuis un bon moment, restait toujours en contact avec son ancien service parce que c'était un animal politique et que ça lui plaisait. Mais dans la situation de Salter, Orliff n'avait eu ni conseil ni compassion à offrir et s'était contenté de lui faire savoir qu'estimer que la relative mise à l'écart de Salter était le fruit d'une conspiration relevait de la paranoïa.

— Vous allez prendre votre retraite cette année: c'est la règle. Quand on n'est pas chef adjoint, on doit s'attendre à être foutu dehors à soixante ans. Par ailleurs,

Marinelli n'a pas besoin de vous, et Mackenzie aime vous avoir près de lui. Si vous aviez dix ans de moins, le grand patron essaierait de vous presser le citron, mais à mon avis, si tant est qu'on s'intéresse à vous, eh bien, on doit être bien content que Mackenzie s'occupe de vous jusqu'à votre départ. Vous n'avez pas d'ennemis, mais si vous devenez une gêne, vous finirez aux relations publiques.

Et voilà. C'était la fin. Salter jouait un peu au golf l'été et jouait au squash deux fois par semaine, et il était incapable d'imaginer comment il occuperait le reste de son temps s'il arrêtait de travailler. Sa situation était à la fois effrayante… et banale.

# CHAPITRE 2

— Et c'est tout ? s'enquit le chef adjoint Mackenzie, un homme imposant assis bien droit dans son fauteuil.

— Ce ne sont que les nouvelles affaires, répondit l'inspecteur d'état-major Marinelli, des Homicides.

Installé dans un coin du bureau du chef adjoint, Salter écoutait le rapport de Marinelli en classant des dossiers.

Les deux nouveaux cas d'homicides semblaient relativement simples ; leur seul point notable était que l'enquête n'était pas encore assez avancée pour que l'escouade ait pu procéder à une arrestation. La première victime, un homme d'âge moyen qui vivait de l'aide sociale, avait été trouvée morte dans sa chambre, rouée de coups de matraque, probablement par un cambrioleur. La seconde était un adolescent poignardé à mort sur un quai de métro au cours d'un affrontement entre bandes rivales. Marinelli prévoyait qu'on mettrait facilement la main sur les deux coupables. Il s'agissait simplement d'interroger les témoins, en les secouant assez fort pour qu'ils parlent. Dans les deux cas, de nombreuses personnes connaissaient les auteurs des crimes, et l'une d'entre elles ne tarderait certainement pas à l'identifier. Ce n'était probablement qu'une question de jours. Le public ne courait aucun risque.

— Et cet avocat qui s'est fait poignarder ? (Mackenzie s'humecta un doigt et tourna une page de son agenda.) Ça avance ?

— L'escouade des mœurs travaille avec nous sur cette affaire…

— Je sais, je sais. Ça remonte à quand, déjà ? Deux semaines ? Trois ?

— Nous n'avons trouvé aucun suspect potentiel pour le moment.

— L'avocat de la famille veut que nous dénichions un rôdeur, un type qui était juste en quête d'un bon coup. Bouclez-moi cette affaire rapidement.

Mackenzie avait un style concis, lapidaire ; ses remarques étaient exemptes de mots superflus. Pour Salter, le chef adjoint devait cette caractéristique – qui remontait à l'époque où Mackenzie était sergent – à son désir d'évoquer l'efficacité d'un homme d'affaires, voire d'un militaire.

— Êtes-vous en contact avec cet avocat, monsieur ?

— Je réponds à ses appels téléphoniques, répondit Mackenzie en redressant son dos pourtant déjà bien droit.

— Pouvez-vous me dire son nom, monsieur, pour le cas où il communiquerait avec moi ?

— Holt.

Marinelli attendit qu'il poursuivît.

— Holt, répéta le chef adjoint. Je pensais qu'il aurait peut-être su quelque chose sur le type qu'on ne veut pas voir apparaître dans l'affaire. Quelque chose que la famille ne voudrait pas que le public apprenne – ou que nous apprenions. Bien que je flaire quelque chose de louche, évitez de perdre du temps avec ça.

— Et ?

— Ils pensent à un rôdeur opportuniste. En fait, c'est ce qu'ils espèrent. Avez-vous trouvé la piste d'un rôdeur ?

— Tout ce que nous avons trouvé, c'est une prostituée ou ce qui en a l'air. Une femme qui traînait dans le coin cette nuit-là. C'est peut-être ce que maître Holt a pensé que nous avions découvert.

— Elle ressemble à quoi, cette prostituée ?

— Perruque blonde, hautes bottes lamées argent, vous voyez le genre…

— Peut-être qu'elle fait du porte-à-porte pour colporter son cul ?

L'air pensif et attentif de Mackenzie avait cédé la place à une expression hilare aussitôt remplacée par une mine interrogatrice. Le passage d'une physionomie à l'autre ne semblait être généré ni par une émotion, ni par une pensée ; le changement paraissait s'opérer sur commande.

— Alors ? reprit brusquement Mackenzie qui, apparemment, souhaitait vraiment une réponse à sa question. Y a-t-il des prostituées qui travaillent comme ça ? En faisant du porte-à-porte, comme les témoins de Jehovah ?

— Si c'était le cas, on aurait omis de nous en informer, monsieur, répliqua Marinelli avec un sourire poli.

— Idem pour moi. Bon. Revenons à nos moutons. Où en êtes-vous, exactement ?

— Les gars de l'escouade des mœurs ratissent Jarvis Street et les autres endroits stratégiques à la recherche d'un tuyau, mais ils n'ont rien récolté jusqu'à maintenant. Ils connaissent beaucoup de prostituées, à qui ils ont montré la photo de la victime, au cas où elles auraient su qui c'était : en effet, s'il a reçu une prostituée chez lui, c'est qu'il a dû aller la chercher, et ce n'était peut-être pas la première qu'il ramenait. Mais on n'a pas l'ombre d'une piste.

— Et la victime ? Vous avez trouvé quelque chose sur lui ?

— Non, pas grand-chose. D'après tout le monde, il était intègre. Il siégeait à tous les comités d'éthique du barreau, des trucs comme ça. Il jouissait d'une certaine réputation dans la profession, mais il n'était pas connu du public parce qu'il était spécialisé dans le droit civil et qu'il se tenait aussi loin que possible des tribunaux. Pas d'ennemi, apparemment. Marié puis divorcé depuis un bon moment, mais pas d'animosité de ce côté-là non plus. Membre du Club Granite, comme son père avant lui. Sa mère est décédée récemment, et il n'avait qu'une sœur. Ce n'était pas un bourreau de travail : il passait presque tout l'été à son chalet, à Muskoka, et voyageait beaucoup, principalement avec ces groupes de dégustation de vin, ces beuveries organisées où l'on passe son temps à goûter le tord-boyaux local. Enfin, vous voyez le tableau.

— Il était gai ?

Question de routine. Les dossiers des Homicides regorgeaient de photos de corps d'hommes d'âge moyen à demi nus lardés de coups de couteau.

Marinelli secoua la tête.

— Rien ne l'indique. De toute façon, la présence d'une prostituée exclut cette hypothèse, non ?

— On ne peut être sûr de rien, de nos jours, gloussa Mackenzie. Bon. Quel est votre plan de match, maintenant ?

— On continue à rechercher miss Bottes d'argent, et on finira par la trouver. Ça devrait se faire sans trop de difficultés.

— À l'heure qu'il est, elle les a peut-être ôtées, ses bottes, intervint Salter depuis l'autre bout de la pièce.

Marinelli lui adressa un sourire courtois, comme s'il reconnaissait à Salter le droit d'émettre un commentaire inopportun au beau milieu d'une discussion sérieuse, puis se retourna vers le chef adjoint.

— Vous avez besoin de renforts ? lui demanda alors ce dernier.

Salter traversa le bureau pour venir chercher un kleenex dans la poche de son imperméable.

— Nous sommes toujours à court de personnel, monsieur, mais cela ne nous pose pas de problème. Je vous tiendrai informé.

Marinelli se leva pour sortir, non sans avoir adressé un signe de tête à Salter.

Ce dernier le regarda s'éloigner. Au cours des six ou sept dernières années, Marinelli et lui avaient fini par être assez proches, sans toutefois devenir amis.

Salter avait collaboré à quelques cas d'homicides depuis sa base du Centre des missions spéciales – la dernière fois, cela avait même été à la demande de Marinelli.

Après avoir refermé la porte, Salter se tourna vers Mackenzie.

— Si toutefois il a besoin d'aide...

— Vous l'avez entendu : il va se débrouiller.

Salter referma le classeur, s'approcha du bureau de Mackenzie et prit un siège juste devant le chef adjoint.

— Qu'est-ce qui se passe ? lui demanda-t-il après un long silence.

Mackenzie leva les yeux du document qu'il feignait de lire.

— Quoi ? fit-il.

— J'ai dit : qu'est-ce qui se passe, nom de Dieu ?

Cela faisait quelques années que Salter travaillait pour Mackenzie et lorsqu'ils étaient en privé, il pouvait laisser de côté les rapports hiérarchiques.

— À ma connaissance, il ne se passe rien du tout. Rien que vous ne sachiez, je veux dire. Pourquoi cette question ? C'est quoi, le problème ?

Salter vit que Mackenzie s'efforçait de réfléchir. Il attendit une dizaine de secondes avant de répondre.

— La semaine dernière, Marinelli se plaignait de ne pas avoir assez de personnel. Aujourd'hui, vous lui demandez s'il a besoin de renforts, et il répond non. Il sait que je suis dans la même pièce que lui. Ce que je comprends, moi, c'est qu'il n'a pas besoin de moi, c'est tout.

Mackenzie prit une profonde inspiration.

— Asseyez-vous, Charlie.

— Je suis déjà assis.

— Exact. Bon. D'abord, il ne se passe rien du tout. OK ? Cela dit, votre question me donne l'occasion d'une petite conversation sur un thème connexe. (Rassemblant ses pensées, il se pencha en avant.) Vous êtes une sorte de loup solitaire, vous savez ça, Charlie ?

Salter remarqua que pour la première fois, tandis qu'il tournait autour du pot, Mackenzie l'avait appelé par son prénom, et cela ne lui disait rien de bon. Il se douta que la suite allait être désagréable à entendre.

— Vous n'êtes pas du genre à écouter les commérages qui se répandent à la cafétéria, je me trompe? Vous êtes comme... marginal, en fait. Avez-vous des amis dans la police?

— La police, c'est mon lieu de travail, répondit Salter. Mes amis sont des civils.

C'était là la réponse qu'il avait préparée pour le cas où le sujet viendrait sur la table. En réalité, Salter n'avait jamais été très sociable; le golf était son seul point commun avec la plupart de ses collègues. Bien qu'il entretînt des rapports cordiaux et respectueux avec quelques policiers d'âge moyen avec lesquels il avait travaillé – Marinelli était du lot –, aucun de ces derniers n'avait jamais franchi le seuil de sa maison.

— C'est bien ce que je croyais.

Mackenzie tripota sa cravate et rajusta son veston, puis il s'éclaircit la voix.

— Vous êtes très secret sur votre vie privée. C'est votre droit, mais ça vous isole.

— Ça m'isole de quoi? De la politique? Je suis proche de la retraite et je travaille pour vous: pourquoi donc aurais-je besoin d'être branché sur le téléphone arabe? J'ai passé l'âge d'être ambitieux. Cela étant, j'ai eu la chance de travailler pour des gars qui savaient prendre soin d'eux-mêmes et qui s'occupaient bien de leurs subordonnés.

— Vous parlez d'Orliff?

— C'était le dernier en date, oui.

— Est-ce Orliff qui a créé le Centre des missions spéciales?

— Ouais.

Mackenzie hocha la tête.

— Lorsque j'ai pris mes fonctions, j'aimais l'idée de conserver ce Centre, avec vous à sa tête. Ça me donnait une ressource que personne d'autre ne connaissait assez pour la remettre en question et ça conférait une petite flexibilité à mon budget. Sans compter que ça me permettait de disposer d'une personne à qui parler. C'était agréable de vous avoir dans les parages.

— Et alors, qu'est-ce qui a changé ?

— Comment ça ?

— Cela fait six mois qu'on ne m'a confié aucune mission à l'extérieur.

— J'avais besoin de vous ici, Charlie. Vous excellez dans l'administration.

— Je n'administre rien du tout : je suis un simple employé de bureau, un commis.

— Vous voulez être muté ? Il y a un poste vacant aux archives, au sous-sol.

— Désolé, mais je demeure persuadé qu'il se passe quelque chose. J'ai tort ?

Mackenzie soupira.

— Regardez les choses en face, Charlie. Essayez de comprendre comment les gens vous voient. Au cours des dernières années, vous avez résolu des affaires plutôt corsées. Votre nom est sur toutes les lèvres des membres de la commission de police. En clair, vous êtes une menace. Les gens sont jaloux et ils ne veulent pas vous voir récolter tous les lauriers.

— Marinelli se sent menacé par moi ? Je n'en crois pas un mot : il est trop intelligent pour ça.

— Eh bien, pas Marinelli lui-même, en fait, reconnut Mackenzie. Les gars qui travaillent avec lui, plutôt. Vous leur faites de l'ombre.

— Pardonnez-moi l'expression, mais c'est de la *bullshit*, tout ça. Qu'est-ce que ça cache ?

— Rien, rien du tout, soupira Mackenzie. Je pourrais vous donner une liste longue comme le bras des difficultés qu'éprouvent vos collègues à travailler avec vous, mais au fond, elles ne sont pas pires que celles qu'ils ont à travailler ensemble. Toutefois, il me semble que vous n'êtes pas vraiment familiarisé avec notre nouveau système informatique, n'est-ce pas ? J'ai consulté votre dossier. Les choses changent, vous savez ? Tenez : savez-vous ce qu'est l'ADN ?

— Tout le monde sait ce que c'est.

— Ouais, d'accord. Connaissez-vous le dernier matériel d'écoute? les derniers développements en matière d'expertise médico-légale? Savez-vous quand faire appel aux experts? Il y a beaucoup de domaines sur lesquels il est important de se tenir informé.

Une vingtaine de secondes passèrent. Salter regardait par la fenêtre tandis que Mackenzie guettait sa réaction.

— Lorsque j'ai travaillé sur l'homicide de Bathurst College, dit enfin Salter, j'ignorais que nous avions un agent de liaison pour les Autochtones en difficulté. Et si j'avais été plus à l'aise avec les nouveaux gadgets (il désigna du doigt l'ordinateur de Mackenzie), j'aurais sans aucun doute procédé automatiquement à une vérification dans le fichier du Centre d'information de la police canadienne, ce qui m'aurait permis de constater que le gars que je soupçonnais avait l'alibi parfait, car il était en prison le soir du meurtre, ce qui m'aurait permis de gagner quelques jours et de m'éviter bien du travail inutile. C'est de ça que vous voulez parler?

— Plus ou moins, répondit Mackenzie, qui trouvait que cet exemple illustrait parfaitement son propos. Oui, oui. Plus ou moins. Pour l'essentiel.

— Donc, si je comprends bien, je ne suis pas assez branché pour les champions des Homicides, c'est ça?

— En quelque sorte.

Salter se leva.

— Mais j'ai toujours besoin de vous ici, Charlie.

— Bien.

Salter quitta le bureau et emprunta le couloir en direction du bureau de Marinelli. Au moment où il y entrait, le téléphone sonna.

— Oui, monsieur, répondit Marinelli, le regard rivé sur Salter. Il vient juste d'entrer.

Il fit un geste invitant Salter à rester.

— Seigneur! soupira Salter en s'asseyant dans un des fauteuils réservés aux visiteurs, juste devant le bureau de Marinelli.

— Je vous reparlerai plus tard, ajouta ce dernier. Ou bien il le fera lui-même.

— C'était Mackenzie ? s'informa Salter dès que Marinelli eut reposé le combiné.

— Qui d'autre ?

— Ça fait combien de temps que vous parlez de moi comme ça, dans mon dos ?

— Allez, arrête de jouer à l'imbécile. Comment ça, dans ton dos ? Tu étais présent quand il m'a demandé si j'avais besoin d'aide, et tu m'as parfaitement entendu répondre non. En effet, nous n'avons pas besoin d'aide.

— Pas de ma part, en tout cas.

Marinelli ne dit rien.

— Et pourquoi ça ? J'ai fait quelque chose de mal ?

— Oh, allez ! En fait, tu as capté un signal qui ne t'était pas adressé, c'est tout.

— Je n'en suis pas si sûr.

— N'en fais pas une montagne.

— Dans ce cas, donne-moi une idée de la hauteur de la taupinière, nom de Dieu !

— OK. Tu es prêt à entendre ce que j'ai à te dire ? le secret qui est sur toutes les lèvres ? Eh bien, permets-moi de te préciser que ce n'est pas un scoop, et que ce n'est même pas très intéressant. Non, on ne va finalement pas t'épingler pour avoir volé la cagnotte du café en 1989, et aucune des secrétaires ne s'est plainte que tu avais la main baladeuse. Tout simplement, mes gars ne te veulent pas dans leur équipe, c'est tout. Je sais, je sais : tu as résolu des affaires tout seul, mais c'étaient des dossiers bien particuliers, et on n'en a eu aucun de ce genre récemment. Voilà : tu sais tout, maintenant. Regarde dans ce bureau autour de toi : vois-tu un gars qui ait plus de quarante ans ? Pour ces types, tu es un vieux flic tout juste bon à raconter ses souvenirs. Pas un vieux con, non, parce qu'ils savent que j'ai du respect pour toi et que j'étais heureux de compter sur ton concours pour certaines affaires. Mais ça, c'est de l'histoire ancienne. Aujourd'hui, s'ils me voient dîner en ta compagnie, ça les met mal à l'aise.

Marinelli prit le temps d'afficher un air indigné avant de conclure :

— Ils pensent que je te demande conseil, et ça les rend nerveux, bordel !

— Tous ?

— Surtout Stevenson, le numéro deux des Homicides, répondit Marinelli, non sans réticence. Ça l'a un peu stressé quand j'ai voulu demander à Mackenzie de te libérer au printemps dernier pour que tu nous donnes un coup de main sur cette histoire de menaces à l'encontre du politicien balkanique. Je lui ai dit que tu avais de l'expérience en matière de protection des visiteurs de marque, et il m'a répondu que ça remontait à une dizaine d'années et que les techniques avaient changé. Tu sais ce qu'il m'a dit ? Qu'il était diplômé en maîtrise des foules.

— Il est *quoi* ?

Marinelli sourit, soulagé.

— Il a un diplôme d'une académie de police du Wisconsin, Charlie, et il n'est pas le seul à être diplômé. Quoi qu'il en soit, je lui ai confié le dossier ; on s'en est très bien tirés sans toi, et personne ne s'est fait assassiner.

— Parfait. Donc, je ne devrais plus attendre que tu me consultes, parce que ça n'arrivera plus jamais ? C'est bien ce que tu es en train de m'annoncer ?

— Charlie, nous avons cette conversation parce que tu m'as entendu dire à Mackenzie que nous n'avions pas besoin d'aide, après que je lui ai expliqué, il y a quelque temps, pourquoi nous n'avions pas besoin de toi pour la visite du gars des Balkans. Mackenzie te soutient : il voulait t'épargner. Mais pour le bien-être de mes gars, je préférerais que tu… restes sur la touche.

— Vous n'avez pas vraiment progressé dans l'affaire de l'avocat qui s'est fait poignarder, n'est-ce pas ?

Marinelli afficha un air irrité, puis haussa les épaules avant de répondre :

— Non, en effet. Et je ne pense pas que cette affaire ira très loin. Non pas que nous soyons dans une impasse, comme diraient les journalistes. On la trouvera, cette pute, et tu le sais pertinemment.

— Ça ne sera jamais assez tôt pour cette bande de pisse-copies qui te talonnent.

Marinelli se détourna vers la fenêtre, attendant que Salter s'en aille.

— Je suis heureux que tu aies été honnête avec moi, confessa ce dernier après un moment. À partir de maintenant, tu ne m'auras plus dans les jambes, ajouta-t-il en se levant.

— Charlie, il n'y a vraiment pas de quoi en faire un plat. Nom de Dieu, tu aurais dû le voir venir ! Allez, je t'en prie, allons souper ensemble. Tu as dit la semaine dernière que ta femme était absente en ce moment : on devrait aller se taper un bon steak ce soir. Non : demain, plutôt. C'est moi qui invite. On ira au Barberian's. On s'y retrouve à six heures. OK ?

— Tu as raison, ce serait risqué qu'on s'y rende ensemble : Stevenson pourrait nous voir.

— Oh, tu fais chier ! Je passe te prendre à ton bureau à cinq heures et demie.

◆

Salter retourna à son bureau, où il s'assit dans son fauteuil, ne sachant trop quoi penser de tout ça. Il avait toujours mis un point d'honneur à maîtriser ses illusions, depuis que son patron et mentor avait pris sa retraite vingt ans plus tôt, époque à laquelle il avait appris qu'il avait des ennemis – ce dont il était loin de se douter – qui avaient saisi l'occasion pour sortir de l'anonymat. Et voilà que cela recommençait.

Depuis combien de temps durait cette cabale ? Pas très longtemps, certainement. Cela faisait trois ans qu'il avait résolu une affaire entièrement seul – une enquête sur la mort du doyen d'un collège du coin. Stevenson, le numéro deux des Homicides, était déjà dans le paysage, mais Salter n'avait pas prêté attention à sa présence autant qu'il l'aurait dû. Peut-être que Stevenson était là quand le chef adjoint avait félicité Salter pour la résolution de ce crime. Il ne s'en souvenait pas.

Mais qu'avait-il fait depuis lors ? Il passait beaucoup de temps avec Marinelli, allait lui rendre visite à son bureau quand il entendait parler d'un cas intéressant, écoutait les bavardages. Marinelli l'avait toujours très bien accueilli, jusque-là. Mais qu'en pensaient les autres ? Ils s'imaginaient que Marinelli lui demandait conseil ? « Demandons à Salter ce qu'il en pense. » Et après ça, peut-être : « D'après Salter... » ou « Salter dit que... ». Et puis merde.

Même maintenant, il magnifiait son rôle ; ce qu'il prétendait voir, ce n'était pas le Salter du Centre des missions spéciales que tout le monde détestait, mais le vieux flic qui travaillait avec le chef adjoint dont Marinelli cherchait toujours à s'attirer les bonnes grâces, au point que cela irritait tous les autres, surtout Stevenson.

Marinelli aurait pu s'en tenir à ça. *Je suis complètement dépassé*, songea Salter. *En tout cas, c'est ce qu'ils pensent*. Dorénavant – ou plus probablement depuis au moins un an –, tout le monde attendait qu'il parte.

La colère succéda à l'abattement. Les choses n'auraient pas dû en arriver là. Quelqu'un aurait dû intervenir plus tôt. Et maintenant ? Depuis un bon moment déjà, il avait relégué le mot « retraite » dans un coin sombre de son cerveau, car il refusait d'en affronter la réalité. Et soudain, voilà que le besoin en était impérieux. Non pas de partir sur-le-champ, mais de fixer une échéance : trois mois ? six mois ? Pourquoi attendre davantage ?

Il quitta le bureau, alla s'acheter le *Toronto Star*, plus heureux que jamais que Toronto compte suffisamment de journaux pour qu'il puisse en lire intégralement un au petit-déjeuner, un autre dans le métro et encore un autre pendant un repas en solitaire, en ville. Il se dirigea vers l'Atrium, où il commanderait un sandwich au corned-beef et une chope de bière.

La portion de Yonge Street située entre College Street et Dundas Street était aussi crasseuse et vivante qu'elle l'avait été au cours des quarante dernières années. La rue était pleine de sans-abri permanents et temporaires, de gamins des banlieues, d'itinérants de tous âges, de quêteux, de touristes pensant y voir la vraie Toronto, d'étudiants de l'université située tout près de là et de déçus du centre Eaton – cet énorme centre commercial qui est La Mecque des Ontariens de la campagne et des États-Uniens du nord de l'État de New York. Le quartier était sur le point d'être réhabilité – le magasin Gap était déjà là –, mais pour l'heure, la rue comptait toujours de nombreux magasins d'électronique, de disques et de t-shirts, ainsi que des arcades de jeux vidéos et des bureaux de change. Dès la tombée de la nuit, les trottoirs étaient pleins de gens venus de South Porcupine, légèrement excités par l'énergie qui se dégageait de la foule, s'accrochant les uns aux autres pour aller se réfugier dans le premier Mcdonald's qui se présenterait. Salter aimait cette atmosphère; pour lui, c'était à cela que devait ressembler un centre-ville aux yeux des visiteurs de Binghampton, voire de Pickerel Lake: vivant, cosmopolite (on y trouvait même une librairie porno) et un tantinet interlope sans toutefois être dangereux. Et il était beaucoup plus intéressant de s'y promener que de flâner dans la rue de citoyens modèles où Salter résidait.

# CHAPITRE 3

Après avoir fini son repas, Salter acheva de lire son journal afin de laisser passer l'heure de pointe, après quoi il alla chercher son auto pour rentrer chez lui ; il profita pleinement du trajet car il venait rarement travailler en voiture, laissant cette dernière à Annie, sa femme, qui était accessoiriste dans une société cinématographique sise non loin d'Eastern Avenue.

Seth, son fils cadet, regardait la télévision.

— Tu as déjà mangé ? lui demanda celui-ci au moment où il franchissait le seuil. J'ai pensé que tu apprécierais un peu de compagnie.

Salter fut déconcerté par tant de prévenance.

— Tu aurais dû me passer un coup de fil, répondit-il. Que fais-tu ici ? Maman t'a demandé de garder un œil sur moi ?

— Elle voulait savoir comment tu t'en sortais, alors je me suis dit qu'il valait mieux venir m'en rendre compte sur place avant qu'elle ne me pose la question de nouveau.

Seth était acteur, à un niveau qui lui permettrait bientôt d'auditionner pour être acteur vedette au festival de Stratford. Pour autant que Salter pût en juger, son fils était un bon acteur, du genre qui attirait les regards quand il était sur scène. Il avait fait de la figuration à la télévision canadienne et joué quelques rôles importants dans les petites salles de Toronto, cette dizaine de théâtres situés dans des synagogues désaffectées, d'anciens abattoirs et des tavernes abandonnées.

En théorie, Seth vivait chez ses parents, mais depuis quelques jours, il avait déserté le domicile familial. Ces derniers temps, il avait souvent découché pendant deux ou trois jours, sans doute pour se retrouver avec sa blonde, Tatti, supposait Salter – c'était d'ailleurs la raison pour laquelle il ne s'inquiétait pas et ne posait aucune question. La jeune fille habitait dans un petit studio de Bloor Street, près de Bathurst Street.

Tatti était originaire de L'Annonciation, petit village de bûcherons et d'agriculteurs situé à une centaine de kilomètres au nord de Montréal, et elle avait quitté sa famille pour fréquenter un cégep du Québec. Elle avait tenté d'y apprendre la création de mode, mais elle n'avait pas tardé à se retrouver costumière à Montréal. Elle avait fait son apprentissage sur le tas dans les coulisses de petits théâtres, s'était monté un portfolio, avait quitté Montréal pour Toronto afin de tenter sa chance, puis avait rencontré Seth.

Salter trouvait que Tatti avait l'air d'une gamine de quatorze ans toute mince, avec ses seize pouces de tour de taille. Son visage avait la teinte crème d'une peau de chamois, à l'exception de deux touches de rose aux joues. Ses cheveux raides et courts étaient couleur de bambou, et ses dents étaient légèrement de travers. Avec son menton fuyant et ses joues rebondies, elle ressemblait à un tamia. Quand elle souriait, ses joues remontaient, lui fermant les yeux. La première fois qu'il l'avait vue, Salter s'était dit qu'elle était la plus laide des jolies filles qu'il avait rencontrées – ou la plus jolie des laiderons. Quoi qu'il en soit, il reconnaissait que cette jeune fille quelconque était, sinon séduisante, en tout cas pas désagréable à regarder et d'une compagnie plutôt plaisante.

— Désolé, j'ai soupé en ville, dit-il à son fils. Je crois qu'il y a du poisson et des frites au congélateur…

— C'est parfait: je vais me préparer un peu de cholestérol. Va te changer, si tu veux: je vais nous faire du café.

Salter grimpa à l'étage pour déposer son costume, ravi de passer un peu de temps avec son fils. Avec l'absence d'Annie et le fait que son fils aîné, Angus, vivait à l'Île-du-Prince-Édouard, là où était la famille de sa femme, Salter avait un avant-goût du vide futur de sa maison, et il redoutait de voir sa vie de famille connaître un terme avant qu'il y fût prêt et juste au moment où il commençait à trouver ses fils intéressants.

Lorsqu'il redescendit, Seth s'était fait cuire des œufs. Salter se servit un café et s'installa à table, en face de lui.

— Bien, dit-il. Tu pourras dire à ta mère que je vais bien. Et moi, que puis-je lui dire à ton sujet ?

— Dis-lui que j'ai du mal à finir le mois…

Ça, c'était un problème que Salter pouvait l'aider à résoudre. Il était maintenant certain qu'Annie et lui avaient plus d'argent qu'ils n'en avaient besoin, et il essayait de se débarrasser de la mentalité héritée de la Dépression qu'il tenait de son père. Annie, qui descendait quant à elle de l'aristocratie de l'Île-du-Prince-Édouard et qui était donc plus apte que lui à vivre avec trop d'argent, ne manquait jamais une occasion de lui rappeler qu'ils avaient les moyens d'aider financièrement leurs fils. Ses enseignements avaient porté :

— Je m'en doute, commenta Salter. Tu as besoin d'un coup de pouce pour te remettre à flot ?

— Non. Je veux vivre avec ce que je gagne. Ce que nous gagnons. C'est notre façon de voir les choses, à Tatti et moi.

Il attendit un peu, le temps que l'évocation de sa compagne se fraie un chemin dans le cerveau de son père.

— Tatti sait très bien tenir une maison. À son avis, nous pourrions très bien nous débrouiller si… si nous nous installions ensemble.

Salter se demanda si cette annonce signifiait bien ce qu'il craignait. Plus de Seth ? Plus de Tatti ? Une maison vide, finalement ?

— Je ne pense pas qu'elle dépense beaucoup pour s'habiller, nota-t-il.

— C'est vrai, elle coud elle-même ses vêtements.

Ce n'était pas ce que Salter insinuait: il voulait dire qu'en fait il n'avait jamais vu Tatti que dans une seule tenue, une sorte de manche à air, une robe en laine en forme de tube qui soulignait à la perfection son impeccable silhouette. Salter trouvait cette tenue très seyante, mais il n'en demeurait pas moins que c'était toujours la même, à moins que Tatti n'en ait plusieurs strictement identiques.

— Ça ne changerait pas grand-chose que tu t'installes avec elle, non? Tu y passes déjà la moitié de tes nuits. Tu veux emménager chez elle? Bien! Tu es un grand garçon. Tu as vingt-deux ans, c'est bien ça? Fais donc ce que tu veux. Et elle? Sa mère est-elle au courant?

Seth sourit, reconnaissant dans ce bafouillage une tentative désespérée de son père de trouver une réplique légère et spirituelle.

Salter était déjà passé par là avec Angus, mais il n'était jamais sûr de savoir comment réagir aux changements – notamment à l'irruption de ce monde nouveau dans lequel ses fils avaient des relations sexuelles. Il avait essayé, avec un ou deux ans de retard, d'avoir les conversations appropriées tandis qu'ils atteignaient l'adolescence et, par la suite, il s'était inquiété de l'âge légal de la maturité sexuelle.

Un de ses collègues lui avait raconté que dès que ses fils s'étaient intéressés au sexe, il avait décidé qu'ils devraient savoir comment avoir des rapports sexuels sans risques. Il avait donc acheté un paquet de saucisses de Francfort et des condoms, avait convoqué les garçons et leur avait montré comment enfiler un condom sur une saucisse.

— Voilà! avait-il conclu. Compris? Sortez couverts, les gars.

— D'accord, papa, avaient répliqué ses fils. On a bien compris: il ne faut jamais se présenter à un rendez-vous avec une fille sans hot-dog. C'est bien ça?

Salter avait toujours douté de l'authenticité de la chute de l'histoire ; il soupçonnait que son collègue l'avait ajoutée pour faire bonne mesure.

Quand Angus d'abord, puis Seth avaient atteint l'âge d'avoir des petites amies de dix-huit ans sans qu'elles tombent enceintes, il avait considéré que son boulot de père était terminé, et qu'il l'avait accompli correctement. Dieu merci, aucun des deux garçons ne l'avait jamais consulté pour des questions sur le sexe. Il avait compris qu'ils avaient reçu des cours d'éducation sexuelle à l'école pendant les périodes normalement consacrées à l'instruction religieuse. Il n'avait fait aucun commentaire sur ce point – sauf à Annie – lorsque, chacun à leur tour, Angus puis Seth s'étaient trouvé des blondes. Il fermait les yeux, du moment qu'ils étaient prêts à assumer toutes les conséquences, que personne n'en souffrait et qu'il n'était pas lui-même exposé à la réalité de leurs activités.

À mesure que les garçons grandissaient, la famille avait eu, devant un feu de foyer, quelques discussions formelles gravitant autour de la morale personnelle ; Angus et Seth avaient donc atteint l'âge adulte armés de solides préceptes familiaux en matière d'éthique sans que ces derniers ne soient abusivement truffés de citations de la Bible.

Les questions de morale publique, par contre, étaient davantage susceptibles de faire monter le ton des conversations familiales ; Angus avait choisi ses études en fonction de son souhait de bien gagner sa vie et de pouvoir s'offrir une vie confortable. Il croyait fermement à la nécessité du capitalisme et à son aptitude à en tirer les meilleurs bénéfices. Seth, quant à lui, n'avait apparemment pas les mêmes besoins que son frère, aussi avait-il glissé vers la gauche. N'ayant pas grand intérêt pour les joujoux d'Angus, il avait dépensé temps et énergie pour d'autres types de satisfactions. Il n'avait pas été jusqu'à se joindre à ces groupes qui font du porte-à-porte par de froides soirées de janvier afin de recueillir des fonds pour sauver les forêts, les milieux humides ou les lacs, mais il était par nature plus charitable qu'Angus, bien que ce dernier, tout en décrétant que les mendiants devraient se trouver du travail, fût celui qui éprouvait le plus de difficultés à ne pas donner d'argent au pauvre diable enveloppé dans une couverture, couché devant une porte de magasin, qui lui tendait une main maigre et sale quand il faisait moins dix dehors.

Ensemble, les deux garçons incarnaient le problème classique de tous les théoriciens qui se penchent sur les origines du caractère humain, parce qu'à partir du moment où ils partageaient le même patrimoine génétique et la même éducation, seules leurs positions relatives d'aîné et de cadet pouvaient permettre d'échafauder une théorie justifiant leurs si nombreuses différences.

— De quoi la mère de Tatti devrait-elle être au courant ? répondit Seth à la dernière question de Salter.

— Je plaisantais. Je faisais semblant que tu étais encore un gamin et que tu voulais sortir avec la fille d'une voisine, c'est tout. Mais elle aussi, c'est une adulte, et ça ne regarde pas sa mère de savoir avec qui elle couche, hein ?

Seth regarda son père comme s'il venait de recevoir une gifle.

— Ça n'a rien à voir avec le cul, papa. Tout ce qu'on veut, c'est vivre ensemble pour être le plus possible l'un avec l'autre, tout simplement.

Pendant un instant, Salter eut l'impression que son fils le sermonnait, mais très vite il ravala une excuse, parce que de toute évidence, quelle que fût la vision romanesque présentée par Seth, cela avait forcément quelque chose à voir avec le cul.

— Je me demandais juste si sa mère verrait les choses sous cet angle. D'où est-elle ? De L'Annonciation ? D'une vieille famille québécoise ? Ces gens-là sont imprégnés de valeurs religieuses très traditionnelles. Ils ont des idées bien arrêtées sur la manière dont une fille doit se comporter, en particulier sur le fait qu'elle ne doit pas coucher avec son petit ami. C'était juste une réflexion comme ça.

— Sa famille est catholique. Ça te va ?

Seth avait répondu très calmement, mais il défiait néanmoins son père. Chez les Salter, on ne parlait guère de religion. Par son éducation, Salter lui-même n'avait gardé que des liens ténus avec l'anglicanisme : il se sentait tout juste un peu moins mal à l'aise dans une église anglicane que dans n'importe quel autre lieu de culte, et il en serait ainsi jusqu'à son propre enterrement. Annie, pour sa part, avait abandonné derrière elle, en quittant les Maritimes, un lien avec cette même religion qui avait été plus intense. Elle avait fait baptiser ses fils parce que sa mère y tenait, mais ça s'était arrêté là. Lorsque la mère d'Annie était venue voir les Salter à Toronto, les deux femmes étaient allées à l'église ; Annie était rentrée à la maison tout heureuse d'avoir été capable de chanter quelques-uns de ses cantiques favoris, mais elle n'allait jamais à l'office seule. Et voilà que Seth, en l'absence d'informations lui permettant de se faire une opinion sur la question, demandait réellement à son père si les Salter étaient anti-catholiques.

— Si vous prévoyez vous marier, fiston, j'aurais préféré qu'elle soit juive, rétorqua Salter sur un ton faussement solennel afin d'avoir l'air sérieux tout en pouvant s'en défendre s'il paraissait idiot. En deuxième choix, poursuivit-il, ç'aurait été une de ces femmes évangélistes qu'on voit à la télé, tu sais, ces Noires du sud des États-Unis. En fait, la plupart des Juives que je connais sont bien meilleures cuisinières que… les gens comme nous. Enfin, comme moi, en tout cas. Cela dit, une belle-fille noire qui chante, ça mettrait un peu de gaîté dans nos cœurs. À part ces deux-là, je n'ai aucune préférence. Quelle différence ça fait ? À une époque, on repérait les Catholiques à la taille de leurs familles, mais c'est fini, tout ça. Ils n'ont plus de familles nombreuses, n'en déplaise au pape. Et Tatti, elle se situe où ?

— Nous pratiquons le contrôle des naissances, ça c'est sûr…

— Parfait, coupa Salter, désireux d'éviter toute discussion sur la vie sexuelle de son fils.

Au même instant, il prit à nouveau conscience du fait que l'approche consistant à mettre en corollaire le sexe sans risques et la grossesse revenait à considérer cette dernière comme une maladie vénérienne, et il eut l'impression de saisir le point de vue d'un Catholique pratiquant. Se sentant toutefois incapable de proposer une autre optique sur ce thème, il changea de sujet, ou plutôt, revint à la question initiale.

— C'est assez grand ?

— Où ça ?

— Chez Tatti. Je croyais qu'elle vivait dans une pièce située au-dessus d'une boutique, pas loin de chez Honest Ed.

— Oui. Enfin, non. C'est trop petit, chez elle, et elle n'a qu'un futon d'une place. Il va falloir qu'on trouve autre chose.

— En avez-vous les moyens ?

— On peut dénicher un petit appartement pour huit cents dollars par mois. Tatti travaille plutôt régulièrement, maintenant, et j'ai gagné vingt-six mille dollars l'année dernière. J'espère dépasser ce montant cette année si je suis engagé à Stratford. Et même si ça marche, on aura quand même besoin d'un appartement à Toronto à cause du travail de Tatti. J'achèterai une auto d'occasion pour faire le trajet. Je pense avoir deux jours de relâche tous les six jours, quelque chose comme ça. Il y a un problème ? conclut-il en voyant le visage de son père.

Salter avait commencé à mettre le doigt sur l'une des raisons de son malaise, à laquelle il essayait de ne pas penser – et qu'a fortiori il ne révélerait pas à son fils. Cela touchait aux fonctions du mariage. À une époque, il avait entendu décrire le mariage comme un piège dont l'appât était le sexe, et qui se refermait dès que l'union était consommée. C'était sans doute vrai pour certains représentants de la génération de son père, et cette vision avait effectivement laissé sa marque sur ce dernier. Mais aujourd'hui, rares étaient ceux qui se mariaient juste pour se garantir des rapports sexuels réguliers. Et pourtant, en se débarrassant de cette nécessité – et, avec elle, d'un nombre non négligeable de misérables nuits de solitude conjugale –, l'époque moderne s'était aussi privée d'autre chose, d'un aspect positif célébré par de nombreux poètes, pour autant que Salter pût s'en souvenir, bien que ceux-ci fussent plus rares depuis deux cents ans.

Salter n'avait aucune peine à croire que, dans ce domaine précis, la vie de Seth était de loin beaucoup plus enviable que les expériences maladroites et angoissées de sa propre génération, mais il se demandait si cela signifiait que tout le monde ancestral des sacrements, des bénédictions et de la virginité n'avait été qu'un tralala créé et perpétué par une bande de célibataires imbus d'eux-mêmes qui n'avaient eu d'autre intérêt dans cette tradition que le seul fait d'en vivre.

— À quoi tu penses, papa ? s'enquit Seth, rappelant ainsi à son père qu'il attendait une réponse.

— Je me disais que ça allait me manquer de ne plus t'avoir ici, à la maison, s'empressa de répondre Salter. Ta mère est au courant de tes projets ?

— Je lui en ai déjà parlé, répondit Seth en rougissant imperceptiblement. Elle m'a dit qu'à son retour, si nous n'avons pas trouvé d'appartement, elle nous aiderait dans nos recherches. Et comment ça va, au boulot ? ajouta-t-il, désireux de changer de sujet. Tout va bien ?

— Bien sûr, répliqua Salter par automatisme. Pourquoi ?

Récemment, le père et son fils cadet avaient commencé à nouer une relation d'égal à égal, entre adultes ; Seth s'était ainsi arrogé le droit, voire le devoir, de s'informer du bien-être de Salter. Ce dernier trouvait exaltant de découvrir en Seth un ami, tout en constatant que cela diminuait d'autant son rôle de père. Bientôt, il ne lui resterait que l'argent.

— Maman a évoqué quelque chose…

— Quoi ? Quand ?

— Avant son départ. Je lui ai demandé quand tu envisageais de prendre ta retraite.

— Et qu'a-t-elle dit ?

— Elle m'a dit que tu devais quitter bientôt la police. Qu'est-ce que ça te fait ?

Salter chercha une réponse franche et honnête qui renforcerait leur nouveau lien sans inquiéter ni déprimer Seth.

— Ça me rend nerveux, avoua-t-il. Je n'ai aucun projet, et j'ignore ce qui va se passer après.

Seth sourit.

— Lis *Ulysse*, conseilla-t-il.

Grâce à son année et demie d'université, Salter saisit la référence.

— Je l'avais commencé, à un moment donné, mais je ne me suis pas rendu bien loin dans ma lecture. Je ne comprenais pas pourquoi il avait été banni.

— La réponse vient à la fin. Je ne parlais pas du roman de Joyce, mais du poème de Tennyson.

— De quoi cela parle-t-il ?

— D'Ulysse à soixante ans, qui saisit son aviron pour la dernière fois peut-être, mais qui prend quand même la mer.

— Un beau poème, tu trouves ?

— Un poème génial.

# Chapitre 4

Dans les années soixante, la grilladerie Harry Barberian était l'un des rares restaurants de Toronto que les visiteurs, en particulier les gens de l'industrie du spectacle en tournée, se recommandaient mutuellement. À cette époque-là, Toronto ne comptait qu'un restaurant français, la Chaumière, un restaurant de spaghettis, George's, un restaurant de poisson, The Mermaid, quelques grilladeries et, bien sûr, les restaurants des hôtels de voyageurs, un incontournable depuis que le dernier rail du chemin de fer transcanadien avait été posé. Et le Park Plaza, bien sûr. La plupart des autres établissements se disputaient la palme du petit-déjeuner le moins cher en ville.

Aujourd'hui, la liste des restaurants de Toronto remplit à elle seule seize volumes des *Pages Jaunes*. On y trouve toutes sortes de cuisines et de spécialités, du couscous au curry de chèvre ; le choix y est aussi varié que dans le West Side, à New York, au sud de la 120e Rue. La plus grande partie des restaurants des années soixante a disparu, mais le Harry Barberian est toujours aussi prisé des amateurs de steak, et les acteurs en tournée le considèrent encore comme une adresse à retenir.

Une discussion animée sur l'année d'ouverture du restaurant, le prix du bifteck de côte la première fois qu'ils y avaient mis les pieds ainsi que sur la date de cette première fois leur permit de briser la glace avant l'arrivée de leurs apéros, après quoi ils purent en venir au fait – si tant est qu'il y en eût un.

Marinelli s'éclaircit la gorge, se tortilla sur sa chaise, sirota son scotch, tripota son couteau et sa fourchette, puis se lança :

— Merci d'être venu, Charlie. Ce souper me donne l'occasion de te remercier pour l'aide précieuse que tu nous as apportée ces dernières années, en espérant que tu continueras à nous donner un coup de main. Ça te fait quel âge, maintenant ?

— Soixante.

— C'est bien ce que j'avais calculé. Tu connais Harry Wycke ? Il était aux Homicides il y a des années, puis il est parti aux Affaires communautaires. Il a pris sa retraite l'année dernière. Tu vois de qui je parle ?

— Oui, bien sûr, il me prête sa cabane quand je veux aller à la pêche.

— Ah ouais ? Eh bien, je suis tombé par hasard sur lui l'autre jour. Il habite à côté de chez moi. Il pensait que tu avais déjà atteint la limite d'âge.

— Non, c'est cette année.

— Oui, mais si tu le voulais, tu pourrais prendre ta retraite maintenant, non ?

— Ça fait huit ans que je peux partir quand je veux.

— Pourquoi ne le fais-tu pas, alors ?

— Tu crois que je devrais ? Si j'étais sénateur, je resterais à mon poste pendant encore quinze ans.

— Exact. Et en plus, tu toucherais une allocation de subsistance pendant toutes les périodes où tu ne serais pas en Floride. Cela dit, la plupart des gens normaux n'aspirent qu'à lever le pied un jour, et ils s'y préparent.

— J'aurai une bonne pension, ma femme a de l'argent de son côté, et mes deux fils sont plus ou moins indépendants.

— Ça s'annonce bien ! Et ton père, comment va-t-il ?

— Il est décédé l'année dernière.

Marinelli chercha un autre angle d'attaque.

— Certaines personnes ne parlent que de ça, reprit-il. Il y en a qui ont vraiment hâte de prendre leur retraite.

— Avec le boulot que certains font, ça ne m'étonne pas. Pour ma part, je fais déjà tout ce dont j'ai envie. Je n'ai aucun autre loisir que le squash, et les vieux cons avec lesquels je joue pourront continuer aussi longtemps que moi. J'ai besoin de m'occuper, tu vois. Ce que j'aimerais vraiment, c'est tout recommencer depuis le début, me trouver un poste dans une petite ville isolée dont je serais le seul et unique représentant des forces de l'ordre. Ça existait, avant, en Ontario. Ma première mesure serait de mettre mon arme au coffre et d'être le premier policier du Canada à remettre la bonne vieille matraque en service. Il faut bien que quelqu'un le fasse, à un moment donné. Et si des bandits armés débarquent en ville, j'appelle la GRC.

Marinelli sourit pour indiquer qu'il avait compris que Salter plaisantait, même s'il était sérieux sur le fond.

— Ça fait un bail qu'on n'a plus de villes avec un seul flic en Ontario, Charlie. Par contre, tu pourrais te lancer comme détective privé.

— Passer mes journées le cul dans une auto à photographier des gars qui simulent des handicaps pour toucher une prime d'assurance ? Oublie ça et passons à autre chose. Raconte-moi un peu ce que tu fais en ce moment.

— June et moi nous sommes inscrits au club de tennis du coin. Il est équipé d'une verrière, alors on peut jouer tout l'hiver. J'ai pris un kilo par an depuis dix ans. Si je continue comme ça, je dépasserai les cent kilos quand j'aurai ton âge. En jouant une ou deux parties par semaine et en supprimant les desserts, je devrais pouvoir me maintenir. À part ça, je…

— En fait, je voulais savoir sur quoi tu travaillais.

— Sur quoi je travaille ?

— Ouais. Tu es débordé ?

— On est toujours débordés, aux Homicides, Charlie. On a toujours du travail en retard à rattraper.

— Des affaires en cours, tu veux dire ?

— Bien sûr. Tous les nouveaux doivent en prendre connaissance et à l'occasion, ils dénichent quelque chose. Rien de bien spectaculaire.

— Arrive-t-il souvent que vous résolviez l'une de ces vieilles affaires ? Depuis que tu es en poste, je précise.

— En fait, c'est arrivé une seule fois. Mais je ne me décourage pas.

Salter avait tendu à Marinelli de nombreuses perches, mais celui-ci n'en avait saisi aucune : il se décida donc à jouer franc jeu.

— Et cet avocat qui s'est fait poignarder ? L'enquête avance ?

— Nous suivons toujours la piste de la prostituée.

— Mais vous ne l'avez pas encore trouvée.

— On y arrivera. Quelqu'un finira bien par nous dire où elle se cache. Sans doute qu'une de ses copines la balancera pour échapper à une condamnation. Tu sais comment ça se passe : on maintient la pression et quelqu'un finit par apparaître.

— Je pensais à cette prostituée après t'avoir entendu en parler avec Mackenzie. As-tu envisagé la possibilité qu'elle puisse avoir disparu de la circulation ?

— Qu'elle ait quitté la ville, c'est ça ? Nous avons diffusé un avis dans toute la province : on finira par la retrouver, je te dis.

— Peut-être qu'elle n'existe pas.

Voilà. C'était dit.

Marinelli éclata de rire.

— Oh que oui, elle existe bel et bien ! Au moins trois témoins l'ont vue. Elle refera surface un jour, crois-moi. On lui mettra la main dessus.

— Il y a peut-être une autre façon de voir les choses, suggéra Salter.

Marinelli coupa court.

— Si c'est le cas, on y viendra. Bon. Je ferais mieux d'y aller. Non, non, tu es mon invité, ajouta-t-il. C'est moi qui t'ai proposé cette sortie. La prochaine fois, c'est toi qui régales. Avant que tu ne partes pour de bon.

*On dirait bien qu'il me remet à ma place,* songea Salter. *Je ne faisais que bavarder, c'est tout. Ça aurait pu les aider, parce qu'ils cherchent la mauvaise personne au mauvais endroit. Mais il veut à tout prix éviter que je n'envahisse son territoire. Qu'il aille chier!*

◆

Le téléphone sonna simultanément dans les deux bureaux: Salter décrocha et prononça la formule consacrée, qui lui permettait à la fois de gérer les appels qui lui étaient destinés et de faire tampon pour son supérieur:

— Bureau du directeur adjoint Mackenzie, inspecteur d'état-major Salter à l'appareil.

La vanité de Mackenzie n'exigeait pas qu'on répondît à ses appels à sa place; néanmoins, il aimait que Salter s'en chargeât parce que cela lui laissait le temps de réfléchir à ce qu'il allait dire si, par exemple, le premier ministre en personne se trouvait à l'autre bout du fil.

C'était l'agent de faction à la réception.

— J'ai ici un certain monsieur Calvin Gregson qui aimerait rencontrer le directeur adjoint.

— Dites-lui d'écrire une lettre pour demander un rendez-vous, répondit Salter, qui ajouta: Précisez qu'il est avec quelqu'un.

S'ensuivit une pause.

— Il dit que c'est urgent. Il passait dans le coin et il a pensé qu'il pouvait s'arrêter en chemin pour parler d'une affaire pressante. Puis-je vous l'envoyer, monsieur?

— Ne quittez pas.

Le nom de Calvin Gregson lui disait quelque chose. Salter pressa le bouton « attente » et se dirigea vers la porte du bureau de Mackenzie.

— Calvin Gregson est ici, monsieur. Vous voulez le rencontrer ?

— C'est qui, ça ? Ah, merde ! C'est lui... Qu'a-t-il donc de si important à me dire ? Mieux vaut le savoir, après tout... Dites-lui que je suis en réunion et que je serai libre dans dix minutes.

Salter relaya le message et ajouta :

— Je vais venir le chercher.

Mackenzie se leva puis alla vérifier sa tenue dans le minuscule miroir qui se trouvait à l'intérieur de la porte de son armoire. Il se passa la main dans les cheveux, inspecta ses dents et brossa du revers de la main les épaules de son veston.

— Très bien, fit-il.

◆

— Je suis venu accomplir le genre de mission qu'un avocat criminaliste en vue ne devrait jamais tenter, Hal. Je veux savoir où en est l'affaire Lucas. Vous savez, l'avocat qu'on a retrouvé poignardé chez lui ? Et si vous m'annoncez qu'il n'y a rien de nouveau, je suis ici pour vous demander comment ça se fait et pour vous entretenir d'un petit problème qui vient de surgir.

À cinquante ans, Calvin Gregson était l'un des meilleurs criminalistes de Toronto et donc, du Canada. Il jeta son manteau de deux mille dollars sur un fauteuil et prit place dans un autre avant de desserrer sa cravate.

— De quoi s'agit-il ? s'enquit Mackenzie.

Le directeur adjoint ajusta quant à lui sa cravate et posa ses mains sur son bureau, non sans veiller à ce que ses manchettes fussent à la même hauteur. Il aimait son costume : il l'avait acheté à La Baie, comme toute sa garde-robe. Il mettait toujours le prix pour avoir des vêtements de bonne qualité, estimant toutefois qu'il y avait des limites. Il trouvait que Gregson ressemblait au mannequin d'un tailleur. Italien, le tailleur.

— Flora, la sœur de Jerry Lucas, qui est elle-même députée provinciale, attend la visite d'un journaliste du *Daily Dominion*, vous savez, ce nouveau journal qui est en croisade pour la vérité. Pas n'importe quel journaliste, en plus : celui que le *Dominion* a « acheté » il y a quelques semaines à un quotidien de Vancouver. Je veux dire par là que le *Dominion* lui a offert une belle enveloppe, et je me demande en passant si, bientôt, tout le monde ne pourra pas être échangé comme des joueurs vedettes. Imaginez que *The World* offre à un journaliste un contrat de deux ans en béton assorti d'une option, puis le fasse progresser jusqu'à ce qu'il vaille autant que Benjamin Pulford, par exemple. La direction du journal pourrait-elle le vendre aux enchères ? Intéressant, non ? Il aurait certainement besoin d'un avocat pour le représenter, vous ne croyez pas ?

Comprenant que le baratin de Gregson visait à le mettre à l'aise, Mackenzie se détendit un peu.

— Comment s'appelle ce journaliste ?

— Gavin Chapel.

— Vous le connaissez ?

— Oh oui, bien sûr, comme tout le monde à Vancouver, d'ailleurs. Chapel n'est pas un journaliste, en fait : c'est un semeur de merde qui a reçu de nombreux prix pour ça. Le genre de type qui raconte de belles histoires quand la police se plante. Il était fait pour le *Dominion*.

C'était donc ça. Mackenzie s'efforça de ne pas avoir l'air aussi contrarié qu'il l'était en réalité. Il joignit les mains, s'inclina en avant et chercha une réplique anodine. Il n'avait pas eu le temps d'évaluer les informations transmises par Gregson, mais il savait qu'elles étaient de mauvais augure. Le seul fait que le célèbre avocat fût assis dans le bureau de Mackenzie était en soi lourd de sens – il était évident que cette histoire de « visite en passant » n'était qu'un prétexte. Le temps de maître Gregson était trop précieux pour qu'il le gaspillât.

Mackenzie connaissait évidemment Gregson : ce dernier avait souvent défendu des personnes accusées de crimes majeurs, souvent avec succès et toujours de façon spectaculaire, de sorte que les criminels qui en avaient les moyens financiers prisaient ses services. Parfois, lorsqu'il était particulièrement irrité par un mésusage de la loi pratiqué occasionnellement par des policiers désireux d'obtenir une condamnation à tout prix, il travaillait gratuitement. Il s'agissait généralement de cas dans lesquels la seule présence de Gregson devant un jury impressionné suffisait à faire pencher la balance en faveur de l'accusé, c'est-à-dire lorsqu'un juge ou un jury devait choisir entre la version de la police et celle de l'accusé, par exemple dans les affaires de voies de fait sur des policiers.

Gregson ne cachait pas qu'il pratiquait le droit d'abord pour l'argent, puis pour la célébrité ; maintenant qu'il était riche et célèbre, il pouvait payer une dîme, comme il le disait lui-même, non pas en faisant des donations à sa paroisse – ce qu'il faisait déjà fort généreusement –, mais en accordant de son temps aux gens qui n'avaient pas les moyens de recourir à ses services.

— Vous avez été engagé par la famille ?

— Pas de façon officielle, non.

— J'ai déjà eu une conversation avec cet autre avocat, ce Holt. Et maintenant, avec vous. Que se passe-t-il ?

— Je suis là pour aider Flora, sa sœur. Lucas était sa seule famille.

— Oui, Flora, la députée.

— La procureure générale, après la prochaine élection. Je veux la garder de mon côté.

Gregson sourit et fit un clin d'œil, ce qui pouvait soit souligner sa manœuvre de fin stratège, soit indiquer qu'il ne fallait pas croire ce qu'il disait – impossible à préciser.

— Veut-elle faire jouer son influence ? Devrais-je m'inquiéter ?

Si cette dernière réplique avait figuré dans un script, l'acteur à qui elle aurait échu aurait pu l'interpréter de multiples manières. Mackenzie affichait quant à lui une expression suffisamment impassible pour qu'on pût imaginer plusieurs hypothèses : soit il consultait réellement Gregson parce qu'il se méfiait du pouvoir de la députée, soit il était sarcastique, cherchant à faire savoir à son interlocuteur qu'aucune politicienne, surtout si elle n'avait qu'un mandat provincial, n'allait pouvoir se mettre en travers de son chemin, soit encore il demandait simplement à Gregson si Flora Lucas avait soulevé des questions qu'il devrait prendre au sérieux.

— En sa qualité de députée provinciale, Flora Lucas n'est pas du genre à vous faire sentir tout le poids de sa charge législative, non…

Gregson, qui, naturellement, était lui-même une sorte d'acteur, était rompu à l'art de la pause dramatique. Toutefois, les fioritures liminaires de ses discours n'étaient qu'un écran de fumée destiné à lui permettre de rassembler ses idées.

— … Mais en sa qualité de femme, poursuivit l'avocat, d'unique survivante d'une vieille famille ontarienne, digne représentante d'une brillante lignée et fière de son nom, elle est déterminée à faire tout ce qui est en son pouvoir pour traîner en justice le meurtrier de son frère et préserver la réputation de ce dernier.

Mackenzie avait une connaissance élémentaire de la politique municipale et provinciale – élémentaire, certes, mais suffisante pour ne pas se mouiller. Il savait qui était Flora Lucas ; il savait aussi qu'elle était membre du Parti libéral, tandis qu'il était presque sûr que Gregson avait à une époque contribué au financement du Parti conservateur. Qu'est-ce que tout cela pouvait donc bien cacher ?

— Elle vous a engagé, donc ?

Déconcerté par l'échec de sa tentative de faire sourire Mackenzie de la parodie de lui-même qu'il avait tentée, Gregson hocha lentement la tête.

— Je sais ce que vous pensez, Hal, et votre supposition est tout à fait légitime. N'importe qui penserait la même chose – devrait le faire, même –, et qu'elle soit vraie ou fausse ne change strictement rien. Mais non, elle ne m'a pas engagé. Comme je vous l'ai dit, mon intérêt dans cette histoire est strictement personnel. Je suis un allié de Flora, mais je demeure indépendant. Lucas était un copain – pas vraiment un ami en tant que tel. Nous sommes allés ensemble à l'hippodrome deux ou trois fois. Il avait une loge à Woodbine, et bien que je considère que les détails de sa vie privée ne sont d'aucune utilité pour votre enquête, vos hommes pourraient bien décider du contraire – eux, et un public avide d'anecdotes salaces et diffamatoires. Ma visite ici n'a d'autre but que de vous aider à trouver le coupable, tout en laissant de côté des faits non pertinents touchant la vie privée de Lucas, même s'ils sont intéressants.

Décelant une certaine condescendance dans le style de Gregson qui, par ailleurs, ne l'inquiétait plus vraiment, Mackenzie s'anima.

— Pour l'amour du ciel, Calvin, reprenez-vous ! C'est quoi, ce cirque ? Je comprends très bien de quoi vous parlez, mais on n'est pas au tribunal, bon sang ! Vous plaidez aussi comme ça dans votre lit ?

— C'est juste que j'étais tellement à l'aise avec vous, Hal, que je me suis laissé aller.

— N'importe quoi. Vous essayiez seulement de m'impressionner. OK, admettons : je suis impressionné. En fait, ça fait vingt ans que vous m'impressionnez. Encore récemment, quand vous avez fait obtenir deux ans pour homicide à ce menuisier de plateau qui avait tué un acteur. Oui, vous m'impressionnez, et ce, depuis toujours. Pas besoin de continuer. Bon. Quel est l'objet de cette conversation ? C'est quoi, ce nouveau développement ?

— Gavin Chapel, le héraut.

— Qu'a-t-il de si héroïque ?

— Le héraut de la plèbe, je veux dire. H. É. R. A. U. T. Le tribun, quoi.

— Ah, fit Mackenzie, notant le mot sur son bloc-notes. Ma fille m'a offert un gros dictionnaire pour Noël, avec un lutrin en bois. J'y jetterai un coup d'œil. Bref. Alors, qu'est-ce qu'il mijote, ce Chapel ?

— En premier lieu, il veut votre peau.

— Dites-lui de prendre un ticket, rétorqua Mackenzie en se demandant aussitôt s'il n'avait pas été trop familier avec un avocat gagnant un million de dollars par année.

Il ne voulait montrer aucune forme d'inquiétude – surtout pas à Gregson –, aussi décida-t-il de laisser l'avocat raconter son histoire en s'efforçant de ne pas avoir l'air trop intéressé. Il avait récemment découvert la nuance entre « désintéressé » et « pas intéressé » ; il tenta donc d'avoir l'air mû par une curiosité désintéressée – la curiosité d'un homme que rien n'effrayait mais qui s'intéressait quand même à ce que ses ennemis préparaient.

— Il a adopté une bien drôle de tactique, non ? Pense-t-il vraiment pouvoir inciter Flora Lucas à l'aider à remuer la merde ? Ce n'est pas le genre de Flora, d'après ce que vous m'avez dit.

— Vous la connaissez ?

— J'ai lu des articles sur elle et j'ai vu sa photo. Elle a la cinquantaine, c'est bien ça ? Grande, assez plantureuse, un beau visage ?

— Elle a quarante-huit ans, en réalité...

— Elle se tient en forme, aussi. Comment ça se fait qu'elle ne s'est jamais mariée ?

— C'est son choix.

— Ah ouais ?

— Oui. Je la connais depuis longtemps. J'ai été dans Jarvis Street avec l'un de ses anciens petits amis. Son dernier... (Gregson marqua une pause, soit pour trouver le mot juste, soit pour laisser à Mackenzie le temps de comprendre ce qui allait suivre.)... amant était médecin pour Médecins sans frontières. Il travaillait en Afrique, où il s'efforçait de sauver des enfants. Il est – ou était – grec. Il a disparu. Flora l'avait rencontré en Bosnie, où elle était allée voir ce qu'il était advenu des fonds qu'elle avait levés pour le soutien aux enfants réfugiés.

— Bon. Vous avez répondu à ma question. Peut-on avancer ? Et ce journaliste ?

— Il a appelé Flora il y a quelques jours. Cela faisait un moment qu'il n'y avait pas eu de meurtres à caractère sexuel ; il cherchait quelque chose à se mettre sous la dent et il est tombé sur l'affaire Lucas. De fil en aiguille, il a creusé et déterré un ou deux trucs qu'il estime que Flora devrait savoir. Des choses que personne d'autre que vous ne savait, bien sûr.

— Comme quoi ?

— Vous savez de quoi je veux parler ?

— Pas encore, non.

Gregson soupira.

— OK. Chapel a évoqué un fait que vous gardez pour vous. Une info sur la visite qu'a reçue Lucas le soir de sa mort.

Mackenzie haussa les épaules sans rien dire.

— Vous allez m'obliger à vous le dire, hein, mon vieux ? Soit. Eh bien, le soir où Jerry a été poignardé, il a reçu la visite d'une femme qui, au dire des voisins, avait l'air d'une prostituée. Jusqu'à présent, la police n'a pas mentionné ce fait.

— Non, en effet. Ni à vous, ni aux médias.

— Le problème, c'est que Flora redoute ce que Chapel découvrira sur cette femme. Elle est inquiète, mais pas pour ce que vous croyez: elle se fout de la vie sexuelle de Jerry. Ils étaient si proches qu'il n'avait certainement pas de secret pour elle.

— Attendez, reprenons: sa propre sœur se fout qu'il ait pu être assassiné par une prostituée ?

— Cela ne la dérangerait pas en tant que tel. Peut-être n'a-t-il pas eu de chance ou qu'il a fait un mauvais choix, c'est tout. Ce qu'elle ne veut pas, c'est que cet élément soit transformé en saga sur sa vie sexuelle, ce que Chapel ne manquera pas de faire. Après deux ou trois semaines de spéculation journalistique, elle serait probablement dans la ligne de mire, elle aussi, et on ne tarderait pas à découvrir que son dernier amant était un médecin grec qui a disparu au Sahara – ceci dit en toute confidentialité, Hal, car leur liaison n'était pas publique. Cela ne regarde qu'elle, mais c'est une personnalité politique ; par conséquent, tout le monde s'intéresse à ce qui se passe dans son lit, et ça n'augure rien de bon pour elle.

— Et alors ?

— Comment ça, et alors ?

— Et alors, elle veut mettre un peu le nez dans nos affaires, ce qu'elle n'est pas censée faire, et c'est pourquoi elle vous a demandé de me transmettre le message. Vous avez raison, ça ne pourrait que lui nuire auprès d'Ottawa d'avoir été liée à un médecin grec.

— Ne pouvez-vous pas comprendre que sa vraie préoccupation est de protéger sa vie privée, tout simplement ? Aujourd'hui, tout le monde suppose qu'une femme dans sa situation est lesbienne. Dans les milieux sophistiqués, en tout cas, pas à Ottawa. Vous ne croyez pas qu'elle préférerait que ces gens pensent ce qu'ils veulent plutôt que de tout connaître sur sa vie privée, qui est bien moins intéressante ? C'est d'une dame que nous parlons ici, Hal, pas d'une sombre députée qui essaierait de garder les fesses propres parce qu'elle intrigue pour entrer au gouvernement.

— Alors, qu'attendez-vous de moi ?

— J'aimerais pouvoir assurer à Flora que vous considérez cette enquête comme prioritaire et que vous vous efforcez de la résoudre. Par exemple, en y mettant vos meilleurs hommes, comme on dit.

— Vous pouvez le lui assurer. Je peux parler à Marinelli, mais je n'ai aucun moyen de faire taire ce journaliste.

— Je vais tâcher d'en toucher un mot à quelqu'un du canard, pour l'inciter à patienter une ou deux semaines.

— C’est donc le temps que ça va nous prendre, vous pensez ? répliqua Mackenzie, encore une fois sur un ton ambigu. Je pense que je pourrais, moi aussi, parler à quelqu’un du… comment avez-vous dit, déjà ? du canard, mais une telle intervention me priverait de toute influence pendant une bonne année. Madame Lucas ne pourrait-elle pas faire jouer ses propres relations ?

Les deux hommes s’observèrent mutuellement pendant quelques secondes. Mackenzie continua :

— Les rédacteurs en chef, éditeurs ou propriétaires de ce journal, c’est-à-dire ceux qui sont responsables de la censure, sont tous membres de votre club, j’imagine ?

Gregson se mit à rire.

— Ce n’est pas exactement comme ça que ça fonctionne, Hal. Mais d’accord, je vais voir ce que je peux faire.

— Parlez-en au premier ministre : lui doit connaître quelqu’un qui pourrait être utile.

Ouvertement moqueur, Mackenzie se pencha en arrière. Il avait adopté le ton d’un homme du peuple persuadé que tous ceux qui sont au sommet marchent tous main dans la main et qu’ils passent leur temps à protéger leurs intérêts. Cette petite pirouette ne remettait pas en question tout ce qui avait été convenu entre eux ; Mackenzie voulait simplement établir les limites de leur collaboration. Il revint à sa position initiale.

Gregson attrapa son manteau avec aussi peu de soin que s’il avait l’intention de le jeter dans la première poubelle venue.

— Découvrez cette femme, je vous en prie, et mettez-la hors de la circulation.

◆

— Un vrai comédien, je vous dis, commenta Mackenzie à l’adresse de Salter dès que celui-ci apparut et qu'il eut fermé la porte derrière Gregson. Vous le connaissez ? C'est bien vous qui avez mis la main au collet de ce machiniste qui avait tué un acteur ? Gregson l'a tiré de là facilement.

— Oui, il a écopé de deux ans seulement. À part ça, je ne l'ai jamais retrouvé sur mon chemin, mais je le connais de réputation, évidemment. On en entend parler dans les journaux et à la télévision, où on l'invite à donner son opinion sur la peine capitale, des trucs comme ça. Il aime être sous les feux des projecteurs.

— Il a les costumes pour ça, il faut dire. Un vrai prince.

— Que voulait-il ?

Mackenzie réfléchit à la question pendant quelques secondes.

— Je ne suis pas sûr de le savoir. Il prétend veiller aux intérêts de Flora Lucas. Vous voyez de qui il s'agit ? La politicarde. Cependant, ce n'est pas lui, l'avocat de la famille. En passant, j'en ai déjà entendu parler, de celui-là. D'après Gregson, ils craignent que si l'enquête traîne en longueur, cela compromette ses chances d'être réélue. Vous savez qu'on parle d'elle comme future procureure générale ? Gregson a tout fait pour veiller à ce que je le sache, moi, en tout cas. Mais là n'est pas le problème : le problème, c'est qu'à mon avis Gregson n'a pas été tout à fait franc. Je pense que tout ça cache autre chose. (Mackenzie joignit les mains et se pencha au-dessus du bureau, pensif.) Il s'agit peut-être de quelque chose sur Lucas que tous les membres du club de Gregson savent, mais qu'ils gardent secret pour protéger sa réputation. Peut-être aussi celle de sa sœur, d'ailleurs. Amusant, tout ça : comme avocat, il vaut un million de dollars pour tirer d'affaire un client, mais en coulisse, il est plutôt mauvais menteur. Il faut que j'en parle à Marinelli.

◆

Salter songeait qu'il pouvait toujours laisser sur le bureau de Mackenzie le soir même une lettre expliquant que pour des « raisons personnelles impérieuses », il se trouvait dans l'obligation de partir avec quelques mois d'avance. Tout le monde serait content. Il pourrait ensuite se rendre à l'Île-du-Prince-Édouard pour faire une surprise à Annie.

Il y avait bien dix ans qu'il n'avait pas effectué le trajet. Se lever à cinq heures du matin pour parcourir la plus mauvaise portion de la route – l'autoroute 20 jusqu'à Montréal –, et en être sorti pour midi. Ensuite, cap vers le sud à travers le Québec pendant quelques heures et apprécier le cachet français des villages – première bouffée de plaisir liée à la découverte de régions somme toute exotiques. Après ça, passage de la frontière et entrée dans le Maine – à moins que ce ne soit le Vermont –, où le sentiment d'être vraiment à l'étranger se trouve conforté par la manie qu'ont les États-Uniens d'orner leurs maisons de drapeaux qui proclament : « Ici, vous êtes aux États-Unis d'Amérique », pays où, paradoxalement, le bacon est dit « canadien », où l'on peut boire de la Michelob à la pression et où les petits restaurants des villages ouvrent à six heures du matin, à la différence du Canada, où l'on considère que huit heures du matin est un moment audacieux pour servir du café.

Une fois, il avait atteint Bangor en une seule journée, parcourant près de mille kilomètres. Mais maintenant, six cents kilomètres était le maximum qu'il pouvait faire ; le voyage lui prendrait donc trois jours, ce qui, à la réflexion, était un peu trop long.

Peut-être une autre partie de pêche, dans ce cas ? Oui, mais Seth était trop occupé et il ne connaissait personne d'autre qui fût libre de partir à la pêche avec un jour de préavis.

Alors, peut-être qu'il resterait dans le coin, tout simplement.

Dès la première fois où il avait entendu parler de cette prostituée, il avait eu une intuition, une idée précise de ce que cela signifiait, idée sans laquelle ni Marinelli ni personne d'autre n'irait très loin. Et Salter imaginait le scénario dont il avait déjà été témoin : l'escouade des Homicides se concentrerait bien trop tôt sur un suspect évident, et le dossier ne tiendrait pas devant un tribunal. Ou pire, aboutirait à la condamnation d'une personne innocente. Et une fois que l'affaire aurait complètement foiré, que les témoins seraient tous dispersés et que la scène de crime aurait disparu, quelqu'un devrait repartir de zéro pour trouver le vrai coupable – tâche rendue infiniment plus difficile par le fait que le boulot aurait déjà été saboté. Salter avait l'impression d'être à l'hippodrome : sûr du gagnant de la prochaine course, il n'avait pas l'argent nécessaire pour miser. Un plan prenait forme dans son esprit : en premier lieu, il faudrait qu'il se mette au parfum de l'enquête et rattrape le retard qu'il avait par rapport aux enquêteurs de Marinelli qui étaient sur le coup. Pour cela, il lui faudrait sans doute organiser une petite opération d'espionnage à l'ancienne, en fouillant les dossiers et tiroirs des Homicides, probablement le soir, après le départ des enquêteurs. Oui, mais tout devait se trouver dans les ordinateurs, maintenant. Tout ce qu'il aurait à faire, ce serait de trouver les fichiers et de les imprimer. En fait, pas besoin de consulter les dossiers des enquêteurs sur les antécédents de la victime : avec le *Who's Who*, il aurait tous les renseignements dont il avait besoin en moins d'une heure.

Ensuite, il lui faudrait rencontrer certaines des personnes interrogées par les Homicides. Pour ce faire, il devrait s'armer d'une excuse. Idéalement, une excuse différente pour chacun. Et tandis qu'il commençait à essayer de trouver le moyen de mettre son plan à exécution sans que cela ne parvienne aux oreilles de Marinelli et de Mackenzie, Salter prit conscience du fait qu'à un moment donné, quelqu'un serait au courant – probablement Mackenzie –, lui demanderait ce qu'il fabriquait, et c'en serait fini de sa petite enquête parallèle.

Salter voyait bien que ce plan n'était que pur fantasme, qu'il était hors de question qu'il s'occupe de l'affaire, aussi se replongea-t-il dans sa mélancolie empreinte de frustration et se remit-il à envisager de prendre la route en direction de l'Île.

Mais à son insu, et sans la moindre intervention de sa part, les événements étaient déjà en train de tourner à son avantage.

# Chapitre 5

L'ex-surintendant d'état-major Orliff, l'ancien chef de Salter, était un petit homme soigné qui avait troqué son traditionnel costume bleu contre un veston de suède, une chemise en denim et un pantalon de toile beige, conservant toutefois ses souliers noirs, sa coupe de cheveux impeccable et son allure nette. Cela faisait six ans qu'il était à la retraite, mais il n'avait pas entièrement disparu de la circulation. Pour compléter sa pension déjà confortable, il œuvrait à titre de consultant pour l'industrie du cinéma états-unienne lors de tournages à Toronto, principalement de films policiers. Son travail consistait à s'assurer que les scripts ne contenaient aucune incongruité, que les policiers torontois de Hollywood ne s'appelaient pas « capitaine » ou « lieutenant » et à expliquer le droit pénal canadien lorsqu'il permettait d'éclairer les procédures policières.

Dans la pratique, Orliff dépassait sa seule expertise policière ; il allait jusqu'à éliminer les références à l'élection des sénateurs, par exemple, et à faire remarquer que la tartelette au beurre mise à part, il n'existait pas de gastronomie canadienne en tant que telle ; la mention « canadienne » utilisée dans les restaurants de Windsor signifiait simplement « non chinoise ».

Dès qu'il avait compris que ses services seraient souvent sollicités, il s'était fait imprimer des cartes de visite sur lesquelles il se présentait comme « conseiller en protocole policier ». On lui demandait souvent pourquoi il ne se disait pas « consultant », ce à quoi il répondait qu'un consultant prétendait savoir comment les choses devaient être, alors qu'un conseiller se contentait de savoir comment elles étaient.

Orliff et Calvin Gregson se retrouvèrent devant un café dans l'aire de restauration du centre commercial College Park. L'endroit avait été choisi par l'avocat parce qu'il y avait parfois vu Orliff et que les allées et venues entre là et les tribunaux situés au deuxième étage n'éveilleraient pas les soupçons de quiconque les verrait ensemble. Il était préférable qu'on les voie se rencontrer par hasard dans un lieu public plutôt que de les remarquer en train de dîner ensemble dans un restaurant tranquille. Ils avaient rendez-vous dans un endroit de prédilection d'Orliff, qui aimait particulièrement venir y boire un café, à mi-chemin entre le tribunal et le quartier général de la police ; c'était le lieu idéal pour y rencontrer d'anciens collègues et se tenir au courant des commérages, même s'il n'était plus en activité.

Orliff était arrivé le premier. Tandis que Gregson approchait, il mit sa chaise en équilibre sur les deux pieds arrière et croisa les mains sur la nuque, adoptant une posture décontractée apte à laisser supposer qu'ils se voyaient tous les jours.

— Alors, quoi de neuf, Calvin ? Je peux vous appeler par votre prénom, n'est-ce pas ? Cela dit, je me passerai de votre permission. Ce qui est génial dans le fait d'être à la retraite, c'est qu'on n'a plus à se soucier de choquer qui que ce soit avec des futilités de ce genre. Hé, vous avez une sortie prévue, cette fin de semaine ? Vous êtes particulièrement élégant.

Gregson afficha un air déconcerté, puis haussa les épaules, avec l'air de celui qui ne comprend pas la question mais la trouve légèrement offensante.

C'est alors qu'Orliff prit conscience d'un détail qu'il avait remarqué sans s'en rendre compte : Gregson portait un magnifique costume en tweed gris argent, dont le veston était très cintré. Pas vraiment un costume d'avocat, selon lui. Pas à Toronto, en tout cas. Il se demanda ce que Gregson avait derrière la tête.

— Oui, bien sûr, vous pouvez m'appeler Calvin, mais pas Cal, s'il vous plaît. Ça fait cocher de chariot western. Et comment vais-je vous appeler, vous ?

— Vous n'avez qu'à utiliser mon vieux surnom. Personne ne m'appelle plus comme ça depuis que je ne suis plus simple agent.

— Et c'est quoi, votre surnom ?

— Figaro.

— Comme celui des *Noces* ?

— Pas exactement, mais ça vient de là quand même. On a commencé à me surnommer comme ça le jour où, alors que cinq sergents me demandaient en même temps de faire ci et de faire ça, je me suis mis à chanter : « Figaro-ci, Figaro-là ! » J'aime l'opéra, je dois dire.

— Et le nom vous est resté.

— Jusqu'à ce que je passe sergent. À partir de ce moment-là, on ne l'a plus utilisé que dans mon dos. Mais récemment, je suis allé luncher avec de vieux copains qui m'avaient connu sous ce nom, et ils l'utilisent encore. Pour plaisanter. Ça m'est égal. De toute façon, la blague vient de moi.

— Figaro, donc. (Gregson s'interrompit brièvement, mais Orliff en avait terminé.) Ça ne vous dérange pas qu'on m'entende vous appeler comme ça ?

— On croira simplement que nous nous connaissons depuis très longtemps, c'est tout. Depuis plus longtemps que dans la réalité. Bien. Quel est l'objet de cette petite rencontre fortuite ?

— J'ai besoin de vos conseils.

— Oh, oh ! Je dirais même, mince alors ! Et moi qui croyais que vous étiez sociable simplement en souvenir du bon vieux temps ! Mais c'est que vous avez besoin de moi ! Pas un conseil juridique, j'espère ? Vous tournez un film ? Voyons… je ne vois pas dans quel autre domaine je pourrais vous être utile. Ah oui, je sais: vous voulez savoir qui contacter pour faire sauter une contravention. C'est bien ça, Calvin?

— Vous avez entendu parler du meurtre de Jerry Lucas?

Orliff remit sa chaise en position normale et avala une gorgée de café.

— Ces temps-ci, je pourrais lire le même journal deux fois dans la même semaine et je ne verrais aucune différence, à l'exception de la rubrique nécrologique et de celle des naissances. J'en connaissais deux, dans le *Globe*, la semaine dernière. Des décès, je veux dire. Rafraîchissez-moi la mémoire sur ce Lucas.

— C'est un avocat qu'on a retrouvé poignardé dans son appartement de Prince Arthur Street. On suppose qu'il a surpris un cambrioleur.

— C'était il y a une ou deux semaines, c'est ça? Ça me dit quelque chose. Que s'est-il passé?

— Rien du tout, justement. À ma connaissance, la police n'a pas avancé d'un pouce. J'ai parlé à votre directeur adjoint, Mackenzie, et tout ce qu'il a trouvé à me dire, c'est que les Homicides sont débordés.

— Ils sont toujours débordés, c'est vrai. Mais venons-en au fait: qu'est-ce qu'elle a de si spécial, cette affaire? À vos yeux, tout du moins?

— Lucas était un de mes copains.

— Un copain. Ça veut dire quoi, exactement? C'était un ami?

— Non, pas un ami proche. On allait à l'hippodrome ensemble, c'est tout. Par contre, je suis un ami de sa sœur, Flora. (Gregson attendit que le nom fasse son chemin.) Flora Lucas, précisa-t-il.

— J'étais sur le point d'établir le lien. La députée, c'est ça? Comment l'avez-vous connue? Je n'ai jamais entendu parler d'un quelconque lien avec nous.

— Aucune chance. C'est une personne absolument sûre, et totalement désintéressée. Une femme formidable, un vrai serviteur de l'État à l'ancienne.

— Une espèce en voie de disparition ! Mais elle est friquée, si je me souviens bien, non ? Ça aide à être désintéressée...

— Vieille fortune familiale.

— Oui, sans doute assez vieille pour avoir été blanchie avec le temps, quelle qu'en soit l'origine, vous voulez dire... Bon, oublions la sœur : depuis combien de temps connaissiez-vous Lucas, Calvin ? Depuis l'université ? le collège ? Mais peut-être étiez-vous de ces étudiants méritants partis de rien ?

Gregson maniait lui aussi fort bien le sarcasme, aussi embraya-t-il :

— En fait, mon père était doyen de la Faculté de droit. Vous ne le saviez pas, peut-être ? Je n'ai même pas eu besoin de déposer une demande d'admission. Avant cela, il était solliciteur général de la province, mais bien sûr il s'en était déjà mis plein les poches en pratique privée. Et vous ? Vous avez payé vos études collégiales en distribuant le journal ?

— Non, mes parents étaient assez à l'aise. Mon père était flic, vous voyez. Ça, c'est notre tradition la plus vivace : être flic de père en fils. Ça a commencé pendant la Dépression, à l'époque où l'on ne recrutait pas de candidats qui n'avaient pas de relations avec la police. Comme dans votre club, j'imagine. Mais les choses ont changé, dernièrement : certains de nos collègues se sont penchés sur vos honoraires et ont encouragé leurs enfants à faire leur droit, eux aussi. Un peu comme des travailleurs de la construction qui ne veulent pas que leur progéniture malaxe du mortier.

Gregson s'était adossé à sa chaise pendant la tirade, signifiant par là qu'il attendrait qu'Orliff ait fini, après quoi il reprit :

— Bon. Si on m'enlève la cuiller en argent de la bouche et le bâton que j'ai dans le cul, on peut continuer ?

Orliff éclata de rire.

— Ne faites pas attention à moi. C'est juste que je profite que je suis à la retraite pour m'amuser un peu.

Bien. À quoi rime toute cette agitation autour de la mort de Lucas ? On retrouvera bien le meurtrier un de ces jours.

— Il y a un journaliste qui fouine et remue la merde.

— C'est plutôt une bonne chose, non ? Ça incitera Mackenzie à se bouger.

Gregson se pencha au-dessus de la table pour tenter d'amenuiser le fossé qu'il y avait entre eux deux.

— Laissez-moi vous révéler ce qui pourrait intéresser un journaliste. La nuit de la mort de Lucas, une femme a été aperçue autour de son immeuble.

— Connaît-on son identité ?

— La police ne parvient pas à la retrouver. Le problème, c'est que de toute évidence, c'était une prostituée. La police connaît son existence, même si elle n'arrive pas à mettre la main dessus, mais quasiment personne d'autre n'est au courant.

— Seulement vous, la sœur de Lucas et quelques copains ? Ça y est, j'y suis : jusqu'à présent, vous avez réussi à tenir cette femme à l'écart des grands titres, mais maintenant, ce journaliste pourrait bien découvrir le pot aux roses.

— Il l'a déjà découvert, et c'est bien ça, le problème. Maintenant, il le tient, son papier ! « Mais pourquoi donc la police est-elle dans une impasse, alors qu'elle a un suspect si évident à portée de main ? Y a-t-il une raison pour que la police ne la trouve pas ? Que se passe-t-il ? » Voilà ce qu'il se demande.

— Et que se passe-t-il donc, Calvin ?

— Hein ?

— Je veux dire là, maintenant, notre petite rencontre… Qu'attendez-vous de moi ?

— Comment puis-je obliger Mackenzie à bouger et faire en sorte qu'il trouve le meurtrier avant que tout le monde ne commence à échafauder des hypothèses sur les prétendues perversions sexuelles de Lucas ?

Orliff se mit à rire.

— Et s'il s'avérait qu'il était réellement un petit pervers ? Cela dit, de nos jours, recourir aux services d'une prostituée ne donne pas automatiquement droit à ce titre, à mon avis.

— Eh bien si c'est le cas, soit! Mais il n'y a aucune chance: il ne mangeait pas de ce pain-là.

— Vous m'avez bien dit que vous vous contentiez d'aller aux courses avec lui, non? Comment pouvez-vous donc être si catégorique sur sa vie sexuelle?

— OK, admettons. Mettons que je suis sûr à quatre-vingt-dix pour cent.

— Et les dix pour cent restants?

— Il était toujours très discret. Même Flora le dit. Bien que je sois certain que ça ne cache rien, il faut bien avouer que cela peut laisser la porte ouverte à une vie... disons... secrète.

— Par opposition à une vie privée, vous voulez dire?

— Oui, et vous mettez le doigt sur un point névralgique. Cette prostituée pourrait bien être un indice de cette vie. De toute évidence, elle détonne dans les quatre-vingt-dix pour cent que je connaissais. Quoi qu'il en soit, si cela cachait réellement quelque chose, cela ne vous regarderait pas.

— Moi? Je suis à la retraite.

— Vous savez ce que je veux dire. Vous autres, la police.

— Que souhaitez-vous que Mackenzie fasse, précisément?

— Qu'il mette la main sur l'assassin de Jerry et qu'il laisse sa vie en dehors de tout ça.

— Et moi?

Gregson prit une profonde inspiration et, pour la première fois depuis le début de leur entretien, il vérifia que personne ne les écoutait aux tables voisines.

— Vous êtes toujours proche de Mackenzie? Vous l'étiez, autrefois.

— Je suis à la retraite depuis six ans, je vous rappelle. Je ne suis désormais proche de personne d'autre que de mes petits-enfants.

Gregson regarda en direction des ascenseurs, qui déversaient un flot de policiers et d'avocats.

— Vous pourriez vous balader autour de votre ancien bureau et laisser traîner vos oreilles, suggéra Gregson en gloussant.

— Écoutez, monsieur Gregson…

— Calvin, je vous prie.

— Désolé. Je cherche instinctivement à prendre mes distances quand j'ai l'impression qu'on me force la main. Laissez-moi vous expliquer pourquoi je suis ici à prendre un café. Actuellement, cinquante-trois entreprises cinématographiques ont un permis pour filmer des scènes à Toronto, alors j'ai de quoi m'occuper. En ce moment même, j'attends le sergent Kuntz, qui est chargé d'émettre les permis de stationnement pour les camions de tournage. Il est présentement au tribunal, où il témoigne dans une affaire, et je vais l'intercepter quand il redescendra. Je ne suis pas assis là à espérer procéder à une arrestation ; je vous le répète, je suis à la retraite. Cela dit, les arrestations sur le terrain n'étaient pas vraiment ma spécialité. En ce qui concerne le directeur adjoint Mackenzie, je le rencontre par hasard de temps en temps, et nous échangeons toujours quelques mots sur des sujets d'intérêt commun, ça oui. Par contre, je n'ai aucune influence sur lui.

— Dites-moi seulement comment procéder. Je veux que cette affaire soit menée avec doigté, déclara Gregson sur un ton insistant, abandonnant son détachement.

— Pourquoi ?

— Je veux éviter que des personnes innocentes en souffrent.

— Heureusement que je suis à la retraite, Calvin, car je pourrais comprendre que, sans votre intervention personnelle, les enquêtes sur des homicides entraînent toujours des dommages collatéraux de ce genre, et je vous dirais d'aller vous faire foutre, déclara Orliff avec un sourire. Mais Dieu merci, je n'ai plus à m'offusquer de ce genre de remarque. Quand vous parlez de personnes innocentes, vous pensez à Flora Lucas ?

— À elle, et à certains amis de Lucas, oui.

— Ah.

— Ne dites pas « ah » comme ça. Je ne cherche pas à étouffer l'affaire. Je ne veux pas que quiconque fasse quoi que ce soit d'illégal. Tout ce que je souhaite, c'est que le dossier soit bouclé le plus vite possible, avant que la presse ne commence à jouer au détective.

— Parlez-moi un peu de ce journaliste. Il a déjà une petite histoire croustillante à se mettre sous la dent, vous m'avez dit. Il pourrait même la faire publier dès demain.

Gregson hocha lentement la tête.

— Je pense qu'on a gagné un peu de temps. Le patron de Chapel est compréhensif, et il a déjà annoncé à ses troupes que rien ne pouvait être imprimé sans son accord, jusqu'à ce qu'il soit sûr de l'info.

— Chapel… Comme dans « église » ?

— Gavin Chapel.

— Connais pas. Vous voulez dire qu'il devra trouver lui-même l'assassin avant de pouvoir écrire un papier sur l'enquête ? C'est nouveau, ça !

— Ce n'est pas exactement ça. Son patron lui a ordonné de ne pas se livrer à des spéculations ni d'aller à la pêche. Mais tôt ou tard, si la police ne rend pas publique l'histoire que ce journaliste connaît déjà à propos de cette prostituée, le chat va sortir du sac et les autres journaux vont venir mettre leur nez partout…

— Vous voulez donc que l'enquêteur chargé de l'affaire soit conscient de la nécessité de faire preuve de… discrétion, c'est bien ça ?

— Il faudrait que ce soit quelqu'un qui sache garder la tête froide et qui ne soit pas là pour avoir des bons points.

— Je n'ai jamais compris pourquoi c'était si tabou : tout le monde aime les bons points, sauf les retraités, non ? Combien de temps ce Chapel peut-il garder sa muselière ?

— Deux semaines.

Orliff s'accorda un bref instant de réflexion. Il n'avait aucune raison d'aimer Gregson qui, par le passé, avait mis pas mal de bâtons dans les roues à ses collègues et à lui, mais la présente situation ne manquait pas de piquant. Orliff avait toujours été un fin politicien – c'était sa principale force –, même quand il était sergent, trente ans auparavant, et le problème de Gregson lui paraissait tout à fait dans ses cordes. Sans compter qu'il lui serait agréable que Gregson soit son débiteur ; il pourrait l'appeler à tout moment. La solution avait pris forme dans son esprit depuis le début de leur conversation.

— Vous n'avez pas envisagé de parler vous-même à Mackenzie ?

— Je l'ai déjà fait, en quelque sorte. J'ai l'impression que si je retourne le voir, il m'enverra paître.

— J'en ferais autant à sa place. Bon. OK. Mais j'ai besoin que vous m'assuriez que tout est réglo. S'il s'avère que Lucas a dans le placard des squelettes dont vous étiez au courant et dont j'aurais dû être informé, alors je vous garantis que j'irai moi-même prendre contact avec ce journaliste pour lui raconter notre petite conversation. Alors, tout est bien réglo ?

— Bien sûr que oui ! Que croyez-vous que je sois venu vous demander, au juste ?

— OK, OK. Dites-moi seulement que vous voulez qu'on attrape ce meurtrier, qui que ce soit.

— C'est en effet ce que je souhaite.

— Dans ce cas, je parlerai à Mackenzie. Dès que j'aurai réfléchi à ce que je vais lui dire.

— Quand me recontacterez-vous ?

— Vous voulez que je vous rende compte de mes démarches ? Vous ne me payez pas, que je sache. Vous voulez que je travaille *pro bono*, comme vous autres, c'est bien ce terme, non ? Vous aurez des nouvelles assez tôt, ne vous inquiétez pas.

— Désolé. Bien sûr. Et merci.

— N'en parlez à personne, jamais. Ni à vos copains ni, surtout, à votre députée. Ça reste strictement entre nous. Prenez-en tout le crédit, mais n'oubliez pas que vous serez mon débiteur.

Gregson eut l'air déconcerté, une fois de plus. Il ouvrit la bouche pour réagir, mais Orliff se levait déjà et, signifiant d'un mouvement de tête à Gregson que l'entretien était terminé, il fit un signe de la main à une personne située à quelques mètres de là puis s'arrêta net, le regard rivé sur le sol.

— C'est quoi, ces bottes, Calvin ? Désolé : je suis impoli, hein ? Agressif un peu, même. Désolé, vraiment. C'est que cela fait très longtemps que je n'avais pas vu de belles bottines chics comme ça. Vous avez les chevilles fragiles ?

— Ce ne sont pas des bottines chics, comme vous dites, ce sont des bottines d'équitation, mon cher Figaro. (Il releva légèrement sa jambe de pantalon pour montrer ses chaussures à Orliff.) Il ne faut jamais monter à cheval avec des souliers à lacets, car ceux-ci pourraient se prendre dans les étriers en cas de chute.

— C'est vrai, ça ? (Orliff se gratta la tête ; il cherchait une réplique qui ne soit ni rude ni agressive.) J'imagine que ça pourrait être dangereux, en effet. C'est confortable, comme chaussures de ville ?

— Bien sûr. C'est d'ailleurs pour ça que je les porte.

# CHAPITRE 6

Avant que Gregson ne quittât l'aire de restauration du centre commercial, Orliff avait déjà mis au point sa stratégie et élaboré un plan imparable. Il appela le quartier général de la police métropolitaine, où on lui apprit que Salter était absent pour le reste de la journée. Il prit donc l'ascenseur pour sortir du centre commercial, traversa College Street et, dix minutes plus tard, il décida de passer saluer son ancien patron, le directeur adjoint Harold Mackenzie.

— Tu as un moment ? demanda Orliff à ce dernier depuis le pas de la porte.

Mackenzie lui fit signe d'entrer. Orliff s'installa dans un fauteuil, face au bureau.

— Je serai bref, Hal. Le cinéaste pour lequel je travaille en ce moment a tourné un film ici il y a environ huit ans, à ce qu'il m'a dit. Il se demande ce qu'est devenu le gars qui l'avait conseillé à l'époque sur le tournage. C'est Charlie Salter. J'ai dit que je transmettrais le message, mais Salter n'a jamais travaillé sur un film, n'est-ce pas ?

— Bien sûr que oui ! C'est la fois où le scénariste a été poignardé par une fille venue de Tchécoslovaquie. Tu te rappelles ?

— Ah ouais, vaguement, répondit Orliff, qui se souvenait parfaitement de l'affaire. Au fait, où est Charlie ? Il ne travaille plus avec toi ?

— Si, il travaille encore ici. Il est déjà rentré chez lui.

— Il est sur quoi, ces temps-ci ? Il est sur le point de prendre sa retraite, non ?

— Oui, c'est imminent. Il n'est pas sur grand-chose, à vrai dire. Il m'aide un peu par-ci, par-là.

— Et toi, Hal ? Prêt à raccrocher les patins ?

— J'ai encore dix ans devant moi, j'espère.

— Tant que ça ? Tu penses avoir encore de quoi t'occuper ? J'ai entendu dire que le taux de criminalité est en baisse et que les gars de Marinelli en sont réduits à s'occuper des affaires classées.

— Tu ne devrais pas croire ce que disent les journaux. Nous avons de quoi nous occuper, crois-moi.

— Rien que tu ne puisses régler, cependant.

— Le plus gros problème, ce sont les vols de banque.

— Pas d'homicides intéressants ? Tiens, en passant, je viens juste de tomber sur Calvin Gregson au centre commercial, de l'autre côté de la rue. Tu as remarqué la façon dont il s'habille, en ce moment ?

— Le raffinement personnifié, hein ? Il a toujours été très élégant. Il en a les moyens, remarque.

— Il a quelque chose de changé : il met des tenues habillées, pas juste élégantes. (Orliff décrivit le costume et les bottines.) Pourquoi redouterait-il de se prendre les lacets dans les étriers pendant une plaidoirie ?

— Il va peut-être faire un peu de galop avant de se rendre au travail, plaisanta Mackenzie. Mais dis-moi, tu n'es pas passé me voir pour me parler des bottes de Gregson, quand même ? Tu le connais ?

— Tout le monde connaît Gregson.

— Et toi, il te connaît ?

— Il se souvenait de moi. Pourquoi ? Il y a un problème ?

— Il essaie de me mettre un peu la pression pour l'affaire Lucas. Jerry Lucas, un avocat qui s'est fait poignarder par une prostituée.

— Ah oui ? Quel est son intérêt dans cette affaire ? Il représente la prostituée ? demanda-t-il en souriant. Comment compte-t-il gagner de l'argent, si c'est le cas ?

— Rien à voir avec elle. Gregson est venu me prévenir qu'un journaliste commençait à mettre son nez un peu partout. Mais il y a plus que ça : il prétend qu'on ne prend pas l'affaire très au sérieux.

— Comment ça ?

— À mon avis, il veut dire par là que Lucas n'est pas un gamin qui aurait été tué dans une rame de métro. C'était un éminent avocat, un ténor du barreau, et toute cette merde. Lui et sa sœur, Flora, étaient des copains de Gregson.

— Que vas-tu faire ?

— Je pourrais faire pression sur Marinelli, j'imagine, mais ça ne servirait à rien, parce que je pense qu'il est dans une impasse. L'étape suivante consisterait sans doute à attribuer l'affaire à un autre enquêteur afin que Marinelli puisse prendre un peu de recul et voir s'il ne trouve pas une autre piste. Comme Merton, tu te rappelles ?

Orliff s'en souvenait, en effet, essentiellement parce que Mackenzie aimait tellement raconter l'histoire de cette affaire non résolue d'une femme qui avait été assassinée chez elle. Pendant trois mois, l'enquêteur Merton avait, *durant ses heures libres* – Mackenzie insistait toujours particulièrement sur cette portion de son récit –, frappé à toutes les portes du voisinage, jusqu'à ce qu'il déniche une vieille dame insomniaque qui, le soir du meurtre, regardait par la fenêtre en sirotant une tasse de thé : elle avait remarqué un homme qui sortait de l'immeuble de la victime par la sortie d'urgence, un homme qui avait plutôt belle allure, avait-elle déclaré, avec des cheveux blonds comme Alan Ladd, son acteur préféré. Elle n'en avait pas parlé avant cela parce qu'elle ne lisait pas les journaux et ignorait que la police recherchait un témoin. Personne ne lui avait jamais rien demandé avant Merton. Mackenzie évoquait toujours cette affaire lorsque quelqu'un comme Marinelli remettait en question l'utilité de se pencher sur des affaires anciennes non résolues.

— Ça ne serait pas suffisant pour Gregson. On s'en fout, cela dit. Ce serait plutôt chouette de voir Gregson insatisfait. Et la sœur, Flora ? C'est la députée, c'est bien ça ?

— Exact.

— Son parti va sans doute gagner les prochaines élections. Tu sais quel sera alors son poste ?

— Procureure générale, d'après Gregson.

— Je l'aurais parié. Elle pourrait t'en faire voir de toutes les couleurs.

— Gregson prétend qu'elle n'est pas du genre à profiter de sa position afin de me nuire pour des raisons personnelles. Elle est d'une honnêteté rare, paraît-il.

— Hal, mon cher Hal, ne sois pas naïf. Elle pourrait être une sainte, mais la presse ne manquera pas de monter toute une histoire avec ça : « Meurtre du frère de la procureure générale : l'enquête piétine », par exemple. Et elle voudra éviter ça à tout prix. C'est qui, ce journaliste que tu as mentionné tout à l'heure ?

— Un certain Chapel. Il travaille pour cette nouvelle feuille de chou, le *Dominion*.

— Lui ! Dieu tout-puissant ! Tu as affecté des renforts à Marinelli ?

— Des renforts ? Où veux-tu que j'en trouve ? Tu crois qu'on a des réservistes ?

Orliff jeta un coup d'œil circulaire dans le bureau de Mackenzie. Ce dernier suivit son regard :

— Ouais, je sais. J'aimerais avoir quelqu'un comme Salter à lui affecter.

Il fallut quelques secondes à Orliff pour comprendre que Mackenzie pensait exactement ce qu'il disait : il ne considérait plus Salter comme un membre du service actif, mais il appréciait l'idée d'avoir quelqu'un comme Salter, au poste qu'il occupait.

C'était trop facile. Orliff feignit la perplexité :

— Eh bien, dans ce cas, donne-lui Salter. Il compte les trombones en attendant le moment de partir, non ?

Mackenzie secoua la tête.

— Je ne peux pas faire ça. Salter n'est pas particulièrement aimé aux Homicides. Surtout de la part du numéro deux, Stevenson. (Il se pencha en avant et poursuivit sur le ton de la confidence.) Ça les dérange que Salter soit une sorte de légende, en fait. Des foutaises, mais bon… Et je ne veux pas gâcher les derniers moments de Salter dans la police. Il est à deux doigts de la retraite, et ce n'est pas la peine qu'il se tue à la tâche avec une affaire comme celle-là, juste avant de partir.

— Tu ne penses pas qu'on va finir par mettre la main sur cette prostituée ?

— Non. Marinelli non plus, d'ailleurs. On la retrouvera sans doute un jour par hasard en prison, où elle purgera une peine pour possession de drogue. Mais pas tout de suite, à mon avis. Dans un an, peut-être.

— Marinelli pense comme toi ?

— Il n'a aucune autre idée.

— Dans ce cas, parle-lui de Gregson, de Flora Lucas et de ce journaliste, et donne-lui Salter.

Mais il avait été un peu trop vite en besogne.

— Je viens juste de te dire que Salter est justement le gars que Marinelli ne veut pas avoir dans les pattes.

— Oui, bien sûr, mais tu viens aussi de me dire que vous ne retrouverez jamais cette prostituée, ce qui sera un vrai problème dans le cas d'une affaire touchant un avocat célèbre, sa sœur politicienne et un journaliste de choc, qui mettent tous la pression sur les Homicides. Annonce à tout ce beau monde que tu as affecté à l'affaire un enquêteur spécial, spécial en raison de son rang, et confie le dossier à Salter. Marinelli pourra expliquer à ses hommes que Salter est là pour faire barrage, pas pour résoudre l'enquête.

Une fois encore, Orliff avait agi avec précipitation.

— Faire barrage contre quoi ?

— Contre les assauts de Gregson, de Flora Lucas et du journaliste, Hal.

Mackenzie accorda à la suggestion d'Orliff quelques instants de réflexion, puis hocha la tête six ou sept fois.

— Ouais, c'est vrai. Ils ne pourront qu'être contents que quelqu'un prenne les balles perdues à leur place, non ? C'est un argument qu'ils pourront comprendre, quand même ? Ouais, je vais faire ça, nom de Dieu. (Il jubilait.) Tu as toujours été malin comme un singe, Orliff. Pour commencer, je vais mettre les choses au clair avec Marinelli. Minute… Qu'est-ce que je vais dire à Salter ? Je viens à peine de lui expliquer pourquoi il devrait lever le pied…

— Dis-lui tout, expose-lui exactement en quoi consiste sa vraie mission – servir de bouclier à Marinelli. Il le comprendra fort bien, et il sera heureux d'avoir du grain à moudre. Ce n'est pas comme s'il pouvait foutre sa carrière en l'air, à ce stade, hein ?

— Ce n'est pas faux. C'est le seul, ici, à n'avoir rien à perdre. Tu penses que je devrais lui dire ça aussi ?

— À mon avis, ce n'est pas la peine : il le sait déjà. Et je serais toi, je n'insisterais pas trop sur ce point. (Orliff se leva.) Gregson n'est pas au bout de ses peines, avec Flora Lucas. Quand un personnage politique est complètement honnête et dévoué à la cause publique – c'est-à-dire tels qu'ils sont tous censés être, en fait –, tout le monde évoque son honnêteté et son désintéressement comme s'il s'agissait d'un miracle, tu n'as jamais remarqué ? Et maintenant, les gens baissent la voix à la seule mention du nom de Flora Lucas. Peut-être que Gregson a vraiment trouvé une bonne action à faire. Un vrai cas *pro bono*.

◆

Le lendemain matin, Marinelli écouta très attentivement la suggestion de Mackenzie.

— Je croyais que nous étions d'accord pour inciter Salter à prendre sa retraite, objecta-t-il.

— La situation est différente, maintenant, avec ce fouineur de journaliste.

— Vous croyez réellement que la sœur de Lucas sera la prochaine procureure générale ?

— C'est ce que tout le monde pense, en tout cas. Et ça risque de devenir chaud, par ici, rien qu'avec ce maudit journaliste.

— Allez-vous émettre une annonce officielle ?

— À quel propos ? Ah ! Non, non, pas question. Je vais juste faire circuler l'information, et je ne mentionnerai même pas le nom de Salter. Je dirai simplement qu'il s'agit d'un enquêteur chevronné. Comment allez-vous présenter les choses à Stevenson ?

— Je n'ai pas à me justifier devant Stevenson. Mais ça a l'air plutôt soudain, tout ça. Pour le calmer, je lui dirai que Salter est juste là comme figurant pour tranquilliser une politicienne. (Marinelli sourit.) Je pourrais même faire d'une pierre deux coups, avec cette histoire : j'ai un petit nouveau qui n'a pas encore de coéquipier. Les conseils d'un vieux mentor plein de sagesse seront tout à fait propices à son dressage.

— Vieux mentor plein de sagesse ? Vous parlez bien de Salter, vous êtes sûr ?

— Il est vieux, selon nos critères, et il n'est pas tombé de la dernière pluie, non ?

— Quand même… Salter, un vieux mentor plein de sagesse ? Ne lui dites surtout pas ça !

◆

Les idées d'Orliff paraissaient toujours claires au moment où il les expliquait, mais lorsqu'il repensait a posteriori aux suggestions que celui-ci lui faisait, le directeur adjoint trouvait souvent que les implications possibles en étaient compliquées. Il perdait le fil. Dans ce cas précis, il envisageait difficilement de révéler à Salter toute la vérité sur l'intervention de Gregson, parce que Salter pourrait demander si Marinelli était au courant, et il n'était pas sûr de devoir en parler. Parallèlement, lui faudrait-il informer Marinelli que Salter était au parfum ? Mackenzie n'avait rien d'un Machiavel, et il n'avait nullement l'intention d'en devenir un. Il décida de simplement confier la tâche à Salter, point barre.

— Bien, Salter. Et n'outrepassez pas mes ordres, c'est compris ? Je vous affecte à Marinelli pour que vous l'aidiez dans l'affaire Lucas, d'accord ? Et n'essayez pas non plus de vous faire bien voir de Marinelli.

— Que voulez-vous dire, monsieur ? s'enquit Salter, réellement perplexe.

— Aucune importance. Contentez-vous de rendre compte à Marinelli. Vous prenez l'enquête à partir de maintenant.

*Il a quelque chose derrière la tête*, se dit Salter, *mais je m'en fous, j'ai l'affaire*.

— Je peux commencer dès cet après-midi, déclara-t-il.

— C'est parfait, acquiesça Mackenzie. Donnez-moi les autres dossiers sur lesquels vous travaillez.

— Ça ne le dérange pas ?

— Marinelli ? Il m'a semblé plutôt content.

— Oui, il est sans doute content que quelqu'un soit là pour prendre les balles perdues. Cette affaire pourrait bien être politiquement sensible.

— C'est exactement ça, Charlie, approuva le directeur adjoint, soulagé de pouvoir dire une part de la vérité. Si c'était facile, Marinelli aurait pu s'en charger tout seul, mais cette enquête n'est peut-être tout simplement pas faisable.

— Dans ce cas, je n'ai pas droit à l'erreur, n'est-ce pas ?

— C'est une façon de voir les choses. Allez-y : Marinelli vous attend dans son bureau.

Mackenzie envisagea un instant de parler à Salter du journaliste, mais il décida que ce n'était pas plus pertinent que d'évoquer Gregson, et que cela risquait d'inhiber Salter.

◆

Salter peinait à mettre sur pied sa stratégie d'enquête. Il y avait réfléchi jusqu'à en avoir mal à la tête sans voir comment il pouvait s'insérer dans la partie sans que personne ne le remarque. Il avait été marcher un peu, et plus ou moins dans le but de se concilier les bonnes grâces divines, il estima qu'il devait reconnaître sa bonne fortune en allant dire à quelqu'un combien il était reconnaissant. De retour dans son bureau, il ferma la porte et appela Orliff.

— Vous êtes content ? lui demanda ce dernier. Je pensais que vous passiez votre temps à vous tourner les pouces.

— Oui, c'est ce que je faisais, en effet. De fait, je suis très content. J'ai ma petite idée sur cette affaire, un truc qui me chicote depuis le début.

— Vraiment ? En avez-vous parlé à Mackenzie ou à Marinelli ?

— J'ai essayé deux ou trois fois, mais j'ai vraiment eu l'impression de déranger.

— Vous en aurez l'occasion, maintenant.

— Je ne vous ai pas parlé de ma petite idée, si je ne m'abuse ?

— En réalité, vous l'aviez écrite sur une feuille de papier à cigarette, et je l'ai avalée afin d'être sûr que ça reste imprimé dans mon cerveau. Sérieusement, c'est quoi, cette idée ?

— Désolé, je réfléchissais à voix haute. Vous pensez donc que je devrais accepter cette affectation ?

— Que voulez-vous que j'en pense ? Vous êtes inspecteur d'état-major, Charlie, pas agent spécial. Vous faites ce qu'on vous dit de faire.

Après avoir raccroché, Orliff appela Calvin Gregson à son bureau. La secrétaire de l'avocat lui annonça que ce dernier était parti rendre visite à un chemisier de Hazelton Lanes, mais qu'elle pouvait le joindre sur son téléphone cellulaire.

— Dites-lui de me retrouver chez Holt Renfrew dans trente minutes, dit Orliff en songeant combien il était agréable de pouvoir donner des ordres à un type comme Gregson quand on avait quelque chose qu'il voulait.

◆

Gregson avait ajouté un gilet de brocart bleu marine à son costume, ce qui rehaussait encore l'effet de raffinement produit par les bottines. Les deux hommes allèrent prendre un café à l'étage inférieur.

— Je vous ai arrangé tout ça, déclara Orliff. Je les ai incités à mettre Salter sur l'affaire.

— Qui est-ce ?

— Un inspecteur d'état-major qui, même s'il n'est pas membre de l'escouade des Homicides, a résolu avec succès quelques affaires délicates. C'est un type très autonome.

— Un vieux loup solitaire ?

— Un drôle d'oiseau, plutôt. Mais si j'avais été à la place de Mackenzie, c'est l'homme que j'aurais choisi.

— Il est prudent, j'espère ?

— C'est dans sa nature. Mais s'il sent un coup fourré, il deviendra incontrôlable.

— Je vous ai dit qu'il n'y avait aucun coup fourré. Nous voulons simplement obtenir des réponses le plus vite et le plus discrètement possible. Pourriez-vous faire encore une chose pour moi ? Dites à Salter de venir me voir dès qu'il pourra.

— Vous voulez que moi, je demande à Salter d'aller vous rendre des comptes ? À votre bureau, peut-être ? Avec ses souliers bien cirés ? Vous êtes conscient de ce que vous dites ?

— C'est vrai, vous avez raison, désolé. Je comprends. Vous n'avez rien à voir là-dedans, bien sûr. Vous êtes un sacré renard, vous savez ça ? Comment se fait-il que vous ne soyez pas avocat ?

— C'est sans doute à cause de l'incompétence des conseillers d'orientation, au collège. À moins que je n'aie pas fréquenté le bon collège, justement.

# Chapitre 7

— Je n'ai pas besoin de coéquipier, protesta Salter. Si le cas se présentait, je ne manquerais pas de t'en demander un.

Marinelli secoua la tête.

— Nous travaillons en binômes, Charlie, tu le sais parfaitement. Pour un tas de raisons, notamment pour avoir du soutien.

— En cas de fusillade, par exemple ? Qui pourrait bien avoir envie de nous tirer dessus, nom de Dieu ? L'un des chums du Granite Club de Lucas ?

— Non : c'est pour le tribunal. Il te faut un collègue pour protéger tes arrières, quelqu'un qui puisse attester que tu n'as pas usé d'une violence indue lorsque tu as fait une clé de bras à une vieille dame. On reçoit trop de plaintes.

— Si je sens qu'un problème se pointe, j'appelle du renfort, promis, insista Salter.

— Je ne plaisante pas, Charlie. C'est un ordre du patron.

— D'accord, assigne-moi un gars, mais garde-le dans tes bureaux jusqu'à ce que j'aie besoin de lui.

— Il y a un gars qui vient tout juste d'être affecté chez nous. Il est depuis peu dans la police, mais il a acquis beaucoup d'expérience à l'étranger avant de venir ici.

— Laisse-moi deviner: c'est un représentant d'une minorité visible?

Salter imaginait un petit Pakistanais ou un Chinois, recruté malgré les exigences en matière de taille minimale afin de calmer les revendications en faveur d'une plus grande présence des ethnies au sein de la police de Toronto, dont les membres étaient traditionnellement blancs et anglo-saxons. Les Antillais étaient assez bien représentés, mais pas l'Inde, la Chine ni le Sri Lanka.

Marinelli éclata de rire.

— Je dirais plutôt « minorité audible », en ce qui le concerne. (Il se dirigea vers la porte du bureau extérieur.) Terry ! appela-t-il. Viens ici une minute.

Un homme d'environ trente-cinq ans, au teint mat et aux joues mangées par des cicatrices d'acné, leva les yeux de son écran d'ordinateur, hocha la tête puis se leva et traversa le bureau.

— Voici l'inspecteur d'état-major Charlie Salter, annonça Marinelli. Le directeur adjoint l'a chargé de l'affaire Lucas. Je vous affecte avec lui. Charlie, voici l'agent Terry Smith.

Salter tendit la main. Surpris, Smith fit de même et les deux hommes échangèrent une poignée de main.

— Vous connaissez le dossier? lui demanda Salter. Il va falloir me mettre au courant.

— Il va d'abord falloir que je me mette moi-même au courant, monsieur, répondit Smith. Je ne suis arrivé qu'hier. Je ne sais même pas encore où se trouve la cagnotte pour le café.

— Vous êtes Écossais? s'enquit Salter, à qui il semblait poli de montrer qu'il était capable de reconnaître un accent.

— Oui, monsieur.

— Tu vois? Minorité audible, je te disais, intervint Marinelli, tout sourire, avant de refermer la porte en laissant les deux hommes seuls.

— Vous venez tout juste de débarquer à Toronto, vous m'avez dit? poursuivit Salter.

Smith secoua la tête :

— Non, je viens d'arriver aux Homicides, mais je suis dans la police de Toronto depuis un an. J'ai suivi ma formation d'enquêteur à Glasgow. Après avoir décroché mon diplôme, j'ai décidé d'émigrer.

— Pourquoi donc ?

— Ma femme n'aimait pas Glasgow. Elle est originaire d'Inverness, je précise. Nous sommes donc venus au Canada, et je suis entré dans la police de Winnipeg. C'était il y a trois ans. Après quoi nous sommes venus à Toronto, et j'ai intégré la police métropolitaine. C'est ma première affectation aux Homicides.

— Pourquoi avez-vous quitté Winnipeg ?

— Ma femme ne s'y plaisait pas.

— Et vous ?

— J'aimais bien Winnipeg. Glasgow aussi, d'ailleurs. Bon. On peut passer à autre chose ?

Il fallut à Salter une seconde pour comprendre que Smith lui enjoignait de se mêler de ses propres affaires.

— OK. Reprenons depuis le début, dit-il finalement. Je n'ai pas demandé de renforts, mais votre patron a insisté. OK ? Vous m'avez précisé que vous ne saviez rien de l'affaire, et je n'en sais pas plus que vous, alors mettons-nous au travail. (Il consulta sa montre.) Il est dix heures trente. Retournez à votre ordinateur pour prendre connaissance du dossier. Je vais aller me débarrasser de toute la paperasse qui s'accumule sur mon bureau, et on pourra se retrouver ici à une heure trente pour que vous me fassiez un exposé sur l'affaire Lucas.

◆

Au moment dont ils avaient convenu, Smith était fin prêt.

— La victime, Jeremy Baker Lucas, était un homme de cinquante-cinq ans, célibataire. Il était avocat dans un petit cabinet comprenant un associé et lui, spécialisé dans l'immobilier et les hypothèques. Il recherchait plutôt les clients aisés, pas les problèmes. Je le qualifierais de riche : il était membre de trois clubs et avait un chalet dans un endroit nommé Muskoka – vous savez sans doute où cela se trouve, monsieur ? –, où il passait beaucoup de temps l'été, une maison au Costa Rica, où il passait beaucoup de temps l'hiver. Il faut pas mal de fric pour avoir tout ça, non ? En fait, son cabinet d'avocats semblait être plutôt une sorte de passe-temps. Quasiment aucun client ne venait solliciter les services de son cabinet comme ça, en passant dans la rue, et les rares qui le faisaient échouaient dans le bureau de son associé. Même s'ils étaient peu nombreux, ses clients étaient bien nantis ; la pratique du droit lui rapportait donc pas mal, aucun doute là-dessus. Il était locataire de son appartement de Toronto, là où il a été tué. L'immeuble n'est pas vraiment luxueux, mais à Glasgow, on dirait qu'il est « sélect ». (Smith avait un peu forcé son accent écossais ; il adressa à Salter un large sourire destiné à lui montrer qu'il était conscient du côté vieillot de l'adjectif.) Ça se trouve près du croisement entre Bedford Road et Prince Arthur Street. (Il leva les yeux de son bloc-notes.) Ce n'est pas loin de Bloor Street. En fait, Bedford Street part de Bloor Street juste en face du stade.

— Vous connaissez le quartier ?

— Oh, ça oui ! Ma femme travaille chez un médecin du coin, et j'ai été voir plusieurs matchs de soccer au stade. (Il se replongea dans ses notes.) Le loyer de son appartement, qui comptait trois chambres, s'élevait à trois mille cinq cents dollars par mois. Après le décès de Lucas, son associé a engagé un comptable chargé de jeter un coup d'œil sur les livres de comptes afin de pouvoir assurer aux clients de Lucas que tout était en ordre. C'est que Lucas gérait beaucoup d'argent pour cinq clients, tous vieux et aisés, qui lui accordaient leur entière confiance pour qu'il veille à leurs affaires et, pour deux d'entre eux, paie toutes leurs factures et leur verse une allocation. D'après son associé, il pratiquait une gestion financière très conservatrice – pas de fonds communs de placement, pas de prêts hypothécaires de deuxième rang –, et il déléguait le paiement des factures à sa secrétaire, ce qui est assez normal. Il contresignait tous les chèques, et quant à la secrétaire, elle conservait un peu d'argent en espèces à portée de main pour les petits achats. Autrement dit, Lucas était exactement ce qu'il semblait être : un avocat aisé à moitié à la retraite qui continuait à travailler un peu, principalement pour s'occuper et pour disposer d'un compte de dépenses.

— Et côté famille ?

— Côté famille, il y a sa sœur, Flora, elle aussi très à l'aise financièrement...

— D'où provenait leur argent ? J'ai entendu dire que la famille avait fait fortune dans le commerce des fourrures et les spiritueux.

Smith fit un signe de tête négatif.

— Il y a peut-être eu un peu de ça au départ, mais l'arrière-grand-père de Lucas avait fondé au début du XX^e^ siècle une petite entreprise de fournitures de bureau – il vendait de la cire, de la ficelle, etc. Quand son affaire a été bien établie, il s'est lancé dans la fabrication de trombones et de bandes élastiques, puis dans l'impression d'agendas, de calendriers, de cartes de visite, de cartons d'invitation et autres trucs du même acabit. (Smith s'interrompit brièvement pour reprendre son souffle et reprit, un ton plus fort.) Il a gagné beaucoup d'argent, ses enfants, encore plus ; le père de Lucas a continué à exploiter le filon, de sorte qu'au moment de la naissance de Lucas et de sa sœur, personne n'avait plus besoin de travailler. Ils ont quand même continué à le faire, parce qu'ils avaient de solides origines de Basse-Écosse, du genre qui ne peut pas rester inactif. Mais Lucas a quitté assez rapidement l'entreprise pour devenir avocat, et quant à sa sœur, elle a donné dans le bénévolat jusqu'à ce qu'elle soit élue députée.

— Députée provinciale, précisa Salter.

— Qu'est-ce que ça change ?

— Eh bien, elle siège au Parlement de l'Ontario, pas au Parlement du Canada, expliqua Salter, qui se demandait bien pourquoi Smith avait prononcé ses dernières phrases en exagérant son accent.

Smith leva les yeux de son résumé, une esquisse de sourire malicieux se dessinant sur ses lèvres.

— Est-ce que je vais trop vite pour vous ? s'enquit-il.

— Non, mais essayez de parler anglais, s'il vous plaît.

— Entendu. En passant, l'accent, c'était de l'écossais d'Hollywood, l'écossais que vous pensez qu'on parle en Écosse. Si je parlais comme ça du côté de Drumchapel, ils s'imagineraient que j'ai un pur accent anglais de la BBC. Drumchapel est un quartier de Glasgow où l'on parle une langue que vous ne comprendriez même pas. Je vous conseille de ne jamais aller là-bas sans interprète.

Salter eut l'air irrité.

— Rassurez-vous, je n'en ai pas l'intention. Mais d'où sortez-vous tous ces renseignements sur la famille de Lucas ?

— Des ouvrages de référence. Vous m'avez laissé beaucoup de temps pour les recherches, et on trouve beaucoup de choses sur la famille de Lucas.

— Que sait-on d'autre ? Lucas était célibataire : était-il gai ?

— Non, si on se fie aux hypothèses qui ont été émises quant à la nature de ses relations avec la seule suspecte que nous avons pour l'instant.

— C'est-à-dire ?

Salter savait parfaitement ce qu'il allait entendre ; c'était le seul renseignement qu'il avait entendu Marinelli confier à Mackenzie.

— Il y a une demoiselle de petite vertu dans cette histoire, répondit Smith avec un large sourire.

— Vous voulez dire une pute ?

— Pas exactement. Pour moi, une pute, c'est une pauvre fille sans bobette qui fait le pied de grue en frissonnant sous son lampadaire. C'est un mot plutôt laid, vous ne trouvez pas ?

— Et « demoiselle de petite vertu » ?

— C'est tout joli, tout mignon, les cheveux doux comme de la soie.

Salter éclata de rire.

— Allez, parlez-moi d'elle.

— Les voisins ont signalé avoir vu cette femme traîner autour de l'immeuble de Lucas la nuit où il a été tué.

L'accent de Smith affleurait dans sa façon comique d'étirer certaines syllabes.

— Qu'entendaient-ils par là ?

— L'un d'entre eux l'a vue entrer dans l'ascenseur, et un autre l'a surprise sur le palier de l'appartement de Lucas.

— Comment est-elle entrée dans l'immeuble ? Il n'y a aucun dispositif de sécurité ?

— Elle a dû utiliser la méthode habituelle : soit elle a appuyé sur toutes les sonnettes jusqu'à ce que quelqu'un lui ouvre sans poser de questions, soit elle est entrée avec l'un des résidents de l'immeuble, en le remerciant d'un gentil petit sourire. Ça marche à tous les coups ; rares sont ceux qui se méfient. Dans le cas présent, il y a probablement une explication toute simple : Lucas l'attendait et l'a fait entrer lui-même.

— Il l'attendait ? Ah, oui, bien sûr. Je pensais à autre chose : qu'est-ce qui fait dire aux témoins que c'était une prostituée ?

— Elle portait des bottes argentées, une minijupe très serrée sur les fesses, un haut qui laissait voir ses tétons, et l'un des témoins a dit qu'elle était maquillée comme Cruella. C'est qui, Cruella ? J'ai bien une petite idée, mais…

— C'est un personnage des *101 dalmatiens*, de Disney. Je l'ai vu il y a bien vingt-cinq ans. C'est un dessin animé génial, mais si je peux vous donner un conseil, évitez d'aller voir la nouvelle version. Elle portait donc sa tenue de travail, c'est bien ça ?

— C'est ce qu'il semble, oui.

— Que déduisez-vous de tout ça ? En ce qui la concerne, je veux dire.

— Ça me paraît un peu louche. J'aurais pensé qu'un cul pincé comme Lucas aurait mis le prix pour avoir un peu de discrétion.

— Peut-être qu'elle a tout simplement oublié son manteau. Peut-être qu'elle a choisi son costume en pensant qu'elle resterait couverte jusqu'à ce qu'elle soit entrée dans l'appartement. Peut-être que Lucas voulait une fille de petite vertu, pas une pute, vous voyez ?

— Je n'avais pas vu les choses sous cet angle, monsieur.

— Vous en pensiez quoi, vous ?

— Juste que c'était louche, étrange, incongru. Je n'étais parvenu à aucune conclusion.

— Mais en apparence, ça a l'air d'une prostituée qui a pété les plombs et qui l'a poignardé avec un... un quoi, au fait ?

— Un couteau de cuisine. Un Victorinox.

— Un quoi, vous dites ?

— C'est la marque. Un gros couteau.

— Il était à lui ?

— Apparemment, il provenait de la cuisine de Lucas.

— Ainsi donc, elle n'avait pas prévu de le poignarder en arrivant ?

— Il est probable que non.

— Lui a-t-elle volé quelque chose ?

— Tous les tiroirs de son bureau avaient été fouillés. La femme de ménage affirme que Lucas la payait toujours comptant, et je crois savoir que les services d'une prostituée de Toronto coûtent environ deux cents dollars. C'est un peu moins cher à Winnipeg ou à Glasgow, je vous dirais. Je doute que ces dames acceptent la carte

American Express, sauf celles qui travaillent pour un service d'escortes qui a pignon sur rue. Donc il avait peut-être quelques centaines de dollars en liquide chez lui. Sauf pour des petites sommes comme les courses en taxi, les pourboires et le barbier, il payait tout par carte.

— Et son portefeuille ?

— Il ne contenait pas d'argent liquide, mais tout le reste y était.

— Y avait-il des signes de lutte dans l'appartement ?

— D'après le légiste, le corps ne comportait aucun indice de ce genre. Pas de peau sous les ongles, par exemple. Les techniciens ont recueilli quelques poils et fibres provenant de son peignoir, mais il n'était pas frais lavé, alors ils n'ont pas grand espoir que ça mène quelque part.

— Il a donc laissé quelqu'un s'approcher de lui, et on l'a poignardé. Qui a découvert le corps ?

— Le concierge et la police. C'était un samedi matin, et tous les samedis matins, Jerry Lucas allait marcher un peu avec un ami qu'il avait connu à la Faculté de droit, qui était veuf. C'était leur rituel hebdomadaire. Ce matin-là, l'ami en question attendait chez lui que Lucas passe le prendre, mais à dix heures et demie, comme Lucas, habituellement très ponctuel, n'était pas encore arrivé, il s'est inquiété. Tout d'abord à son propre sujet, croyant avoir peut-être oublié que Lucas lui avait dit qu'il était parti en Grèce ou ailleurs pour quelques semaines, et donc d'être parvenu à l'âge de l'étourderie, selon ses propres mots.

— Quel âge a-t-il ?

Smith consulta ses notes.

— Cinquante-cinq ans, monsieur. En fait, il était encore plus inquiet parce qu'il se réclame d'un courant de psychologie selon lequel lorsqu'on oublie un rendez-vous, c'est symptomatique des sentiments que l'on porte à la personne que l'on devait voir, des conneries de ce genre. Comme c'était un rendez-vous périodique, ça n'entrait pas nécessairement dans cette logique: il a appelé Lucas chez lui, mais personne n'a répondu. Il est donc allé se promener seul, parce que neuf fois sur dix, ce type d'événement a une explication simple, rien à voir avec la psychologie. Quand il est revenu de sa balade, il a de nouveau appelé Lucas: toujours pas de réponse. Il a alors passé un coup de fil à l'associé de Lucas, un certain Derek Fury, en se disant que celui-ci saurait si Lucas était parti en voyage, mais il n'en était rien. L'associé, inquiet à son tour, a demandé à la police de réveiller le concierge pour qu'ils aillent ensemble jeter un coup d'œil, et c'est là qu'on l'a trouvé. Vous ne voulez pas consulter le rapport des patrouilleurs, monsieur? Je vous ai fourni seulement un résumé personnel des rapports que j'ai consultés jusqu'à présent.

— Non, non, c'est bon. Ça me donne une bonne idée de toute l'histoire. Continuez.

— Maintenant, on en arrive à l'enquête proprement dite, qui commence avec l'intervention des techniciens en scène de crime, j'imagine. On n'a noté aucun signe de lutte; par contre, quelques éléments tendaient à indiquer qu'il y avait eu un cambriolage mineur, et on n'a trouvé aucun autre indice, à part le couteau.

— Ont-ils relevé des empreintes?

— Le couteau avait été nettoyé. Par contre, ils en ont trouvé quelques-unes sur le bloc porte-couteaux posé sur le comptoir de la cuisine, mais elles ne correspondent à aucune empreinte répertoriée au fichier central. Si on déniche la suspecte, il sera facile de dire si elle a touché ou non au bloc – donc, au couteau –, mais le fait qu'on n'ait aucune de ses empreintes au fichier contredirait plutôt la thèse de la pute, non? Ce serait le cas à Glasgow, en tout cas.

— Les prostituées ne sont pas toutes fichées, objecta Salter. Vous pouvez vérifier auprès de l'escouade de la moralité, mais ces filles vont et viennent; il y a des nouvelles qui débarquent de la campagne chaque jour.

— Celle-là devait être en ville depuis assez longtemps pour avoir été en contact avec Lucas. Elle est allée à son appartement et il l'attendait: il devait donc avoir « passé commande ». Ça m'a tout l'air d'avoir été un rendez-vous périodique.

— Et si c'était juste une fille rencontrée dans un bar et qui fait quelques extras pour arrondir ses fins de mois ? Une étudiante, peut-être ?

— Oui, mais on parle bien d'une prostituée, non? Ça me paraît cadrer difficilement avec l'image d'une étudiante en théâtre, par exemple, qui essaierait de gagner un peu de fric.

— Allez, poursuivez.

Smith reprit ses notes.

— Les Homicides ont bien évidemment commencé par rechercher cette mystérieuse femme, et ils y ont consacré beaucoup de temps et beaucoup d'hommes. Ils avaient son signalement. Vous ai-je dit qu'elle était blonde avec des mèches argentées, sans doute pour aller avec ses bottes ? L'ensemble était vraiment saisissant, paraît-il. Les enquêteurs ont montré partout dans les milieux chauds la photo de Lucas et diffusé le signalement de la fille, mais personne ne les a identifiés, et ils n'ont pas eu le sentiment que les filles de Jarvis Street leur cachaient des choses, d'ailleurs. Les prostituées qu'ils ont interrogées n'avaient rien à leur dire sur la fille et aucune n'avait été abordée par Lucas ; ils ont donc fait chou blanc. Soit cette femme a disparu après un très court séjour, soit elle n'a jamais travaillé dans le coin, conclut Smith en jetant à Salter un regard interrogateur.

— Et c'est tout ?

— Il y a une autre personne qui pense qu'elle faisait le trottoir. Quelques-unes des femmes interrogées par nos gars ont affirmé que quelqu'un leur avait déjà posé les mêmes questions et fourni les mêmes signalements.

— Quelqu'un qui savait à quoi elle ressemblait ?
— Apparemment, oui.
— Ça n'a aucun sens.
— Quoi donc, monsieur ?
Salter savait qu'il avait l'air mêlé, et il s'efforça de mettre de l'ordre dans ses idées.
— J'ai le sentiment que cette femme n'était pas du tout une prostituée, mais qu'elle était déguisée pour tuer Lucas. Peut-être même qu'elle était envoyée par quelqu'un d'autre.
— Vous pensez à un *complot*, monsieur ? demanda Smith en insistant de façon légèrement ironique sur le mot.
— La dernière fois, c'était bien ça, en effet.
Smith attendit une explication.
— C'est que ça me rappelle une autre affaire, se justifia Salter, un peu gêné. Allez, allez, Smitty. Réfléchissons un peu. Si j'ai raison, qui donc a colporté son signalement dans tout Jarvis Street ?
— Quelqu'un qui pensait réellement qu'elle était une prostituée et qui avait sa description ? Une personne qui n'était pas au courant de votre théorie selon laquelle elle était juste déguisée pour la soirée ?
— Vous pensez que je déconne, c'est ça ?
— J'essaie juste de retourner le problème dans tous les sens, monsieur. En fait, il n'y a qu'une réponse, non ? C'était forcément quelqu'un qui l'a vue ce soir-là et qui ne nous en a rien dit.
— Continuez.
— En fait, c'était probablement l'assassin de Lucas.
— Et pourquoi serait-il à sa recherche, maintenant ?
— Parce qu'il pense qu'elle peut l'identifier, sans doute.
— Ça colle, non ?
— Dans ce cas, on ferait mieux de la retrouver avant qu'il ne le fasse.
— Si ma théorie est juste, soit c'est elle qui a disparu, soit c'est son déguisement, tout simplement.

— Si je vous suis bien, pendant qu'il est sur sa trace, nous, c'est lui qu'on piste ?

— On devrait y réfléchir encore un peu.

— Pour le cas où vous auriez tort, vous voulez dire ? Pour le cas où cette femme serait bien une prostituée, comme le croient les enquêteurs des Homicides ?

— Oui mais alors, ce serait qui, ce type ?

— Son *pimp* ?

Salter n'écoutait pas.

— En fait, je suis content que vous soyez là, Smitty, parce que vous pourrez toujours couvrir mes arrières, vous voyez ? Pendant que je suivrai mon intuition, vous resterez sur les sentiers balisés. Gardez en tête l'hypothèse de la prostituée et tâchez de la retrouver.

— Nous resterons en contact, n'est-ce pas ? Vous et moi, je veux dire ?

— Oh, bien sûr, lui assura Salter en souriant. Revenons à votre compte rendu, maintenant. Vous en aviez terminé avec le travail des Homicides ?

— Presque. Les enquêteurs ont interrogé tout le monde sauf Flora, la sœur de Lucas, qui était en déplacement à l'extérieur de Toronto au moment du meurtre et qui n'a pas trouvé le temps de leur parler depuis son retour. Ils ont rencontré l'associé de Lucas, qui ne comprend vraiment pas qu'on ait voulu tuer Lucas et qui est persuadé qu'il s'agit d'un acte aléatoire. Il a affirmé ne rien savoir sur la vie sexuelle de Lucas et s'est déclaré surpris qu'une prostituée soit dans le paysage, bien qu'en l'absence de petite amie ou de maîtresse, il ait toujours supposé que Lucas avait un « arrangement », selon son propre mot, sans toutefois que ce soit aussi vulgaire que d'aller jusqu'à recourir aux services d'une pute.

— Vous dites que Flora Lucas était trop occupée pour rencontrer la police ? intervint Salter. Et depuis quand les enquêteurs des Homicides s'arrêtent-ils à ce genre de conneries ? Son frère s'est fait poignarder, et elle…

— Elle est députée provinciale, monsieur. Son agenda est plein à craquer, d'autant plus qu'elle a été absente quelque temps. Cela ne fait que deux ou trois jours qu'elle est de retour: quand elle a appris la mort de son frère, elle était malade, hospitalisée dans un hôpital du Costa Rica. Elle est revenue dès qu'elle a été en mesure de voyager.

— Appelez son bureau et dites que je serai là à dix heures, onze heures ou midi, à sa convenance. Quoi qu'il en soit, je lui parlerai demain matin, c'est sûr.

— OK, reçu. En attendant, devrais-je…

— … parler aux enquêteurs qui s'occupaient de l'affaire? Oui. C'est Barlow et Jensen, je crois. Demandez-leur leur stratégie pour retrouver madame Bottes d'Argent, et voyez si ça vaut la peine de continuer dans la même voie. Peut-être qu'il faudra qu'on aille jeter un coup d'œil dans l'appartement de Lucas, vous et moi. Mais ce soir, quand les résidents seront chez eux, allez fouiner dans l'immeuble, essayez de trouver un témoin qui a vu la fille, ce soir-là ou un autre jour. Surtout parmi les voisins de Lucas. Ont-ils remarqué des prostituées venant à des heures régulières, certains jours particuliers? d'autres visiteurs se rendant chez Lucas? Savaient-ils quelque chose sur lui? Entendaient-ils des trucs à travers les cloisons? Je passerai vous prendre ici demain.

◆

Le sentiment de n'avoir pas reçu un compte rendu exhaustif des Homicides aurait dû inciter Salter à la prudence, mais cela eut en réalité l'effet inverse. Il avait désormais la certitude que si Marinelli avait cru possible de résoudre l'affaire sans difficulté, lui, Salter, n'en aurait jamais hérité. C'était donc la raison pour laquelle on la lui avait confiée: non seulement les chances de succès des enquêtes pour homicide déclinent après les premières vingt-quatre heures, mais celle-ci était en plus parasitée par l'intervention possible de politiciens. Au moindre faux pas, les médias s'en mêleraient. Conclusion : il pourrait fort bien y laisser des plumes.

Salter examina calmement la situation ; sa réflexion lui confirma que, si près de la retraite, cela lui était bien égal, et qu'il n'avait certainement pas l'intention de pécher par excès de prudence.

# Chapitre 8

Salter regarda Joe Lichtman se replier dans un coin au fond du terrain, prêt à bondir en avant pour smasher sa balle de service. Pendant vingt-cinq minutes – ce qui était à peu près sa durée maximale de jeu –, Salter avait servi aussi fort qu'il avait pu pour envoyer sa balle exactement au même endroit sur le mur, de manière qu'elle revienne vers Lichtman à hauteur d'épaule. Cette tactique lui avait conféré un avantage certain sur Lichtman pendant les dix premières minutes, après quoi, comme d'habitude, son service avait molli, juste assez pour donner à son adversaire une chance de frapper la balle, mais pas avec suffisamment d'aisance pour contraindre Salter à chercher un autre style de service pour finir la partie. Jusque-là, les deux hommes avaient gagné une manche chacun, et Salter menait de deux points dans la troisième et dernière manche; il n'était plus qu'à un point de la victoire. Il décida que le moment était venu de voir si Lichtman était attentif au jeu.

Cela faisait quinze ans qu'ils jouaient au squash ensemble. Le nombre de partenaires de Salter avait progressivement diminué au fil des ans – certains étaient morts, d'autres avaient simplement renoncé à jouer à cause de l'âge, de l'obésité ou de la crainte d'une crise cardiaque. Parmi les partenaires habituels, seuls deux restaient, prêts à mourir la raquette à la main: Lichtman, l'avocat, et Toogood, le comptable agréé. Avec les années, ce dernier était devenu chauve et avait pris une petite bedaine, mais il avait gardé un excellent jeu de jambes et conservé un revers si extraordinairement puissant que Salter était incapable de renvoyer la balle. À vrai dire, ce revers était le seul coup décent de Toogood, et Salter et lui étaient sensiblement de même niveau.

Lichtman, quant à lui, avait pour le moins perdu du poids depuis dix ans: de fait, s'entraîner était devenu un de ses passe-temps favoris, sinon une préoccupation. Désormais, lorsque Salter arrivait au club, il trouvait toujours Lichtman dans la salle de culture physique en train de faire des étirements, et après la partie, l'avocat y retournait pousser de la fonte pour travailler ses abdominaux. Lorsqu'ils prenaient leur douche, Salter était saisi par le contraste entre ses deux partenaires: si Toogood était de forme ellipsoïde, Lichtman semblait le produit d'un assemblage de balles de différentes tailles jointes par de la corde et recouvertes de peau. Ses biceps et ses mollets étaient composés de balles mobiles en acier de la taille du poing. Ses fesses étaient deux boulets de canon, si dures que Salter avait l'impression que s'asseoir devait être douloureux. Sur son ventre, de part et d'autre du nombril, apparaissaient deux lignes de balles de ping-pong. Lorsqu'il levait les bras pour se shampooiner la tête, d'autres balles surgissaient sur ses épaules. Récemment, Lichtman avait complété l'effet général en se rasant la tête, sous prétexte que c'était plus confortable l'été, mais en fait, Salter soupçonnait que c'était parce qu'il aimait sentir saillir les muscles de ses épaules, ce que ne manquait pas de provoquer la séance de rasage quasi quotidienne qu'il s'imposait. En bref, Lichtman, qui avait soixante-quatre ans, était en forme, et c'était là son principal avantage sur tous les membres du club âgés de plus de cinquante ans. Jusqu'à présent, il n'avait jamais infligé à Salter de défaite cuisante : plus précisément, il ne l'avait jamais battu deux fois d'affilée. Ce jour-là, il espérait bien y parvenir.

Pour sa part, Salter avait de bien plus modestes ambitions. Ça lui était égal que Lichtman, qui l'avait progressivement rattrapé depuis les victoires faciles de Salter dix ans auparavant, finisse par le battre. Sa seule ambition de longue date était simplement de continuer à jouer. Lorsqu'il avait appris le squash, au début de la quarantaine – ce qui lui paraissait alors un peu tard –, il avait lu dans le magazine du club l'histoire d'un membre qui, à soixante-dix ans, jouait encore deux fois par semaine. L'admiration que l'on portait alors au phénomène était comparable à celle qu'avait value au roi de Norvège le fait de jouer encore au tennis à quatre-vingt-dix ans.

À l'époque, Salter aurait été incapable d'évaluer si la persévérance du septuagénaire était une réelle performance – d'après ce qu'il savait, il n'était pas rare de jouer encore au tennis à cet âge –, mais au fil des années, il avait gardé cette histoire en mémoire et s'était fixé comme objectif de jouer encore deux parties par semaine après son soixante-dixième anniversaire. En attendant, son ambition quotidienne demeurait quand même de continuer à tenir Lichtman et Toogood en échec.

Salter leva sa raquette, tandis que Lichtman se tenait prêt à bondir. Cette fois-là, Salter frappa la balle juste assez fort pour qu'elle aille rebondir mollement sur le mur et atterrir en territoire sûr, un mètre devant la raquette de Lichtman, qui s'attendait à la balle rapide que Salter lui envoyait toujours à hauteur d'épaule. L'avocat bondit, mais trop tard. Il plongea et se retrouva quasiment à plat ventre, et parvint pitoyablement à toucher la balle avec le cadre de sa raquette.

— Enculé ! s'exclama Lichtman, qui, sur le plan du vocabulaire, était une exception parmi les partenaires de Salter. Fait chier ! ajouta-t-il sur le ton de la conversation. Essaie ça encore une fois !

— Pas besoin, rétorqua Salter. Je viens de gagner la partie.

— Enculé !!! répéta Lichtman, qui s'appuya sur sa raquette une seconde, en souriant. OK. Tu sais que je te tenais, hein ?

Salter feignit d'être perplexe.

— Quand ça ?

— Pendant toute la partie, depuis les deux premiers points. Tu le sais, hein, que je te tenais ? Ç'aurait dû être ma partie jusqu'à la fin.

— Dans ce cas, j'imagine que j'ai eu de la chance.

— Ouais, c'est exactement ça ! Tu as été chanceux. Enfoiré, va ! Aujourd'hui, j'ai joué nettement mieux que toi ! commenta Lichtman, tout sourire. Oh, et puis merde. Ce n'est qu'un jeu, après tout, non ? Allez, viens m'offrir un verre.

Au bar, Lichtman sirota un jus d'orange tandis que Salter descendait goulûment une bière.

— Quand t'autorises-tu une bière ? demanda ce dernier à l'avocat.

— Je me l'autorise tout le temps ; c'est juste que je n'en bois jamais.

— Et d'autres boissons alcoolisées ? Du thé ? Du café ? Et qu'est-ce que tu manges, Joe ? Es-tu végétarien ?

— Je ne mange pas de viande, si c'est ce que tu veux dire.

— Et par ailleurs ?

— Pas de poisson non plus. Quant aux œufs, juste une fois de temps en temps. Je ne suis pas rigide là-dessus.

— Bien sûr que oui, tu l'es ! Tu es un fanatique, tu sais ça ?

— C'est aussi ce que dit ma femme.

— Elle doit en voir de toutes les couleurs, avec toi.

Lichtman secoua la tête :

— En fait, elle m'a quitté quand j'ai arrêté de manger du poulet.

— Quel est ton but, Joe ? Es-tu bouddhiste ? Essaies-tu de vivre éternellement ? Veux-tu simplement améliorer la qualité des quelques années qu'il te reste à vivre ?

Salter avait prononcé les derniers mots sur un ton faussement solennel.

— Non, je fais tout ça juste pour le plaisir, répondit Lichtman, dont le visage émacié et noueux rougit sous l'effet de la gêne. Je m'intéresse à mon corps. Au début, je voulais simplement me remettre en forme, mais c'est devenu plus que ça. Je souhaite que mon corps travaille le plus efficacement possible, alors je le maintiens au mieux de ses capacités et j'essaie de lui fournir le meilleur carburant possible.

— Pourquoi donc ? Tu veux remporter le marathon dans la catégorie sénior ?

— Je veux simplement produire le meilleur que la nature puisse générer. Non, le marathon serait trop surmenant. Voici comment je vois les choses : mon corps est comme un jardin, quelque chose que je cultive. Je lui fournis de l'engrais et de l'eau, et je fais en sorte que la terre soit réceptive à toute nouvelle pousse. Je ne lui donne pas davantage d'alcool ou de jus de viande que je n'en donnerais à un buisson de roses, car ce serait du poison. Tu me comprends ?

— Tu es cinglé, tu sais ça ? Ça fait vingt ans qu'on joue ensemble, alors j'ai le droit de te le dire. Pourquoi joues-tu au squash, dans ce cas ? Il doit exister un type d'exercice plus efficace que ça, non ?

— J'y joue pour deux raisons : premièrement, pour tester un jardin, il suffit de voir ce qui y pousse. Le squash me permet de mettre mon corps à l'épreuve, pour voir si les dernières modifications en matière d'exercices et de régime alimentaire permettent d'améliorer mon jeu de façon mesurable.

— Et l'autre raison ?

— Finir par te battre à plates coutures, mon vieux salaud.

Salter éclata de rire.

— Ouais, eh bien en attendant, l'infâme ramassis de viande en décomposition arrosée d'additifs chimiques que je suis continuera de te botter les fesses, même avec la gueule de bois. Alors continue de cultiver ton jardin, et grand bien te fasse !

Lichtman sourit, certain qu'il finirait par gagner.

— J'ai entendu dire que tu étais chargé de l'enquête sur la mort de Lucas, dit-il.

— Où as-tu bien pu apprendre ça ? Je croyais que tu te tenais loin des criminels, répliqua Salter, légèrement ébranlé.

— C'est vrai, je m'occupe principalement d'établir des contrats, acquiesça l'avocat. En fait, je l'ai appris au cours d'un lunch à mon club, dont la plupart des membres sont des avocats à la retraite. L'un d'entre eux a demandé si quelqu'un te connaissait, et je lui ai dit qu'on jouait au squash ensemble. Il m'a confié que Calvin Gregson avait posé des questions sur toi, et c'est là que j'ai su que tu t'occupais de l'affaire Lucas.

— Tu connais Gregson ?

— Un peu.

— Il a l'air un peu dandy, non ?

— Que veux-tu dire par là ?

— Le costume, la cravate ornée de chevaux, tout ça, quoi…

— Une cravate ? Avec des chevaux ? De quelle couleur ?

— Jaune, je crois.

— Ah, eh bien, c'est nouveau, ça ! répliqua Lichtman en s'esclaffant. Je ne l'ai pas encore vue, celle-là. Porte-t-il toujours des bottes d'équitation ? Oui ? J'ai une théorie sur Calvin. Il me rappelle un personnage qui se transforme lentement en quelqu'un d'autre. Je suis sûr que tu connais l'histoire.

— Pinocchio ?

— Non, mais c'est dans la même veine.

— Une histoire de loup-garou, peut-être ? Tu sais, un jour, du poil lui pousse sur les mains…

— C'est peut-être ça qui m'a traversé l'esprit, je ne sais pas... Quoi qu'il en soit, je suis convaincu que Calvin est en train de se métamorphoser, petit à petit. On va devoir attendre pour voir jusqu'où il va aller. Pour le moment, il ressemble à un gentilhomme campagnard anglais.

— Je te dirai si ça progresse, la prochaine fois que je le verrai.

— S'il s'achète un de ces chapeaux plats élisabéthains, ça te donnera une indication.

Les deux hommes s'amusèrent encore un peu pendant quelques moments, puis Lichtman redevint plus sérieux :

— Tu sais, peut-être qu'il s'ennuie, tout simplement. Il a atteint la cinquantaine avec plus d'argent qu'il n'en a besoin, et ça ne l'amuse sans doute plus. Il existe une sorte de consultants dont la spécialité est de te transformer complètement de l'intérieur. Tout l'inverse d'un psy, quoi. Pour commencer, ils te font changer de garde-robe. Peut-être qu'un gars de ce genre a analysé le problème de Gregson et qu'il en a déduit qu'il fallait qu'il change d'image. En tout cas, si tu le vois traverser le centre Eaton en compagnie d'une meute de chiens de chasse, fais-moi signe. (Lichtman avala une gorgée de jus d'orange.) En fait, je l'aime bien, ce gars-là. Il est distrayant à regarder, au tribunal ou ailleurs, alors que la plupart des avocats que je connais sont chiants comme la pluie.

— As-tu déjà rencontré Lucas ?

— Oh, oui ! Je le connaissais un peu, même s'il était plus mondain que moi. On pourrait dire qu'il évoluait dans différents cercles, mais on ne l'aurait jamais vu dans un endroit comme ici, par exemple. Cela dit, il appartenait au même cercle de lecture que moi, avant que j'en sois membre.

— Y a-t-il encore une personne de ce cercle qui en était membre à la même époque que Lucas ?

— Oui, la plupart des autres membres, en fait. Je suis le petit dernier. Tu devrais parler à Sylvia Sparrow, notre directrice. C'est elle qui organise nos rencontres, et je crois que c'est aussi elle qui a créé le cercle.

— Tu as son numéro sur toi ?

— Non, mais elle travaille pour le gouvernement provincial, au service des ressources humaines, je pense, quelque chose en relation avec la gestion de personnel.

Salter termina sa bière, mais il était toujours en nage. Il lui fallait attendre encore quelques minutes avant d'aller prendre sa douche. D'un geste de la main, il proposa un autre verre à Lichtman, qui refusa d'un signe de tête. Les deux hommes sortirent donc du bar et allèrent regarder une partie en cours dans le terrain adjacent.

— Comment ça marche, ce cercle de lecture ? s'enquit Salter. Vous lisez tous le bouquin du mois puis vous vous réunissez pour en discuter ?

— C'est plus ou moins ça, sauf que nous choisissons nous-mêmes nos livres. Avant le début de la saison, chacun d'entre nous inscrit un titre d'ouvrage, et nous les lisons au fur et à mesure. C'est mon bouquin qui est à l'ordre du jour le mois prochain.

— C'est quoi, comme livre ?

— *Les Affinités électives*.

— C'est de qui ?

— Goethe.

— Goethe qui ? plaisanta Salter. Désolé : je sais qui c'est, rassure-toi. Un auteur allemand classique, c'est bien ça ? Vous ne lisez que des trucs classiques ?

— Non : le mois dernier, nous avons lu *Le Facteur humain*, un thriller de Graham Greene. Tu connais ?

— Non. Je devrais ?

— Certains membres ont trouvé que c'était trop léger pour nous. Mais la question est surtout de savoir si un livre comme ça a de la substance.

— Et c'est le cas ?

— Oui, j'ai trouvé qu'il en avait.

Les deux hommes étaient désormais secs.

— Comment se passent les réunions ? Vous êtes tous assis en rond pendant que l'animateur de la discussion indique ce qu'il faut chercher dans le texte, comme au collège ?

— Non, pas dans notre cercle. Chez nous, l'animateur de la discussion prépare des questions, entre dix et vingt. Après ça, on voit où nous mène le débat. Par exemple, donne-moi le titre d'un livre que tu as lu récemment.

— Je ne me rappelle pas un titre lu récemment. Pour être honnête, je n'ai rien lu, dernièrement. Et une pièce de théâtre, ça irait ? J'ai vu *Le Marchand de Venise* l'été dernier.

— C'est parfait. Ainsi, la première question pourrait être : « Shakespeare était-il antisémite ? » S'il y a des Juifs dans le groupe, ça peut durer toute la nuit. Qu'as-tu vu d'autre ?

— *Comme il vous plaira*. Attends une minute. Pour la pièce de Shakespeare, que dirais-tu de : « Avez-vous de la compassion pour Shylock ? » ou plutôt : « Est-on censé ressentir de la compassion pour Shylock ? »

— Génial. Bon. Revenons à *Comme il vous plaira*. As-tu une question ?

— J'en ai entendu une bonne pendant l'entracte : « Rosalind est-elle gaie ? »

Lichtman secoua la tête.

— Dans un groupe mixte, il faut éviter toute interprétation à caractère sexuel, sinon les participants se mettent à regarder le plafond ou, au contraire, se lancent dans des commentaires tapageurs pour montrer qu'ils ne sont pas embarrassés. Cela dit, tu es sur la bonne voie.

Salter se leva.

— Bon. On se retrouve la semaine prochaine ?

— Bien sûr !

— Super. Ne mange pas trop de pruneaux.

# CHAPITRE 9

Le lendemain matin à dix heures, Flora Lucas attendait Salter dans son bureau.

La députée était une grande femme plantureuse aux douces courbes et au teint de lis et de roses. Ses cheveux châtain clair étaient maintenus en arrière par des peignes. Elle semblait ne porter aucun maquillage, mais Salter se demandait s'il était possible à une femme de cinquante ans d'avoir un teint aussi lisse et uni sans produits de beauté. Flora Lucas avait certainement consacré aussi du temps à ses mains et à ses ongles, et lorsqu'elle se leva, Salter vit qu'elle portait de très jolis souliers en tissu brodé. Il se sentit attiré par elle et fut encore une fois frappé de constater qu'à l'orée de sa soixantaine, il avait restreint à deux catégories les femmes qui lui plaisaient : les grandes bien en chair et les petites menues.

— Il s'agit d'une enquête pour homicide, madame, mais je serai aussi bref que possible, annonça-t-il en préambule.

Elle le regarda fixement.

— Mais à quoi donc jouez-vous, au juste ? Vous avez appelé hier ma secrétaire pour organiser un rendez-vous dont vous avez fixé l'heure vous-même, et j'ai accepté le premier créneau que vous avez proposé. J'ai annulé mes rendez-vous pour la prochaine demi-heure et me voici donc. Je le sais, que c'est une enquête pour homicide ! Je vous rappelle que la victime est mon propre frère. Alors pourquoi me dire maintenant que vous allez être bref ?

Sa voix était claire et pénétrante.

— J'ai cru comprendre que vous avez éprouvé des difficultés à trouver du temps pour mon prédécesseur, répliqua Salter.

— J'ai tout simplement eu des difficultés à être à Toronto. Lorsque Jerry a été tué, j'étais au Costa Rica, dans sa maison, en fait. Plus exactement, j'étais là-bas à l'hôpital, endroit où j'ai passé toutes mes vacances, anéantie par un microbe que je pense avoir attrapé dans l'avion.

— C'était peut-être l'eau ?...

— Au Costa Rica, l'eau est parfaitement potable. Non : je crois que c'était dans l'avion.

— Je crois savoir qu'on a eu du mal à vous joindre.

— Ma secrétaire avait pour instruction de dire que j'étais partie faire une retraite. Mon but était précisément d'être injoignable, et ma secrétaire m'a prise au mot un tantinet trop littéralement. J'aurais sans doute dû lui préciser : « Sauf si Jerry se fait trucider. »

Une larme se forma au coin de son œil et coula sur sa joue – une infime brèche dans le barrage. Elle n'esquissa pas même un geste pour l'essuyer.

Plus touché par cette seule larme que si Flora Lucas avait brutalement craqué, Salter marqua une pause, puis poursuivit :

— Vous n'avez donc pas été prévenue de la mort de votre frère avant votre retour.

— J'étais à l'hôpital quand j'ai appris la nouvelle, et j'ai passé quelques coups de fil pour m'assurer que son associé prenait temporairement les choses en main. Mon frère n'avait pas d'enfant, ni aucun autre parent à part moi. Tout ce qu'on me demandait, c'était de confirmer l'identité de Jerry, et pour rentrer à Toronto immédiatement, il aurait fallu que je fasse affréter un avion. C'est pourquoi je ne suis rentrée que vendredi dernier, par le premier vol régulier.

— Il y a, sur le formulaire que je dois remplir, un espace dans lequel il me faut indiquer le nom d'une personne qui pourrait confirmer votre présence là-bas, dit Salter.

— Vous pouvez laisser l'espace en blanc pour le moment.

Le policier lui lança un regard sceptique.

— Jusqu'à ce que j'aie confiance en vous, précisa Flora Lucas.

— À quel sujet ?

— Ma vie personnelle. On m'a dit que vous étiez fiable, mais j'aimerais en être sûre.

Salter se demanda qui pouvait bien être ce « on » : les membres du club de Lichtman, peut-être ?

— Il est possible que je doive remplir ce blanc avant cela, insista Salter.

— Ah oui ? En attendant, que voulez-vous savoir d'autre ?

— Étiez-vous proche de votre frère ?

— Il a toujours été mon meilleur ami. Nous nous sommes rapprochés grâce à un père absent et à une mère qui se consacrait corps et âme à un mouvement de croisade morale. Aujourd'hui, on dirait plutôt qu'elle était membre d'une secte. Elle a essayé de m'embrigader alors que j'étais en dernière année de collège, mais Jerry a trouvé un prétexte pour m'inscrire à McGill, loin de son influence. Elle avait essayé de l'enrôler, lui, quelques années plus tôt, mais cette tentative avait eu pour effet d'immuniser mon frère contre les sectes. À l'époque, ma mère et moi vivions à Kingston, et il aurait été naturel que j'étudie à Queen's, où Mère avait un groupe. Jerry venait juste de commencer à travailler pour un cabinet juridique de Montréal, et c'est pourquoi je suis allée à McGill. Je logeais dans une résidence universitaire, et je passais les fins de semaine avec lui, dans son appartement. Ma mère voulait que je rentre à Kingston les week-ends, mais elle n'insistait pas trop ; elle s'intéressait plus à son mouvement qu'à moi, et elle passait beaucoup de temps dans des rassemblements internationaux et à jouer les missionnaires. Jerry et moi sommes par la suite restés très proches. Je suis désolée de vous servir un tel discours, mais lorsqu'une personne qui est aussi proche de soi décède brutalement, on a tendance à penser beaucoup à elle, à ressasser toute l'histoire afin d'être sûre de se remémorer chaque détail, et lorsqu'on nous pose une question, la réponse est déjà toute prête et ça sort tout seul.

— Ça ne l'agaçait pas un peu de vous avoir dans les pattes comme ça ? Un jeune et fringant célibataire n'aime pas toujours jouer les nounous, vous voyez ce que je veux dire ?

Flora Lucas s'était remise à pleurer discrètement – quelques larmes perlaient.

— Écoutez, je peux revenir plus tard, si vous préférez, suggéra Salter. Dites-moi seulement le nom de ses amis les plus proches, et je reviendrai vous voir ultérieurement.

Elle sortit un kleenex d'une boîte qui se trouvait sur son bureau et se tamponna le visage.

— Il faut que je pleure de temps en temps, s'excusa-t-elle. Vous savez, je ne vais pas trop mal, en fait. Je vous prie de m'excuser : j'aurai repris mes esprits dans un instant.

Derrière Salter, la porte du bureau s'ouvrit, et la secrétaire fit mine d'entrer. Sans lever les yeux, Flora Lucas lui indiqua de s'en aller ; Salter se leva pour prendre congé, mais à lui, elle adressa un geste l'invitant à rester. Elle se ressaisit en une minute à peine ; toutes ses larmes avaient disparu et elle était de nouveau prête à affronter Salter.

— Où en étions-nous, déjà ? Merci d'avoir été patient. De quoi parlions-nous ? Ah oui : de ma mère. Toute fille devrait avoir une mère digne de ce nom.

Quant à mon frère, j'estime que certaines filles ont avec leur père une relation comme celle que j'avais avec Jerry. N'importe quel psychologue vous dirait que c'est extrêmement malsain, mais quoi qu'il en soit, c'est merveilleux. J'ai aussi été chanceuse de tomber amoureuse de l'homme qui allait devenir mon mari, mais malchanceuse quand il est mort trois ans après. Bon. Nous sommes désormais intimes, n'est-ce pas? J'ai envie de vous parler de Jerry. En fait, Jerry m'a quasiment élevée: c'est lui qui m'a guidée et conseillée pendant toute mon adolescence, et même jusqu'à ce que j'obtienne mon premier diplôme universitaire et que je sache ce que je voulais faire dans la vie. Ses petites amies m'ont bien aidée, elles aussi. Certaines d'entre elles ont été de vraies sœurs de substitution pour moi. Jerry m'offrait un véritable foyer, et il gérait ses affaires avec bienséance et discrétion quand j'étais chez lui: ses copines ne dormaient pas là lorsque je m'y trouvais, et j'ai longtemps ignoré qu'elles couchaient avec lui le reste du temps. Je pense qu'il estimait que j'avais le droit de grandir sans être exposée à une vie d'adulte tant que je n'y serais pas prête. (Brusquement, elle éclata de rire.) Certains dimanches, nous allions même à la messe. À un moment donné, cependant, j'ai été assez grande pour qu'il se relâche un peu, et je tombais parfois nez à nez avec une fille au petit-déjeuner, le dimanche matin. Mais c'était sa maison, pas la mienne, alors mes petits copains à moi repartaient toujours chez eux le soir. Tout ce que je vous raconte n'a vraiment rien à voir avec votre enquête, je pense, mais comme on dit, Jerry est omniprésent dans mes pensées. Quelle est votre prochaine question?

— Vous y avez déjà répondu. Savez-vous quelque chose sur la femme qui a été vue sur les lieux le soir où il a été tué? s'informa alors Salter, en ajoutant une description de la femme en question.

— Ça ne ressemble pas à Jerry, mais je ne sais pas, après tout, vous, les hommes…

Elle attendit la réaction du policier.

— Il ne s'est jamais marié ?

— Oh, oui. Son mariage, à lui, a duré cinq ans. Rien de sinistre, ni même de simplement triste. Elle voulait un foyer, et lui, il voulait une partenaire. Il n'aurait jamais dû se marier. Après ça, il a eu un certain nombre de partenaires, mais pas ces dernières années. J'ai supposé qu'il commençait à être en perte de vitesse, ce qui ne l'aurait pas inquiété de toute façon : il n'aurait pas recouru aux services d'une prostituée pour essayer de regonfler sa libido. Pour lui, le sexe était une de ces activités soumises à des saisons, tout comme la Ligue des vieux croûtons.

— La quoi ?

— À cinquante ans, il jouait encore au hockey avec une bande d'hommes de son âge, d'où le nom…

La porte s'ouvrit de nouveau : la secrétaire apparut, tenant des papiers. De la main, Flora Lucas lui intima de faire demi-tour.

— Juste deux minutes, Muriel, lui dit-elle avant de se tourner vers Salter. Deux minutes, inspecteur. Une question ?

— Comment expliquez-vous la présence de cette femme aux bottes argentées ?

— Je trouve inconcevable que mon frère ait développé du goût pour ce genre d'activité sexuelle. Je ne parle pas de la moralité de tout ceci : Jerry se foutait complètement de la moralité privée, que ce soit la sienne ou celle des autres, mais il était intraitable en matière de moralité publique et prônait l'éthique des relations interpersonnelles. En tant que politicienne, je sentais son regard sur moi en permanence, mais il ne s'occupait pas du tout de savoir avec qui je… vivais. On dirait que je suis encore partie pour placoter, hein ? Une pensée vient de me traverser l'esprit : je crois savoir pourquoi il ne s'est jamais remarié. Je connaissais une de ses partenaires. Ce n'était pas une amie ; je la connaissais juste parce qu'elle travaillait quelque part dans ce bâtiment, elle était rédactrice en chef ou éditrice, quelque chose comme ça. Un soir où nous avions un peu bu, elle m'a confié qu'elle était toujours accro à Jerry, même après leur séparation, mais qu'elle ne supportait pas de ne pas être désirée. Sa présence répondait à un besoin, certes, en tant qu'hôtesse et au lit, mais pas vraiment à un désir. Je pense que Jerry n'aimait pas beaucoup les femmes, mais c'était un homme normal, avec des besoins à satisfaire. Je ne serais pas surprise de découvrir l'existence d'une maîtresse secrète, mais pas une qui aurait porté ce genre de bottes argentées.

— Quels étaient ses centres d'intérêt ?

— La musique, l'art japonais, le canoë et le jeu. Les jeux de carte, principalement, mais il aimait aller à l'hippodrome l'été.

— Il jouait gros ?

— Je crois que oui, mais il pouvait se le permettre ; notre héritage était assez conséquent. Cela dit, je ne pense pas qu'il pariait auprès de bookmakers.

— Avec qui jouait-il aux cartes ?

— Oui, Muriel, j'arrive. (Flora Lucas fit un geste en direction de la porte qui s'entrebâillait et se leva.) Désolée, inspecteur, vos deux dernières minutes sont écoulées. Posez votre question à Derek Fury, l'associé de Jerry : il saura certainement vous répondre.

Elle contourna Salter pour sortir de son bureau, cueillant au passage les papiers que lui tendait sa secrétaire.

— Connaissez-vous le nom de cette petite amie ? demanda Salter au moment où elle passait devant lui.

Flora Lucas s'arrêta net, l'air préoccupé.

— Bon. Elle s'appelle Jane Rudd. Mais je vous en prie, ne lui révélez pas que c'est moi qui vous ai parlé d'elle. Je la connais à peine, mais je ne lui fais pas confiance et je préférerais que mon nom ne soit pas associé au sien. Pouvez-vous donner l'impression que son nom est apparu dans une liste compilée par vos services ?

— C'est exactement ce qu'elle est: le prochain nom sur ma liste.

— Merci. Bon, écoutez, je serai disponible pour vous n'importe quand, mais pas maintenant, conclut-elle en se dirigeant à grandes enjambées vers le couloir.

Muriel se leva pour tenir la porte à Salter.

— Plutôt occupée, la madame, on dirait, observa ce dernier.

— Oui, madame la députée est très sollicitée, corrigea la secrétaire en insistant sur le titre.

Une fois Salter sorti, Muriel referma la porte du bureau et trotta derrière sa patronne.

◆

Salter aborda prudemment son entretien avec Jane Rudd. C'était une fonctionnaire qui avait droit à un grand bureau doté d'une fenêtre, mais sans secrétaire tenant lieu de cerbère.

Âgée d'une cinquantaine d'années – selon les estimations de Salter –, Jane Rudd avait le teint hâlé et rayonnant d'une personne habituée au grand air, de grandes joues rouges et une masse de cheveux sombres en désordre, simplement tenus par une pince au-dessus d'une oreille. Son chemisier – à moins que ce ne fût une robe; difficile à dire, car elle était assise à son bureau –, qui avait l'air de n'avoir pas été repassé, était fermé à son cou par une énorme épingle de sûreté décorative. Elle portait également un cardigan en tricot dont les manches, lâches, pendaient. Elle donnait l'impression d'avoir pris ses vêtements directement dans le panier à linge. Salter se demanda si sa profession de rédactrice lui conférait le statut d'artiste.

Salter s'attendait à ce que Jane Rudd n'appréciât pas le fait d'être mêlée à l'enquête et avait même anticipé une réaction hostile de sa part, mais ce fut tout le contraire.

— J'avais justement l'intention d'aller vous voir, déclara-t-elle dès qu'il eut décliné son identité et qu'il lui eut annoncé le motif de sa visite.

— Pourquoi cela ?

— Quand on est aussi proche de quelqu'un comme je l'étais de Jerry… commença-t-elle, laissant volontairement la fin de sa phrase en suspens.

— Avez-vous été sa… partenaire ?

— Nous avons été amants, au sens plein du terme.

— Quand votre relation a-t-elle pris fin ?

— L'amour véritable prend-il jamais fin ?

Salter comprit qu'il avait mis le doigt sur une sorte d'hystérie, peut-être même une obsession, et que toutes les réponses de son interlocutrice seraient filtrées par son besoin de confirmer l'amour qu'elle portait à Lucas. Il décida de laisser momentanément de côté ses questions sur la prostituée.

— Quand l'avez-vous vu pour la dernière fois ?

— J'ai l'impression que c'était hier.

— Plus précisément ? Des semaines ? Des mois ? L'avez-vous vu cette année ?

Elle balaya la question d'un revers de la main.

— Quelques semaines, je suppose, finit-elle par répondre.

— Mais pas récemment ?

Jane Rudd haussa les épaules.

Salter, irrité par l'imprécision de ses réponses, décida de poser tout de suite la question qu'il aurait préféré éviter.

— Avez-vous eu l'impression de la présence d'une autre femme dans sa vie, avant vous, après vous, voire pendant votre liaison ?

— Il n'y a pas eu d'après. Nous ne nous sommes jamais séparés ; c'est juste que je ne l'avais pas vu dernièrement. Et il n'y a pas eu d'autres femmes avant qu'on soit ensemble. À part sa sœur, bien sûr.

Salter saisit la suggestion comprise dans cette dernière remarque, appuyée par un regard oblique et hardi, mais il l'ignora. Ce que Jane Rudd insinuait ne changerait rien à son enquête, pour autant qu'il pût en juger, et il estima que s'il ne faisait même que lui laisser supposer qu'il avait saisi l'allusion, elle était capable de prétendre ne pas voir de quoi il parlait et de concentrer toute son hystérie sur une attaque contre lui.

— Et aviez-vous connaissance d'une femme qui n'aurait pas compté pour lui ? insista-t-il.

Elle secoua violemment la tête et, la main sur la gorge, se tourna vers la fenêtre.

Salter abandonna la partie. Cette femme était ridicule, et il doutait qu'elle pût lui apprendre une information qu'il ne fût pas en mesure de récolter autrement.

— Je n'irai pas à l'enterrement, dit alors Jane Rudd, toujours tournée vers la fenêtre.

— Pourquoi ?

— Je ne pourrais pas le supporter.

— Personne n'aime les enterrements, vous savez. Les proches… s'attendraient-ils à vous y voir ?

— Aucune idée. J'imagine que oui.

— À mon avis, cette décision vous appartient, de toute façon.

Salter se leva. Il brûlait d'envie de s'éloigner de cette femme au plus vite et se promit de ne revenir que lorsqu'elle aurait retrouvé son équilibre mental.

— Je vous laisse ma carte, au cas où.

Soucieuse de jouer sa petite scène jusqu'au bout, Jane Rudd resta dans la même position, le regard perdu dehors.

De retour dans son bureau, Salter trouva un message de Calvin Gregson, qui lui demandait de l'appeler – ce qu'il fit.

L'avocat répondit immédiatement.

— J'ai appris qu'on vous avait confié l'enquête sur la mort de Lucas, inspecteur. J'en suis très heureux. Jerry était l'un de mes amis et j'espère que vous attraperez bientôt le salaud qui l'a tué. C'est tout ce que je voulais vous dire. Et s'il y a quoi que ce soit que je puisse faire, si vous avez des questions, n'hésitez pas à m'appeler.

— Merci de votre offre. Des questions sur ses habitudes, par exemple, c'est ça ? Pour savoir s'il portait un chapeau, des trucs comme ça ?

— Des questions sur n'importe quoi.

— C'est très désintéressé de votre part, maître Gregson. J'en prends bonne note.

Sur ce, il raccrocha.

# Chapitre 10

— Ça y est, monsieur, on touche au but ? demanda Smith à Salter.

— Mon cher Smitty, répondit celui-ci à son nouvel adjoint, pourquoi l'un des criminalistes les plus en vue de Toronto offrirait-il spontanément de fournir des renseignements sur Lucas, renseignements qu'il sait pertinemment que nous pourrions recueillir auprès de nombreuses autres personnes ?

— Ils étaient peut-être copains ?

— Oui, mais il sait certainement que je connais la partenaire de Lucas ainsi que sa sœur, notamment. Je n'ai pas besoin de lui.

— Oui, mais peut-être que lui, il a besoin de vous.

— C'est certain. Il essaie de s'immiscer dans le circuit de transmission des informations relatives à l'enquête.

— Bon, eh bien, c'est résolu, dans ce cas. On a terminé ?

— Tiens, au fait, j'ai une petite mission pour vous. Je veux que vous fassiez des vérifications sur Flora Lucas : elle prétend qu'elle était au Costa Rica jusqu'à vendredi dernier, dans la maison de son frère, mais qu'elle a passé la plus grande partie de son séjour à l'hôpital. Confirmez-moi tout ça, voulez-vous ?

— Il faut que je passe des coups de fil au Costa Rica, c'est ça ? Je ne sais même pas où ça se trouve !

— Commencez par le consulat: vous en trouverez sans doute les coordonnées dans les Pages Jaunes. Je veux connaître ses dates exactes d'arrivée au Costa Rica et de départ pour le Canada. Vous trouverez probablement l'adresse de la maison de son frère quelque part dans le dossier. Demandez à la police locale de confirmer qu'elle s'y trouvait bien, si vous parvenez à mettre la main sur un collègue de là-bas qui parle anglais. Et demandez à l'hôpital combien de temps elle y est restée.

— Mais pourquoi tout ça, monsieur? Que se passe-t-il?

— C'est la procédure, Smitty. C'est ce que nous sommes censés faire, la façon dont nous devons agir: et moi, je vous indique la bonne voie, comme ça, vous pourrez protéger mes arrières. Notez bien ça. Nous devons vérifier toutes les allées et venues de tous les suspects potentiels.

— Vous la suspectez, elle?

— Fermez la porte, Smitty. Bon. Une suspecte, au demeurant peu crédible, m'a laissé entendre que Lucas et sa sœur pourraient avoir eu une relation… taboue.

— À leur âge? J'ai entendu dire que ça se produisait chez les enfants pauvres de Glasgow, mais que ça s'arrêtait quand ils grandissaient. Vous pensez que c'est bon? Je veux dire… vrai? Parce qu'autrement, je sais que c'est mal…

— Je n'y crois pas une seconde, alors en ce qui me concerne, je ne vais pas tenir compte d'allusions de ce genre. Mais vous êtes là, vous: si ça tourne mal pour moi, il sera important que l'on sache que vous avez suivi la procédure. Ça, c'est votre boulot.

— Monsieur, puis-je me permettre de vous demander s'il y a quelque chose qui vous tracasse? Sauf votre respect, vous tenez des propos un peu étranges, voire un peu stupides, si vous me permettez.

Salter se mit à rire.

— Je ne fais que suivre mon intuition, Smitty, c'est tout. Quoi qu'il en soit, tirez-moi cette histoire de Costa

Rica au clair pour qu'on puisse la rayer de notre liste d'épicerie. Bien. Maintenant, parlez-moi un peu de l'appartement de Lucas.

— L'immeuble n'est pas très grand, en tout cas, pas selon les normes de Glasgow, commença l'Écossais. J'ai parlé à tous les résidents de son étage, sauf deux, dont le concierge dit qu'ils sont en vacances. Deux des voisins ont vu la femme en question : l'un d'entre eux, qui habite l'appartement d'à côté, l'a vue frapper à la porte de Lucas au moment où il sortait de l'ascenseur, à sept heures du soir.

— Elle portait toute sa panoplie ?

— Ouais, mais j'ai appris un détail qu'on ignorait jusque-là : elle portait un imperméable. Le gars qui m'en a parlé a dit « un ciré », mais je pense qu'il voulait dire « imperméable ». Il a précisé qu'elle portait un ciré blanc et qu'elle le tenait fermé sur le devant, comme si elle n'avait rien dessous. Ce témoin pense que la femme ne l'a pas vu, parce que lorsqu'elle s'est tournée pour entrer chez Lucas, elle a lâché les pans de son ciré et il a aperçu les lanières de cuir de sa tenue.

— Donc, selon les apparences, Lucas aurait eu un arrangement avec une pute qui connaissait le numéro de son appartement. Elle portait ses vêtements de travail, avec un ciré blanc par-dessus. Peut-être suivait-elle les instructions de Lucas : l'imperméable pour les voisins et la tenue sexy pour lui.

— Ça colle.

— Il ne nous reste plus qu'à trouver cette femme. À l'heure qu'il est, elle est peut-être à Winnipeg ou à Vancouver, et j'imagine qu'elle ne porte ni sa tenue de combat ni son ciré. Le voisin a-t-il pu donner un autre détail sur elle ?

Smith consulta ses notes.

— Il a dit qu'il trouvait qu'elle avait un faux air d'Alice Faye, mais que lorsqu'elle a parlé, c'était plutôt Gloria Grahame. Qui peuvent-elles bien être, ces deux-là ?

— Ce sont des actrices de cinéma. Il a quel âge, ce type ?

— Dans les quatre-vingts ans, je dirais.

— Pas étonnant. Alice Faye ne date pas d'hier.

— À quoi ressemblent-elles, ces actrices ?

— Aucune idée : je ne les connais que de nom, répondit Salter. Avez-vous essayé d'entrer la description dans l'ordinateur ?

— Barlow et Jensen l'avaient déjà fait, avec la tenue au complet. Ça n'a rien donné.

— Et que dit le rapport d'autopsie ?

— Le couteau est entré par-devant, entre la deuxième et la troisième côte, et a tranché le…

— Ça va aller, merci. Avait-il eu des rapports sexuels ?

— Oui, au cours des dix-huit dernières heures : c'est le plus loin qu'on puisse remonter.

— Donc, elle lui aurait prodigué ses services, puis elle l'aurait tué ?

— Peut-être les deux en même temps. Le bon vieux truc de la mante religieuse, quoi. C'est ça qu'on cherche ?

— Pour le moment, revenons-en à l'appartement. Avez-vous eu l'occasion de demander aux voisins s'ils avaient remarqué autre chose ce soir-là, peut-être d'autres inconnus ?

— Le seul truc que j'ai glané venait d'un locataire qui habite un appartement donnant sur Bedford Road. À cause de son arthrite, il est plus ou moins confiné chez lui, et il passe son temps à regarder par la fenêtre. Il a affirmé que dernièrement, il a remarqué plusieurs fois une femme dans une auto couleur caramel – ce sont ses propres mots, monsieur – stationnée près de l'immeuble de façon à voir la porte d'entrée principale. Une fois, elle est sortie de sa voiture et a fait quelques mètres dans la rue, mais elle portait un foulard sur la tête. Tout ce qu'il a pu dire, c'est qu'elle n'était ni vieille ni jeune, et qu'elle portait un imperméable avec une ceinture. Selon son témoignage, elle restait garée là pendant deux ou trois heures, puis elle s'en allait.

Malheureusement, le seul truc dont ce petit vieux est certain, c'est qu'elle n'était pas là le soir où Lucas a été tué. Quand il a entendu la nouvelle, il a immédiatement pensé à elle, mais il est catégorique : elle n'était pas devant l'immeuble ce soir-là. Qu'en pensez-vous, monsieur ? Pas très utile, hein ?

— Au contraire. Si ce monsieur est fiable, nous savons maintenant qu'aucun inconnu ne traînait dans le coin ce soir-là.

— Alors à quoi rime le manège de cette femme ?

— Elle surveillait l'immeuble, Smitty. Elle se prétend probablement détective privée et elle tient quelqu'un à l'œil, pour le compte soit d'une compagnie d'assurances, soit d'une épouse. Une fausse piste. Rien qui nous intéresse, mais utile, d'une certaine manière. Bon. Allons-y : vous avez les clés ?

— Oh, j'allais oublier : vous avez reçu un appel d'un autre avocat, un certain Holt. Il affirme être l'avocat de la famille.

— Que voulait-il ?

— Juste savoir si on avait besoin de son aide.

— Je me demande ce qu'il voulait vraiment... Sans doute vérifier quand il pourrait régler la succession ! Je le rappellerai.

◆

— La musique, les estampes japonaises, le canoë, récita Salter. Un ami de Trudeau, peut-être ? Non : sauf par sa sœur, Lucas n'avait aucun lien avec la politique.

Salter et Smith étaient dans l'appartement de Lucas, d'où ils avaient une vue imprenable sur l'Annex.

— Bel emplacement, observa Salter. À deux pas de la plupart des restaurants de Toronto, avec un magasin d'alcool juste en face, une librairie au coin de la rue, des cinémas : bref, tout ce qu'il faut. Il y a même une galerie qui vend des estampes japonaises à quelques coins de rue. Mais je me demande bien où tous ces gens font leur épicerie.

— Au centre Manulife. C'est là que va ma femme en rentrant du boulot.

— Ah ouais ? OK : je vais jeter un coup d'œil par ici. Vous, chargez-vous des chambres.

En effet, le salon et la cuisine ne nécessitaient qu'un coup d'œil : comme on pouvait s'y attendre, les murs étaient recouverts d'estampes japonaises. S'y trouvaient également un équipement stéréo, ainsi que quelques centaines de CD, vinyles et cassettes, qui tapissaient presque entièrement un mur. Le salon ne comportait aucun téléviseur ; Salter regarda dans la chambre principale, s'attendant à voir une télévision fixée à la cloison, au pied du lit, mais rien non plus dans cette pièce-là.

Le salon était meublé de deux grands canapés en tweed gris et d'un fauteuil assorti, ainsi que de deux fauteuils clubs en cuir. Sur cinq tables basses de différentes dimensions étaient répartis des vases, tasses et verres, de même qu'une bonne dizaine de magazines. L'un des vases contenait une fleur fanée ressemblant à une longue jonquille blanche – le genre de fleur dont Salter détestait l'odeur –, heureusement compensée par un vase de freesias. Le plancher était recouvert par un tapis du Moyen-Orient peu épais, pâle et apparemment coûteux. Les murs ne comportaient aucune œuvre occidentale, à l'exception du portrait d'une belle jeune fille dans la vingtaine aux cheveux roux frisottés – Flora Lucas, en plus jeune et en plus mince. Sur une desserte, un assortiment de photos encadrées témoignait de l'histoire des relations de Lucas. Salter releva quelques couples qui avaient l'air de parents, deux photos d'aïeux – de gros hommes chauves et des femmes aux allures de pionnières –, et le reste consistait en différentes combinaisons de Lucas, de sa sœur et d'inconnus : on y voyait le frère et la sœur quasiment depuis leur naissance jusqu'au mariage de chacun d'entre eux – après quoi, plus rien.

Smith sortit d'une chambre.

— Rien d'intéressant, proclama-t-il. Les draps ont été lavés récemment et le lit n'a pas été défait, ce qui revient à peu près au même moment, je suppose. Tout est conforme à la description de Barlow et Jensen. Le bureau et la penderie ne contiennent rien d'inhabituel, excepté le fait que Lucas possédait deux paires de caleçons longs en soie. À Glasgow, on trouverait ça étrange.

— C'est pour le canoë, expliqua Salter avec l'autorité du vieux Canadien au jeune immigrant. Quand on a les moyens, c'est ce qu'on met pour faire du canoë.

— Ah bon ? J'avais jamais vu ça. Faut dire qu'on ne fait pas beaucoup de canoë à Glasgow.

— Marinelli et ses gars ont déjà dû prendre son agenda, son journal intime et autres documents de ce genre. Donnez-moi un coup de main, voulez-vous ? J'ai trouvé une lettre adressée à sa sœur qu'il ne lui a jamais envoyée.

— Ses derniers mots ?

— Ses dernières volontés, j'imagine, plus une liste de ses biens et leur emplacement. Toutes les petites donations ou legs dont il voulait qu'elle s'occupe, mais qui ne valaient pas la peine d'être mentionnés dans le testament.

— Comment le savez-vous ? Avez-vous lu ce document ?

— Non, mais j'ai déjà fait tout ça avec mon avocat.

— Pourquoi ne mettez-vous pas tout dans votre testament ?

— C'est plus facile de garder une liste à jour de vos intentions. Si vous les inscrivez dans votre testament et que vous changez d'avis, vous devez ajouter une clause pour chaque changement, et ce, devant témoin. Mais si vous changez d'avis quant à savoir à qui vous voulez léguer votre collection de *Playboy*, par exemple, il vous suffit de rayer l'ancien nom de votre liste et d'écrire le nouveau à côté. En procédant de cette manière, vous laissez tout par testament à une ou deux personnes, en leur demandant de faire le nécessaire pour que vos dernières volontés soient respectées.

— Ah, les riches ! Je crois que, dans ma famille, personne n'a laissé de dernières volontés. Et si l'héritier ne veut pas les respecter ? Peut-être que votre femme n'aime pas le gars à qui vous voulez léguer votre canne à pêche, hein ?

— Dans ce cas, elle n'est pas obligée de la lui donner. C'est une question de confiance, c'est vrai. Sinon, on peut toujours tout mettre dans le testament.

— A-t-on retrouvé le testament de Lucas ?

— Il a probablement été confié à son avocat. On tirera ça au clair cet après-midi. Le bureau de Lucas est dans Prince Arthur Street. Je vais m'y rendre maintenant pour parler à son associé. Vous, restez ici et continuez à fouiller un peu partout ; je repasserai vous prendre quand j'aurai terminé.

◆

Derek Fury, l'associé de Lucas, était un petit homme raffiné d'à peine soixante ans dont chacun des cheveux, poils, ongles et dents avait été taillé, coupé, limé et poli dans les règles de l'art. Il rayonnait d'une bonne volonté qu'il s'efforçait de communiquer tantôt à Salter, tantôt à la pièce, derrière ce dernier, comme s'il s'adressait à un public observant une scène jouée par le policier et lui-même. Sa mise vestimentaire n'était pas vraiment à la mode et ses cheveux n'étaient pas à la longueur requise cette année-là. Les lunettes en vogue étaient étroites et cerclées de métal – les siennes étaient énormes, comme des fenêtres surdimensionnées rajoutées à une maison ancestrale. Complété par son nœud papillon, son gilet et sa chemise à gros pois, l'ensemble démontrait que l'homme était un original portant les vêtements et accessoires qui lui plaisaient, tout simplement. En fait, à l'instar de la décoration intérieure de la plupart des domiciles, son costume semblait être le fruit de trente ans d'accumulation de linge qu'il continuait à apprécier et qu'il conservait tandis que les modes passaient.

Lorsque Salter se présenta, Fury tendit une petite main en conque, caressa brièvement les doigts du policier puis posa ses mains l'une sur l'autre sur son bureau et attendit en souriant.

— J'enquête sur la mort de Jeremy Lucas, précisa Salter en guise de préambule.

D'un sourire, Fury accusa réception du propos de ce dernier et se pencha légèrement en avant dans un geste d'encouragement, mais demeura silencieux.

— Depuis combien de temps étiez-vous associés ?

Fury se référa à une note qui était devant lui.

— Dix-neuf ans. Au début, nous étions tous les deux associés minoritaires dans un cabinet qui comptait deux autres avocats, mais quand les associés principaux sont décédés, nous avons reformé le cabinet, auquel nous avons donné nos deux noms. Juste nous deux.

— Vous le connaissiez bien, dans ce cas ?

— Absolument, oui.

— Vous fréquentiez-vous en dehors du cabinet ?

— Oh, non ! Certes non. Pas du tout. Je l'invitais au restaurant le jour de son anniversaire, et il en faisait autant pour moi. Nous allions généralement dans de bons restaurants. Nous entretenions une sorte de compétition : la dernière fois, il m'a emmené au Canoe. Vous connaissez ? Quand j'ai entendu le nom du restaurant, j'ai cru qu'il s'agissait d'un endroit qu'il fréquentait avec sa bande de copains de randonnée, où l'on mangeait du pemmican et des fruits en conserve – une sorte de repas de brousse, vous voyez ? (Il eut un large sourire rien qu'à l'idée de manger ce genre de victuailles en plein Toronto, sourire qu'il conserva jusqu'à ce que Salter le lui rendît, puis il reprit son sérieux pour la suite de son récit.) Mais en fait, c'est un resto très élégant. J'étais quant à moi en train d'organiser son repas d'anniversaire dans un nouvel endroit dont j'ai entendu parler, le Samphire, dans King Street. Vous le connaissez ?

Salter fit un signe de tête négatif.

— Juste vous deux ? demanda-t-il.

— Nous emmenions Esther, bien sûr, précisa Fury en pointant le doigt en direction de la porte derrière laquelle se trouvait la secrétaire. Elle s'est jointe à notre cabinet dès le début et c'est elle qui accomplit le plus gros du travail. Le jour de l'anniversaire, en plus du restaurant, nous nous donnions généralement un petit cadeau. La dernière fois, Jerry m'a offert un outil, le Leatherman, vous voyez ce que c'est ? (Il ouvrit un tiroir dont il sortit une petite boîte en cuir de la taille de sa main contenant un instrument métallique plié.) C'est merveilleux : à lui seul, il remplace une bonne douzaine d'outils différents. Je peux réparer n'importe quoi au bureau, avec ça.

— Et à part les anniversaires, pas d'empiétement sur vos vies personnelles, donc ?

— Nous n'avions rien en commun, répondit Fury sur un ton patient, comme s'il avait déjà expliqué tout cela deux fois. Jerry était un citadin qui aimait aller vivre à la dure dans le bois pendant ses moments libres. Quant à moi, je ne vis que pour ma famille.

— À qui puis-je m'adresser pour savoir qui étaient ses amis ? Et vous, connaissiez-vous certains de ses amis proches ?

— Jerry appartenait à plusieurs cercles sociaux : il jouait aux cartes avec l'un et faisait du canoë avec l'autre. Et, bien sûr, il était souvent invité à souper.

— Recevait-il parfois lui-même ?

— Assez fréquemment, oui, mais toujours au restaurant parce que c'était moins contraignant que de recevoir dans son appartement. Sa sœur, Flora, tenait généralement le rôle d'hôtesse. Il m'invitait aussi, à l'occasion. Il venait d'ailleurs chez moi une ou deux fois par an, mais je l'invitais plus par politesse qu'autre chose : ma femme disait que ç'aurait été étrange qu'il ne vienne jamais à la maison.

— Avait-il une hôtesse autre que sa sœur ?

Fury arbora un large sourire et jeta un coup d'œil au public invisible, par-dessus l'épaule de Salter.

— Une amie de cœur permanente, vous voulez dire ? Pas ces deux ou trois dernières années, au moins. Avant cela, il en a eu quelques-unes – pas simultanément, je veux dire. Certaines pendant des années. Mais j'ai eu l'impression que ça ne l'intéressait plus.

— Il n'avait plus de partenaire habituelle, à votre connaissance ?

— C'est ça.

Dans l'expectative de plus amples révélations, Salter se carra dans son fauteuil.

— Je pense qu'avec les années, sa véritable nature s'est juste révélée de façon plus criante, décréta finalement Fury. C'était un célibataire-né : c'était un homme absolument adorable qui aurait fait n'importe quoi pour vous, à condition que ça ne le dérange pas trop, vous voyez ce que je veux dire ? Pour l'essentiel, il évitait de consacrer trop de temps aux choses ou aux gens pour lesquels il ne voulait pas dépenser d'énergie. Il était très aisé financièrement, et il était extrêmement généreux quand cela lui évitait de faire quoi que ce soit d'autre. Quand une demande d'argent était légitime, il mettait la main au portefeuille, et c'est toujours lui qui ramassait l'addition au restaurant. Selon moi, il était complètement égoïste, et il le manifestait par sa générosité. Il n'aurait pas passé une minute à faire quelque chose qu'il n'avait pas envie de faire : par exemple, il n'aurait pas donné un coup de main à la soupe populaire le soir de Noël, mais il aurait déguisé son égoïsme en y donnant de l'argent. Puisque nous en sommes aux confidences, je pense que son égoïsme tardif pourrait expliquer son changement d'attitude à l'égard des femmes, ajouta Fury avec un large sourire en se penchant en avant. Je n'y avais jamais songé avant, mais de fait, il n'avait jamais de temps pour ce que nous appelions « faire la cour » – inviter une femme à aller boire un cocktail, ce genre de choses, vous voyez ? Lorsqu'il avait besoin de... de la compagnie d'une femme, il le satisfaisait. Ça paraît monstrueux, non ? Mais je suis sûr qu'il était toujours honnête avec ses partenaires. De toute façon, aujourd'hui, les gens sont réellement plus directs sur ce thème, n'est-ce pas ? Enfin... j'imagine.

Salter se creusa la cervelle pour trouver un autre point d'entrée dans le sujet abordé par Fury, puis résolut de mettre les pieds dans le plat :

— Le soir où votre associé a été tué, une femme a été aperçue devant la porte de son appartement, dit-il tout de go, ajoutant la description de la femme en question. Qu'en pensez-vous ?

— On m'a déjà posé des questions à ce sujet. Je suppose que tout est possible, vous ne croyez pas ? (Encore un large sourire.) Si je peux imaginer quelque chose, c'est que quelqu'un est capable de le faire, hein ? (Il réfléchit quelques instants avant de poursuivre.) Cela étant, quand on travaille avec une personne depuis vingt ans, on doit se raccrocher à ce qu'on a fini par connaître d'elle jusqu'à ce qu'on soit contraint de changer d'avis, et tout ce que je sais de Jerry me dit qu'en ce qui concerne cette femme, on ne devrait pas se fier aux apparences. C'est bizarre : pourquoi aurait-il recouru aux services d'une créature de ce genre ? S'il payait vraiment pour avoir des relations sexuelles, il pouvait s'offrir ce qu'il y avait de mieux, surtout en cette époque dangereuse. D'ailleurs en vous parlant, je viens de penser à une autre possibilité : cette femme était sans doute le fruit d'une farce grossière que lui a jouée un de ses amis de randonnée pour l'embarrasser. Je serais prêt à le parier.

— Quelqu'un d'autre a déjà émis cette hypothèse. Je tirerai ça au clair. Maintenant, que savez-vous de ses affaires personnelles ? Ses affaires financières, je veux dire.

— Je suis son avocat, et je suis également son exécuteur testamentaire – de même qu'il l'était pour moi. Comme j'ai des enfants et que je subviens aux besoins d'une vieille tante, ma situation est plus compliquée que la sienne : il a tout légué à sa sœur, à l'exception de ses parts dans notre cabinet. Il n'avait pas encore pris possession de la totalité de son héritage : sa mère est décédée il y a un mois, et l'avocat de celle-ci était sur le point de transmettre ses biens à Jerry pour le compte de Flora et lui. Je vais à mon tour en prendre possession pour le compte de la succession de Jerry. J'ai consulté son agenda de bureau : il avait rendez-vous avec l'avocat de sa mère, Larry Holt, la semaine prochaine. Je suppose qu'il devait finaliser tout ça à ce moment-là.

— Puis-je voir cet agenda ?

Fury le lui tendit ; Salter examina l'entrée du rendez-vous mentionné par Fury, puis empocha l'agenda.

— Vous voulez un reçu ?

— Cet agenda n'est pas à moi.

— Savez-vous où se trouve le bureau de Holt ?

— Dans Church Street, juste après Isabella Street, dans la portion est. Son cabinet est installé dans l'une de ces vieilles maisons bourgeoises.

— Je pourrai peut-être le voir en partant d'ici. Ainsi, Jerry Lucas n'avait aucun engagement ni responsabilité, et il est probable que tous ses biens reviendront à sa sœur.

— Sa seule vraie responsabilité était à l'égard d'Esther, ici, et dans notre partenariat, nous avons fait en sorte de lui garantir une pension dont elle pourra bénéficier dès qu'elle le souhaitera. Pour le moment, elle préfère continuer à travailler.

— Et vous ? Quelles conséquences le décès de Jerry Lucas aura-t-il sur votre vie ?

— Eh bien, je serai désormais propriétaire de tout le mobilier du bureau, répondit Fury. En fait, après sa mort, je me suis demandé si je ne devrais pas saisir l'occasion de me retirer moi-même, tant que je le peux.

Tous mes enfants sont en voie d'être bien installés dans la vie, et je me sentirai bien seul, ici, sans Jerry. Ce sera un peu comme d'être veuf, et je n'ai pas envie de me trouver un autre associé. Vous savez, c'était le partenaire idéal...

— Si vous me permettez un commentaire, monsieur, l'interrompit Salter, vous ne me semblez pas très... triste de sa disparition.

Fury s'adossa à son fauteuil et ajusta ses lunettes.

— Je vais essayer de vous expliquer la situation. Travailler avec Jerry, c'était comme avoir le voisin parfait: quelqu'un qui aurait fait absolument tout pour moi, comme moi pour lui, sans même que nous voyions l'intérieur de nos maisons respectives. Cela vous paraît peut-être un peu confus, mais l'analogie avec le voisin parfait est vraiment pertinente. Rien de ce que nous faisions n'irritait l'autre ni le dérangeait. J'en sais beaucoup sur lui parce que nous bavardions souvent par-dessus la haie, pour poursuivre mon analogie, sans nous mêler des affaires l'un de l'autre. Je n'aurai jamais d'autre voisin comme lui. J'ai été choqué d'apprendre sa mort, mais compte tenu de nos relations, je n'éprouve pas vraiment de chagrin; je suis juste triste pour moi. Je devrais probablement partir faire une de ces croisières dont ma femme rêve depuis dix ans.

Salter se plongea dans son bloc-notes.

— Connaissez-vous ses compagnons de canoë et les noms des personnes avec qui il jouait aux cartes?

— Bien sûr. Je vais demander à Esther de vous les donner par écrit – elle était en quelque sorte sa secrétaire pour les activités sociales –, mais je les connais tous, évidemment. Parmi les partenaires de poker, je vous suggère de parler à Bonar Robinson. Son bureau se trouve dans la tour Toronto Dominion. Voici son numéro de téléphone. Pour la bande de sportifs, adressez-vous à Tim Baretski. Il est médecin, et bien que quasiment retraité, il travaille toujours dans un cabinet de Bathurst Street. J'ai entendu Jerry parler au téléphone à ses copains de canoë, et j'en ai déduit qu'ils étaient tous libres de partir en randonnée avec un faible préavis quand ils en avaient envie. Ils travaillaient tous plus ou moins à mi-temps, comme Jerry. Les joueurs de poker, c'était une autre histoire : des gens très, très occupés à faire de l'argent qui inscrivaient leurs parties de cartes dans un agenda très serré. Tous d'éminents citoyens. Si l'un ou deux d'entre eux ne pouvait pas se libérer pour le soir prévu, Jerry se démenait pour trouver un autre créneau dans la semaine. Lui, il pouvait se libérer tous les soirs, sauf le vendredi, mais les autres étaient généralement pris.

— Pourquoi le vendredi ?

— Je me suis déjà posé la question, et j'ai supposé ce qui semble maintenant manifeste. Mais je persiste à trouver peu crédible l'histoire de la femme que vous m'avez décrite.

Salter referma son bloc-notes et se mit de biais dans son fauteuil.

— Ainsi, l'idée d'une prostituée ou d'une escorte ne vous paraît pas plausible…

— C'est ce déguisement que je ne trouve pas plausible. Je pense avoir rencontré toutes les partenaires respectables de Jerry de ces vingt dernières années : aucune d'entre elles n'aurait porté de bottes argentées.

— Il arrive que des hommes mariés aillent voir ailleurs…

— Jerry n'était pas marié. Il pouvait satisfaire ses besoins sexuels comme bon lui semblait. Tout indiquait qu'il n'aurait pas apprécié la compagnie de femmes à bottes argentées dans son lit, mais peut-être suis-je à côté de la plaque.

— Et sa vie sexuelle mise à part, comment était-il ? Quel genre d'avocat était-ce ? Devrais-je chercher parmi ses clients pour trouver quelqu'un qui aurait pu avoir envie de le tuer à cause d'un mauvais conseil ? Peut-être une personne qui aurait été en prison par sa faute ?

Fury rit doucement.

— Oh, non. Pour commencer, ses clients – et il en avait très peu – étaient riches et vivaient dans la plus stricte légalité, à défaut de quoi il ne les aurait pas gardés. Ce sont tous d'excellents citoyens. Jerry n'aurait jamais trempé dans une affaire louche. En toute confidentialité – parce que ce genre d'information est réellement confidentiel –, j'ai épluché ses affaires financières, y compris les fiducies, et je n'ai rien vu d'inhabituel ou d'étrange. Si vous voulez approfondir ce point, il faudra que vous transmettiez ses dossiers à un expert en comptabilité, mais vous perdrez votre temps.

— De toute façon, il n'avait pas besoin de tremper dans des affaires louches, non ?

— En effet. Il est facile d'être honnête quand on est plein aux as, alors pourquoi n'y a-t-il pas davantage de riches honnêtes ? En tant qu'avocat, Jerry avait dépassé le stade de l'appât du gain. Vous savez qu'il jouait de l'argent, et pas seulement aux cartes ?

— On me l'a dit, oui.

— C'était son seul vice, sauf si l'on compte ces histoires de sexe. Il était d'accord sur le fait que le jeu était un fléau social, mais c'était l'un de ses plus grands plaisirs, et il n'avait pas l'intention de laisser tomber. Il allait donc parier aux courses et jouait au poker avec une bande d'avocats qui pouvaient se permettre de perdre.

— Ils étaient tous avocats ?

— C'était comme ça qu'ils se rencontraient. Cela dit, c'était l'un des rares contacts que Jerry avait avec ses collègues. Oh, il allait dîner à l'occasion avec un vieux copain de la Faculté de droit, mais je suppose que j'étais, parmi les avocats, son plus proche ami. Je pense que cela allait de pair avec le fait que Jerry n'avait pas de clients louches. Par ailleurs, il siégeait à l'un des plus importants comités sur l'éthique du barreau. Ça a sans doute l'air bizarre, mais à part le jeu, le sexe – enfin, je le suppose – et ses loisirs – le canoë et la musique –, je pense que le droit était ce qui comptait le plus pour lui. Il adorait le droit et détestait ceux qui le discréditaient. Dans le comité sur l'éthique, il était capable de prises de position farouches. Pour Jerry, les avocats, comme les prêtres, avaient la responsabilité de se comporter de façon plus conforme à l'éthique que les autres.

— Pas le genre d'homme avec lequel je me serais détendu, apparemment…

— Oh, certainement que oui, à la longue. Il était d'excellente compagnie, vous savez.

Salter rempocha son bloc-notes.

— Bon. Maintenant, je vais devoir parler avec certaines des personnes que vous avez mentionnées. D'après ce qu'on m'a dit, Larry Holt est l'avocat de la famille. Mais c'était vous qui étiez celui de Jerry Lucas…

— Holt est l'avocat de la mère de Jerry, comme je l'ai mentionné plus tôt.

— Quel est le rôle de Calvin Gregson ? Il semble être dans le paysage…

— Ah oui ? Il veille peut-être aux intérêts de Flora. (Une lueur de malice pétilla dans son regard.) Que porte-t-il, ces jours-ci ? Je ne l'ai pas vu dernièrement.

Salter se fit un plaisir de décrire la mise de Gregson – bottines, complet et cravate. Fury gloussa de joie.

— Il a gardé ce style, alors ? Peut-être a-t-il fini par se trouver. Il faut bien lui reconnaître qu'il égaie les tribunaux, vous ne trouvez pas ?

◆

En sortant, Salter appela Larry Holt depuis le bureau d'Esther ; s'il se dépêchait, Holt serait ravi de le rencontrer. Salter profita du fait que le téléphone de Lucas était encore branché pour appeler Smith, à qui il demanda de l'attendre devant l'immeuble de Lucas.

— Je veux que vous m'emmeniez à l'intersection de Church et Isabella, puis que vous rameniez mon auto à ma place de stationnement, au quartier général. Je rentrerai au bureau à pied.

# CHAPITRE 11

Lorsque Smith déposa Salter sur place, Larry Holt attendait sur le trottoir devant l'édifice où se trouvait son cabinet, appuyé sur sa canne.

— Inspecteur d'état-major Salter ? Je suis désolé, mais j'ai merdé. J'ai rendez-vous au tribunal dans trente minutes. Pouvons-nous prendre un autre rendez-vous ?

— Vous allez au tribunal provincial ? dans l'ancien édifice Eaton de College Street ? J'avais prévu de me rendre à pied dans ce coin-là après notre entretien, et je n'en aurai pas pour longtemps avec vous. Si vous permettez, nous parlerons en chemin. Le trajet ne prendra pas une demi-heure, soyez-en sûr.

— Pour moi, oui. J'ai une toute nouvelle hanche, et je n'ai pas encore appris comment courir avec.

Holt boucla une lanière de son porte-documents, et les deux hommes traversèrent Isabella Street.

— Au fait, j'ai appelé à votre bureau : avez-vous eu le message ? s'enquit Holt.

L'avocat parlait sur le ton de la confidence en se tournant vers Salter, apparemment pour éviter qu'on entende leur conversation. Ce souci de discrétion rendait difficile leur progression sur un trottoir bondé.

— Oui, répondit Salter. C'était à quel sujet ?

— Je voulais vous offrir mes services. Je suis l'avocat de la mère de Jerry, vous savez. En fait, c'était un prétexte pour savoir si l'enquête progressait. Où en êtes-vous ?

— Nous n'avons aucun suspect en garde à vue, si c'est ça que vous voulez dire.

— Oui, plus ou moins. À mon avis, le plus tôt sera le mieux. Comme ça, je pourrai finaliser la succession, vous voyez.

— Oui, je vois. Vous m'avez dit que nous n'avions que trente minutes, alors laissez-moi vous poser quelques questions sur Lucas.

— Je marche devant : les gens s'écartent quand ils voient ma canne. Oups, désolé, mademoiselle ! Allez, traversons : ce trottoir est trop achalandé. Allons-y maintenant : il y a une brèche.

Les deux hommes se frayèrent tant bien que mal un passage pour rejoindre le trottoir d'en face, le visage de Holt trahissant ses efforts. Ils continuèrent à cheminer plus ou moins côte à côte, Holt restant tout près de Salter afin de préserver la confidentialité de leur conversation.

— Commençons depuis le début, reprit Salter. Donc, vous êtes l'avocat de la mère Jerry Lucas, c'est exact ?

— Oui, enfin... je l'étais. Désolé, lança-t-il par-dessus son épaule à un autre piéton qu'il avait bousculé en s'efforçant de rester à côté du policier. Oui, je l'étais, répéta-t-il. Elle est décédée récemment.

— On me l'a appris, en effet. Quelle est la suite des événements ?

— En quel sens ?

— Qu'allez-vous faire, à présent ? C'est vous qui avez la mainmise sur l'argent de madame Lucas mère, c'est bien ça ? Qu'allez-vous en faire ?

Holt agita sa canne en direction de trois adolescents qui avançaient vers eux en chahutant, ce qui les força à s'écarter pour les laisser passer.

— Je prends les dispositions nécessaires pour distribuer ses biens à ses héritiers, expliqua-t-il dès qu'il fut de nouveau près de Salter.

— C'est déjà fait ?

— J'avais pris rendez-vous avec Jerry pour la semaine prochaine. Maintenant, j'imagine que c'est avec Flora que je vais régler tout ça, ou avec Derek Fury. C'est assez simple.

— Il y a beaucoup d'argent en jeu ?

— C'est une famille bien établie, répondit Holt, sibyllin.

— Pourquoi Jerry Lucas ne gérait-il pas lui-même les affaires de sa mère ?

— Il ne le voulait pas, et sa mère non plus, d'ailleurs. Elle ne pensait pas qu'il s'y connaissait en gestion financière. De toute façon, Jerry avait des principes – pardon, madame ! –, et il insistait lui-même pour que les biens de sa mère soient administrés par une tierce partie. Je suppose aussi qu'il ne voulait pas être responsable devant Flora pour le cas où il aurait assuré une mauvaise gestion.

— Elle ne lui en aurait certainement pas tenu rigueur ; j'ai entendu dire que Flora et Jerry étaient très proches.

Ils avaient atteint le coin de Yonge Street. Holt saisit le coude de Salter pour le diriger vers le sud, en direction de College Street.

— Oui, c'est vrai. Ils étaient très proches, en effet.

— Et vous, vous devez avoir été également très proche de Jerry Lucas ?

— Je jouais au poker avec lui, c'est tout. Pas besoin d'être très proches pour jouer au poker ensemble. En fait, le contraire est même préférable – comme ça, vous êtes content de gagner. Nous vivions dans deux mondes différents. Traversons ici, voulez-vous ?

— Voyiez-vous souvent sa sœur ?

— Je ne l'ai rencontrée qu'une ou deux fois. Elle était très belle quand elle était plus jeune. Il y a, au musée, un tableau d'Augustus John qui ressemble beaucoup à un portrait que Jerry avait chez lui.

Ils venaient d'arriver devant les ascenseurs qui menaient au tribunal. Holt jeta un coup d'œil à sa montre :

— Le trajet ne nous a pris que vingt minutes : un record pour ma nouvelle hanche ! Nous avons presque le temps de prendre un café.

— Ça va ? On peut aussi tout simplement s'asseoir ici pendant une minute.

— Ça ne va pas trop mal.

— Je serai bref. Savez-vous quoi que ce soit sur sa vie sexuelle ? En particulier, Lucas voyait-il des prostituées ?

Salter parla à Holt de la femme aux bottes argentées. L'avocat sembla réfléchir intensément à la question, puis se mit à secouer la tête.

— Tout ce que je peux vous dire, c'est qu'a contrario j'ignore s'il avait une ou des partenaires habituelles. Cela faisait des mois que je ne l'avais pas entendu mentionner le nom d'une femme. Avant cela, je crois qu'il mentionnait l'existence d'une personne en tant que petite amie permanente, mais je ne crois pas qu'il ait vécu avec quiconque depuis des années. En fait, je ne sais pas : je ne le connaissais qu'à travers le groupe d'avocats avec lequel nous jouions aux cartes. À part Jerry et moi, tous les autres étaient mariés. J'ai une partenaire qui m'épousera un jour, je l'espère. J'ai été chanceux une fois, pourquoi pas deux ?

Holt regarda de nouveau sa montre.

— Donc, l'idée que Lucas ait pu fréquenter une prostituée habillée comme je vous l'ai décrit ne vous paraît pas impossible ?

— Je le connaissais à peine. Écoutez, vous savez où se trouve mon bureau : passez me voir n'importe quand. Il faut que je coure, maintenant. Au sens figuré, bien sûr…

Autrement dit, commenta intérieurement Salter, tu éludes la question parce que tu penses qu'il est possible que la Chatte Bottée ait été ce qu'elle semblait être. Parce qu'après tout, en tant qu'avocat de la mère de Jerry, tu devais bien connaître un peu le bonhomme, quand même…

De retour à son bureau, Salter prit rendez-vous pour le lendemain matin avec le docteur Baretski, le copain de canoë, après quoi il rentra chez lui assez tôt pour souper avec Seth, si c'était possible.

◆

— Maman a appelé, lui annonça Seth.

Salter avait trouvé son fils au sous-sol, apparemment en train de tout ranger.

— Maman t'a demandé de faire du ménage ?

— En quelque sorte. J'ai juste pensé à venir voir ce qui se trouvait ici.

— Tant qu'à faire, tu n'as qu'à dresser une liste de ce dont on peut se débarrasser. As-tu prévu quelque chose pour le souper ?

— Je m'apprêtais à commander une pizza et à manger avec Tatti.

— Très bien. Je vais aller me chercher du poulet au Chalet Suisse.

— Attends une minute : je vais appeler Tatti et la décommander. Pourquoi n'irait-on pas ensemble au Chalet Suisse ? Toi et moi, je veux dire.

— Emmène Tatti. Prends la voiture et passe la prendre.

— Elle n'aime pas le Chalet Suisse.

— Elle n'aime pas le Chalet Suisse ? répéta Salter. As-tu bien réfléchi à ta relation avec cette jeune femme ? Le poulet du Chalet Suisse est la seule chose sur laquelle tous les membres de cette famille sont d'accord.

Seth se mit à rire.

— Tatti est presque végétarienne. Non, c'est OK, elle ne verra pas d'inconvénient à ce qu'on ne se voie pas ce soir. En route !

◆

Après qu'ils eurent dégusté leur demi-poulet de format moyen, leurs frites trempées dans la sauce barbecue, leur crème glacée et leur bouteille à deux d'Upper Canada Lager et que Salter eut commandé du café, Seth entra dans le vif du sujet :

— Papa, Tatti et moi, on se demandait si on pourrait emménager dans le sous-sol. Et maintenant, je vais pisser pour te donner le temps d'y réfléchir.

Le jeune homme se leva et se dirigea vers l'escalier, au fond du restaurant.

La proposition de Seth était de celles que Salter aurait dû voir venir, mais elle ne lui avait pas même traversé l'esprit. La maison des Salter était étroite mais sur trois niveaux, et le sous-sol, bien fini, avait été lambrissé par les anciens propriétaires. S'y trouvaient une salle de bains et des toilettes qui avaient été fréquemment utilisées par les copains des garçons quand ils venaient jouer à l'intérieur en hiver.

À un moment donné, les anciens propriétaires avaient loué ce sous-sol comme appartement indépendant doté d'un accès privé à l'arrière de la maison, et il y restait encore les rudiments d'une cuisine : une petite cuisinière électrique, un évier, quelques armoires et un comptoir. Annie utilisait maintenant l'évier pour y laver des pinceaux, et les armoires étaient pleines à craquer des habituels rebuts dont regorgent les sous-sols. Le comptoir portait les cicatrices de son utilisation comme établi par Salter dès qu'il avait quelque chose à scier ou à aplatir au marteau, mais les dommages étaient superficiels. Quelques jours suffiraient pour restaurer le sous-sol de façon à le rendre habitable par un couple sans domicile.

— Par contre, tu ne pourras pas profiter de la salle de lavage, fit remarquer Salter dès que son fils fut revenu à table.

— Je me disais justement qu'on pourrait monter une cloison en bas de l'escalier avec une porte pour qu'on puisse aussi accéder à la salle de lavage.

— Qui ça, « on » ?

— Toi et moi, papa.

— Tu sais monter une cloison, toi ?

— Non.

— Eh bien, le moment est venu de t'annoncer que moi non plus, fiston. Trouve-toi un menuisier pour t'aider, et je paierai les matériaux. Et les trucs qu'on a stockés au sous-sol, on en fera quoi ? Mes bâtons de golf, les valises, les vieux pots de peinture, la bicyclette de ta mère ?

— On devrait balancer la plupart de ces vieux trucs. Certaines peintures sont plus vieilles que moi. Quant au reste, on peut le ranger dans la salle de lavage.

— Tu as tout prévu, à ce que je vois !

Mais c'était Annie qui avait la responsabilité de l'espace vital – et elle seule saurait immédiatement dire si l'emménagement de Seth et de Tatti était une bonne ou une mauvaise idée. Malheureusement, Annie était à l'Île-du-Prince-Édouard.

— On va devoir attendre le retour de ta mère.

— Je lui en ai déjà parlé quand elle a appelé pour savoir comment ça se passait pour nous. Elle a dit que c'était super, mais qu'il fallait que je t'en parle.

— Je lui en reparlerai moi-même, maintenant qu'elle a eu le temps d'y réfléchir.

— Il y a un problème ?

En fait, Salter sentait plutôt un relâchement de sa méfiance naturelle dans ce genre de situation – une sorte de prudence instinctive qui le conduisait à envisager tout changement en fonction des problèmes qu'il pouvait entraîner. Et en l'occurrence, cette méfiance cédait le pas à l'agréable pensée que sa maisonnée, loin de se réduire prochainement à un vieux couple guettant la sonnerie du téléphone, attendant que les enfants appellent, allait se développer en une unité multifamiliale incluant une nouvelle belle-fille qu'il appréciait. Mais il avait un rôle à jouer.

— J'ignore s'il y a un problème ou non. Dans la négative, je vais parler à ta mère et en inventer un.

Toutefois, lorsqu'il appela Annie ce soir-là, cette dernière était très enthousiaste – heureuse, tout comme lui, à l'idée de vivre bientôt une composition familiale qui balaierait toutes ses inquiétudes passées.

◆

Tard dans l'après-midi du lendemain, Salter trouva le docteur Baretski à son bureau situé à l'un des étages du Toronto Hospital, dans Bathurst Street. Chauve et de petite taille, le médecin semblait être en bonne forme physique. Il portait des sandales, un jean et une chemise de travail kaki -- tenue décontractée que la blouse blanche rendait respectable.

— Cela faisait longtemps que nous nous connaissions, tous les quatre, expliqua Baretski, mais à part quelques rares fêtes de Noël, je ne voyais jamais les autres en dehors des randonnées, et j'imagine que c'était pareil pour eux. Nous nous entendions très bien: on pourrait dire qu'avec les années nous étions devenus compatibles, et nous étions tellement habitués les uns aux autres que n'importe lequel des quatre pouvait acheter le ravitaillement les yeux fermés. Je ne suis pas orthodoxe, alors les repas n'étaient pas un problème, tant qu'ils n'apportaient pas de brioches du Vendredi saint.

Baretski avait un très léger défaut de prononciation, une sorte de petit zézaiement – un infime cheveu sur la langue qui n'apparaissait qu'avec les sifflantes accentuées. Il rayonnait par ailleurs d'une grande énergie, parlait et bougeait de façon un peu saccadée.

— Nous allions dîner ensemble au club de Jerry pour organiser la grosse randonnée de l'année. Nous partions parfois pour une fin de semaine à l'automne, mais la grande randonnée, qui durait une semaine, avait toujours lieu à la fin de juillet, quand il y a moins de mouches.

Salter lui demanda, à lui aussi, des précisions sur la vie privée de Lucas.

— Sur ce thème, j'en connais plus que la plupart, mais ce n'est pas grand-chose, en réalité. Comme je suis médecin, il m'a posé un certain nombre de questions. Écoutez, je ne vais quand même pas venir à la barre des témoins pour parler de la vie sexuelle de Jerry, non ?

— Ça n'arrivera pas.

— Bien. Récemment, il m'a demandé des renseignements très généraux sur le Viagra, comme la moitié de mes patients de plus de cinquante ans. Je lui ai dit que je pourrais lui en obtenir, s'il le souhaitait. Ce n'était pas encore légal ici, mais je suis urologue et je reçois des échantillons que je distribue aux cas désespérés, précisa-t-il en souriant. Il a fait machine arrière en me disant que c'était juste par curiosité. Une fois, je lui ai demandé s'il avait jamais songé à se remarier, et il m'a répondu qu'il ne voulait infliger sa présence à personne une seconde fois.

— S'il avait des problèmes d'ordre sexuel, aurait-il été susceptible de se confier à vous ?

— Non. Vous savez ce qu'il aurait fait ? Il m'aurait demandé le nom d'un autre urologue. Mais ce n'est jamais arrivé.

Encore une fois, Salter décrivit l'inconnue aux bottes argentées – description agrémentée du commentaire de Fury, qui estimait que cette femme détonnait tellement avec Lucas qu'il ne pouvait que s'agir d'une plaisanterie. Il envisagea un moment de brusquer un peu Baretski pour le cas où les canoéistes auraient été à l'origine de la farce – ce qui était du domaine du possible. Ce genre de blague lui semblait correspondre davantage à des randonneurs qu'à des joueurs de cartes.

Baretski réfléchit un instant.

— Comme je vous le disais, je suis urologue, pas psychiatre, Dieu merci, mais je crois qu'il est possible que Jerry l'ait engagée lui-même. Il faisait peut-être une expérience ? Il a peut-être pensé qu'une prostituée l'aiderait à résoudre son problème ? Qui sait… Pauvre gars !

— Vous pensez donc qu'il est probable qu'elle ait été… réelle ?

— Non : je pense que c'est possible, et si vous étiez médecin – même sans être urologue –, vous sauriez que c'est ce que je suis obligé de dire. Mais s'agissant de Jerry, que je connaissais comme un ami, je n'y croirais pas. Nous avions parlé de MTS à quelques reprises, et tous les membres de la bande étaient d'accord pour dire que les rapports sexuels occasionnels, c'était fini. Enfin... en théorie, ajouta-t-il en souriant.

— Permettez-moi de vous poser la question autrement : diriez-vous qu'en fait, vous ne le connaissiez pas si bien que ça ?

— Croyez-le ou non, nous avons fait du canoë ensemble, tous les quatre, pendant les vingt dernières années. Nous étions tous mariés, sauf Jerry, et nos femmes respectives ont le bon sens de ne pas essayer de nous dissuader d'entreprendre notre randonnée annuelle. Quand on fait du canoë avec d'autres gars pendant une semaine, qu'on partage leur tente et tout ça, on entend beaucoup de choses et on finit par tout savoir sur eux. Nous avons toutes sortes de sujets de discussion : bien sûr, pour commencer, le sexe et la mort, mais aussi Dieu, Spinoza, la littérature, la moralité. Au cours d'une randonnée en canoë avec les bonnes personnes, on se retrouve à refaire le monde comme au collège, d'une façon qui n'existe pas le reste du temps. En ce sens, il serait plus exact de dire que nous avons les uns des autres une connaissance « intime ».

— Donc, vous le connaissiez bien, vous pensez ?

— Je suis en mesure de vous faire part de ses opinions sur tous les sujets que je viens d'énumérer, et de ses idées politiques, aussi.

— Essayez de me donner un aperçu du genre d'homme qu'il était.

— Une sorte de portrait ? OK. Allons dans mon autre bureau, de l'autre côté du corridor : nous n'y serons pas dérangés.

Une fois qu'ils eurent changé de pièce, Baretski se lança.

— Si vous voulez prendre des notes, installez-vous au bureau ; quant à moi, je réfléchis mieux debout. Pour bien faire, il nous aurait même fallu un canoë… Pour commencer, je dirais que Jerry n'avait pas de secrets, pas de vie intérieure triste. Il était ce qu'il semblait être. Il aimait la musique et sa sœur. Avez-vous déjà rencontré Flora ?

— Oui. Avait-il d'autres proches ?

— Il avait des amis, oui.

— Mais il n'aimait aucune autre personne.

— Il donnait tout son amour à Flora. C'est ce que j'ai appris en canoë.

— Il y avait bien des femmes dans sa vie, cependant…

— Oui, bien sûr. Il a vécu un mariage heureux, pendant un temps. Il aimait sa femme. Mais depuis elle, il a eu beaucoup de maîtresses, de femmes, quoi. Dans l'absolu, le sexe ne l'intéressait pas énormément, contrairement à la majorité de mes patients. Je veux dire par là qu'il n'y pensait pas beaucoup, pas plus qu'il n'en parlait. C'était juste une activité parmi d'autres. J'imagine que certaines de ses partenaires lui en ont peut-être voulu pour ça. Il n'était réellement attaché à aucune d'entre elles.

— Pas comme à Flora.

— Pas comme à Flora, non.

Baretski s'interrompant, Salter saisit la balle au bond :

— Sa relation avec Flora… vous paraissait-elle étrange ?

— Absolument, oui, dans le sens où elle était inhabituelle, voire unique. Ils se dévouaient corps et âme l'un à l'autre, ou peut-être devrais-je être plus précis : il était entièrement dévoué à sa sœur et très protecteur à son égard, et elle a toujours pu se reposer sur lui. Comme vous le savez sans doute, les parents ne comptaient pas beaucoup. (Baretski marqua une courte pause.) À mon avis, certaines de ses petites amies devaient en vouloir à Flora, parce que le frère et la sœur vivaient dans un monde clos où personne ne pouvait entrer. La même chose s'appliquait à Flora, à la différence près qu'étant des hommes, ses petits amis devaient être soulagés de ne pas avoir la responsabilité émotionnelle complète d'une autre personne.

— Vous avez beaucoup réfléchi à tout cela, n'est-ce pas ?

— Oui, au fil des années. Au début, jusqu'à ce que je sois certain qu'il n'y avait rien de sexuel dans leur relation. Et j'y ai repensé récemment, parce que je savais que vous me poseriez des questions là-dessus ; vous pouvez donc laisser ça de côté dans votre enquête.

— Et par ailleurs, était-il un... comment dit-on ? Un naturiste ? Un amoureux de la nature ?

— Ce n'est apparemment pas votre cas.

— J'aime pêcher, quand il n'y a pas de moustiques.

— Dans la forêt comme sur un lac, Jerry était dans son élément, mais il ne se languissait pas tout l'hiver comme moi. Il avait toutes les qualités qu'on attend d'un bon coéquipier à bord d'un canoë, mais pour lui, c'était comme faire une partie de pêche en dehors de la saison. Hum. Je ne suis pas sûr que mon portrait soit très précis. Je vais tâcher de l'améliorer : moi, dès le début d'avril, pendant ma pause de midi, je traîne dans toutes les boutiques de plein air de Front Street à la recherche de trucs pour bonifier la prochaine randonnée, et j'ai vraiment hâte. Pour Jerry, cette sortie était plutôt comme un événement dans le calendrier, qu'il préparait seulement la fin de semaine précédente.

— Y avait-il quelque chose qui l'excitait réellement ? Le jeu, peut-être ?

— Sa vraie passion, c'était la musique. Je dirais que la musique lui donnait le frisson que me donne la nature. Avez-vous déjà pensé aux différentes sortes de plaisir que procurent différentes sortes d'expériences – physiques ou esthétiques, par exemple ? Vous est-il déjà arrivé de vous demander si remonter en canoë la rivière des Français était une expérience surtout physique ou essentiellement esthétique, ou une sorte de synthèse des deux ? si, en écoutant de la musique, vous réagissiez au contenu émotionnel ou au modèle esthétique ?

Baretski s'animait : son visage s'illuminait tandis que ses mains s'efforçaient de donner corps à ses mots ; on eût dit qu'il s'agissait là d'un discours servi maintes et maintes fois.

— Non, non. Je ne me suis jamais posé ce genre de question, répondit Salter, espérant que sa formulation ne laisserait pas transparaître le fait qu'il avait perdu le fil.

— C'était un sujet de discussion récurrent pendant les randonnées. Les différentes sortes de plaisir, celui de pagayer sur une rivière inexplorée par rapport à celui d'écouter… comment s'appelle cette violoniste dont il était dingue, déjà ? Ah oui : Monica Huggett. Vous connaissez ?

— Non.

— Ne vous méprenez pas : il aimait bien le canoë, et j'aime bien la musique. J'ai un faible pour Mahler, en tout cas certaines de ses pièces. Comme je vous le disais, nous étions tous les quatre très compatibles, mais l'automne dernier, nous nous sommes disputés, Jerry et moi. Il était allé trop loin. (Il s'éclaircit la gorge.) Nous avions organisé une fin de semaine dans le parc provincial Killarney, vous connaissez ? C'est incontestablement le plus beau parc de l'Ontario. Apparemment, je ne suis pas le seul à le penser, parce que quand on veut aller y camper, il faut réserver un emplacement des mois à l'avance. Ce week-end-là, Jerry s'occupait de la cuisine et moi, de planter la tente. Nous n'étions partis que pour deux nuits, alors nous avions tout réduit au minimum – je crois me souvenir que ce soir-là, nous avons mangé du chili –, et quand j'ai eu fini de monter la tente, le souper était prêt. C'était un moment génial : aussi loin qu'on pouvait voir ou entendre, nous étions seuls au monde : les poissons sautaient hors de l'eau, un loup hurlait, puis les ouaouarons se sont mis de la partie. Et tous ces sons ne faisaient que souligner la pureté du silence duquel ils émergeaient. (Baretski eut l'air satisfait de lui.) C'était vraiment le son du silence. C'était pour ça que j'étais venu là. Et au beau milieu de tout ça, une trace d'aurore boréale est apparue dans le ciel, juste au-dessus de nous. C'était vraiment trop ! C'est à ce moment-là que Jerry a couru dans la tente en disant : « Bougez pas ! » Quelques minutes plus tard, il est revenu s'asseoir : de la tente s'élevait une maudite musique de fond. Le *Trio à l'archiduc*, de Beethoven. Vous connaissez ?

— Non.

— Ça ressemble à ça. (Baretski fredonna l'ouverture avec vigueur, martelant les notes et agitant les mains comme s'il dirigeait le trio.) DA da DA da DAAA ! Et Jerry qui disait : « Maintenant, c'est parfait ! » Je l'aurais tué ! Une fois, dans le parc Algonquin, à l'époque où ceux qui ne connaissaient pas d'autre endroit allaient y tenter une expérience de plein air, nous avions fini par trouver une place pour camper. Nous avions dû pagayer pendant des heures dans l'obscurité parce que tous les terrains de camping étaient complets, et sur le lac, il y avait tellement de canoës que la circulation était lente comme sur la route 401 le dimanche. Bref : nous avons fini par trouver un emplacement, allumé le feu, pris notre premier verre et commencé à moins regretter d'être venus, et soudain, dans une tente située à une quinzaine de mètres de la nôtre, quelqu'un a mis une radiocassette à fond. Ce n'était qu'une bande de jeunes : quand je suis allé les voir pour jeter leur maudit engin dans le lac et eux avec, ils se sont excusés et l'ont éteint. Eh bien, c'était exactement pareil avec Beethoven : tout mon monde – les huarts, les poissons, les ouaouarons, les feuilles des trembles –, tout ça disparaissait derrière le DA da DA da DAAA ! Je suis entré dans notre tente et j'ai trouvé le lecteur de CD portatif de Jerry. Je me suis efforcé de rester calme, et je n'ai fait que le débrancher. Après quoi, Jerry et moi avons eu une petite discussion. Au début, nous étions en profond désaccord, et ça criait pas mal fort. Finalement, on a convenu qu'il ne mettrait pas son foutu Beethoven au camp, mais qu'il pourrait écouter ce qu'il voulait pendant les trajets en auto. Vous voyez ce que je veux dire ? Je pense que pour lui, tout était secondaire par rapport à la musique et que celle-ci rehaussait toute expérience. Si nous nous étions mis tous les quatre à raconter nos meilleures expériences sexuelles – comme je vous l'ai dit, quelquefois, au cours d'une randonnée, on se croirait dans un dortoir de collégiens –, ce que nous n'avons jamais fait, sans doute parce que le sujet ne passionnait pas Jerry, mais si nous l'avions fait, je doute que Jerry nous aurait parlé d'une soirée où une prostituée aurait gardé ses bottes argentées au lit. Non : il nous aurait certainement dit que c'était le soir où il avait pris son pied en écoutant le premier mouvement du *Trio à l'archiduc*. (Il fit une brève pause.) J'ai l'air de m'emballer un peu, n'est-ce pas ? Eh bien, je ne peux pas nier que c'était une expérience vraiment pénible, là-haut, dans le parc de Killarney, mais nous n'avons pas laissé ce petit différend détruire vingt ans de... de quoi, au fait ? J'appréciais beaucoup ce gars, et il va me manquer. Il n'y a personne d'autre avec qui je préférerais faire du canoë.

— Était-il votre avocat ?

Baretski eut l'air surpris.

— Pour le testament et tout ça ? Non. Je le lui avais demandé, mais il s'était contenté de me répondre qu'il trouvait difficile d'être vraiment professionnel avec les amis et m'avait recommandé un collègue. Par la suite, je l'ai un peu taquiné en disant qu'il ne voulait pas que ses amis connaissent le montant de ses honoraires, mais j'ai bien vite arrêté.

# Chapitre 12

Après l'attente la plus longue qu'il ait jamais vécue devant un ascenseur – il se demanda même comment les équipes d'intervention qu'on voit à la télévision pouvaient effectuer leur boulot avec des ascenseurs aussi lents –, Salter descendit au rez-de-chaussée, où il trouva un téléphone. Il passa un coup de fil à Bonar Robinson, qui l'attendrait à son bureau si le policier venait immédiatement, puis à Seth, afin de convenir d'une heure de souper.

— Maman a rappelé, lui annonça son fils.

— Elle voulait savoir quand vous allez emménager ?

— Pas vraiment, non. Tu sais, le sous-sol ne sera pas prêt avant un certain temps. Non : je pense qu'elle avait envie de parler d'autres trucs.

Annie était chez sa mère, dans la maison familiale de l'Île-du-Prince-Édouard. Depuis que Salter avait épousé Annie, la vieille madame Montagu n'avait cessé d'insister sur le fait qu'il serait vraiment merveilleux que toute la famille soit réunie. En réalité, dans son optique, il eût été naturel que Salter abandonnât son métier et vienne travailler dans l'une des entreprises familiales de l'île. Progressivement, au fil des années, la pression s'était allégée sans toutefois disparaître entièrement, jusqu'à ce que la situation soit partiellement résolue par Angus, le fils aîné de Salter qui, à peine diplômé d'une école de commerce, s'était vu offrir un emploi par la famille Montagu et avait déménagé avec sa petite amie, Linda. Salter avait pensé que la matriarche Montagu serait contrariée que son petit-fils vive dans le péché sur l'île, mais ces idées étaient conventionnelles et dépassées : en l'occurrence, non seulement madame Montagu n'ignorait pas qu'Angus et Linda n'étaient pas mariés, mais elle avait en outre accueilli le jeune couple chez elle. Elle avait même été ravie d'apprendre que Linda était enceinte.

Après deux fausses couches, Linda avait fini par donner naissance à une petite fille – petite-fille de Salter et arrière-petite-fille de madame Montagu. Salter supposait que la vie sur l'île était donc idyllique, et il attendait avec impatience et bonheur qu'Angus trouve un moment libre pour venir lui présenter sa petite-fille. Et maintenant, voilà qu'il avait la perspective d'avoir Seth et Tatti auprès de lui. Parfait.

— Si elle rappelle, dis-lui que je serai à la maison dans une heure.

◆

Le cabinet Lollard et Lollard, dans lequel Bonar Robinson était associé, occupait une grande partie d'un étage de l'édifice Toronto Dominion.

En sortant de la cabine de l'ascenseur, Salter arriva dans un espace doté de cloisons de verre à travers lesquelles il voyait des gens, tels des poissons dans un aquarium, aller et venir dans des couloirs ou installés dans des bureaux aux murs transparents. Tout au bout du corridor qui se trouvait en face de lui, il vit le lac Ontario. À sa gauche, la réceptionniste se tenait derrière une cloison dans laquelle se trouvait un trou d'où émergea sa voix invitant Salter à lui faire savoir ce qu'il cherchait. Elle lui annonça qu'elle allait avertir maître Robinson que son visiteur était arrivé. Elle attrapa un combiné pour transmettre le message, puis dit à Salter exactement ce qu'il espérait : maître Robinson serait à lui dans quelques minutes et, en attendant, elle l'invita à s'asseoir et lui offrit une tasse de café.

Salter se demanda si, dans les cours des écoles de commerce ou des facultés de droit, on recommandait toujours de faire patienter un visiteur quelques minutes : « Votre diplôme s'accompagne d'un minuteur interne, faites donc attendre votre client deux minutes et quart afin de lui montrer combien vous êtes occupé. » Dans le cas présent, Salter s'était présenté exactement à l'heure convenue.

— Est-il en train de cacher des preuves ou simplement de s'adonner à une petite sieste ? demanda-t-il à la réceptionniste médusée.

Mais avant que cette dernière ait eu besoin de répondre à sa boutade, une porte vitrée s'ouvrit près du lac Ontario :

— Il arrive, dit-elle simplement.

Robinson rejoignit d'un pas vif la salle d'attente, serra la main de Salter, qu'il conduisit ensuite à son bureau. (« Une fois que le client a mariné pendant ses deux minutes et quart, veillez à l'emmener vous-même à votre bureau pour bien lui montrer que, tout occupé que vous êtes, vous accordez la priorité à un client important. »)

— Désolé de vous avoir fait attendre, s'excusa-t-il. J'avais un besoin urgent de pisser. (« Lancez une remarque légère pour briser la glace au début de l'entretien. »)

Avant qu'ils ne s'asseyent, Robinson invita Salter à s'approcher de la fenêtre pour admirer le paysage.

— Vous avez vraiment une belle vue sur le lac, d'ici, observa Salter, soucieux de trouver une remarque obligeante.

— C'est fantastique pendant les tempêtes de neige.

— Je vous crois.

Salter prit l'initiative de se détourner du panorama pour aller s'installer dans un des fauteuils réservés aux visiteurs, entraînant Robinson dans son sillage.

— Un café ? proposa Robinson en avançant la main vers le bouton de l'interphone.

Salter refusa d'un signe de tête.

— Eh bien, en quoi puis-je vous être utile ? dit alors l'avocat en posant ses mains à plat sur son bureau pour examiner ses ongles.

Il parlait en regardant par-dessus ses demi-lunes et en articulant les consonnes avec soin. Salter le jugea pétri d'autosatisfaction.

— Dites-moi qui a tué Jerry Lucas.

— Un voyou quelconque qui a été interrompu pendant qu'il cambriolait son appartement, répondit Robinson en hochant la tête comme pour dire « très drôle » mais sans le moindre sourire.

— C'est possible, mais ça n'a pas l'air d'être ça, bien que la sécurité de l'immeuble laisse sérieusement à désirer. Ce n'est pas bien difficile de se faire ouvrir la porte.

— Vraiment ? demanda l'avocat, l'air réellement surpris. Je n'y suis jamais entré. Dans notre groupe de poker, tout le monde plaisantait sur le fait qu'aucun de nous n'avait jamais été invité chez lui. C'était donc une personne familière ?

— J'espérais que vous pourriez nous donner une idée. Vous le connaissiez bien ?

— Je jouais au poker avec lui, c'est tout. Nous sommes… étions sept à jouer ensemble au total, mais nous ne nous retrouvions qu'à cinq ou six chaque fois. Au-dessous de quatre disponibles, nous annulions la partie.

— Vous étiez amis ?

— En dehors du jeu, vous voulez dire ? Certains d'entre nous le sont. Mais nous ne sommes pas un groupe d'amis qui se retrouvent pour jouer aux cartes, ça non. C'est du poker, je vous rappelle. Vous jouez ?

— Autrefois, oui.

— Vous avez déjà joué gros ?

Salter capta une once d'amusement dans la voix de Robinson, qui attendait sûrement que Salter lui demandât ce qu'il entendait par « gros ».

— Une fois, il y a quarante ans, j'ai perdu cent dollars que je n'avais pas, répondit-il, décidant de laisser l'avantage à Robinson.

— Quel a été votre plus gros gain ?

— Deux cents dollars, une fois.

— Il y a deux semaines, notre plus gros pot s'est élevé à cinq mille dollars, déclara Robinson. Ce serait l'équivalent de cinq cents dollars d'il y a trente ans. Ce n'est pas très différent, finalement, ajouta-t-il aimablement.

— La seule différence, c'est que vous, vous pouvez vous le permettre.

Salter se demanda combien gagnait l'avocat et si ce montant compensait les blagues, voire l'hostilité qui sont le lot de tous les avocats.

— Les temps étaient durs ?

— En 1960, un loyer mensuel coûtait cent vingt-cinq dollars ; perdre cette somme faisait donc toute une différence dans ma vie, à court terme. Et pour vous, est-ce que la perte de cinq mille dollars a une incidence sur vos projets du lendemain ?

— C'était le pot, pas ce que j'ai perdu. Non. J'investirais d'ailleurs probablement mes gains dans le vin. En temps normal, je n'achète jamais une bouteille à plus de vingt dollars. C'est mon côté puritain, sans doute. Et vous ?

— Pour moi, la limite est à dix dollars.

— J'imagine que vous appréciez la vivifiante âpreté des petits vins de pays, dans ce cas, répliqua Robinson avec une affectation forcée destinée à faire comprendre à Salter qu'il s'agissait d'une de ces classiques blagues sur le vin. Rappelez-moi de ne jamais venir dîner chez vous. Plaisanterie mise à part, c'est juste comme gagner à la loterie. En clair, je ne vois rien que le gain d'un demi-million au loto pourrait me permettre de faire de plus qu'aujourd'hui. D'après les normes de certains de nos clients, je ne suis pas riche, mais je voyage quand même en première classe. Oui, je peux me permettre de perdre. C'est bien cela que vous vouliez savoir, non ? Et était-ce le cas pour tous les membres de notre petit groupe ? La réponse est oui. Jouer avec un partenaire pour lequel nous aurions dû nous inquiéter nous aurait mis de la pression.

— Gagner de l'argent n'est pas important ?

— Ce n'est pas ça, le but du jeu. L'important, c'est de mettre les autres au tapis. De les battre à plates coutures. L'argent ne sert qu'à indiquer le score, et nous définit pour la soirée. Cela dit, ce n'est qu'un jeu amical et les enjeux sont raisonnables.

— Quand avez-vous joué pour la dernière fois ? Il y a deux semaines, c'est ça ?

— La veille de la mort de Jerry.

— Qui a gagné ?

— Jerry et Bob Pender. L'argent s'est baladé de main en main jusqu'à une heure du matin, puis est passé de leur côté et ils ont tenté une double fusillade, mais les cartes ont refusé de coopérer. Ils ont probablement remporté mille dollars chacun.

— Et vous, vous avez perdu mille dollars.

— C'est à peu près ça.

— Et ça se passe de la même façon chaque semaine ?

— Plus ou moins. Je mets mille dollars sur la table, juste au cas où je devrais contrer un beau jeu, mais dès que j'ai perdu cinq cents dollars, je suis prêt à abandonner la partie. J'ai tout perdu deux ou trois fois, et un soir, j'en ai gagné trois. Trois mille, je veux dire. Tout le monde connaît à peu près le même scénario : je ne crois donc pas que l'un d'entre nous ait tué Jerry à cause du pot qu'il avait rapporté chez lui.

— Que pouvez-vous me dire sur lui ?

— Pas grand-chose. Il faisait du canoë et allait à tous les concerts de Toronto.

— Avait-il une maîtresse ? une petite amie ?

— Chaque fois que je le rencontrais au théâtre ou ailleurs, il était accompagné d'une femme différente, parfois de sa sœur. Je dirais donc que non, il n'avait pas de partenaire permanente. Toutefois, à un moment donné, il y a une dizaine d'années, il a eu une liaison avec une femme que je connaissais, et ça a duré pendant deux ou trois ans. On les voyait encore ensemble quelquefois, et même dernièrement, au restaurant ou à une exposition. C'est tout ce que je sais.

Salter raconta de nouveau l'histoire de la femme aux bottes argentées. Robinson l'écouta en hochant la tête pour indiquer qu'il était au courant.

— J'ignore totalement qui ça peut bien être. À mon avis, elle cherchait quelqu'un d'autre. Mais comme je vous l'ai dit, je ne connaissais rien de la vie privée de Jerry, pas même assez pour avoir une idée de ce que vous cherchez.

— Vous ne pensez pas qu'il aurait réellement pu avoir envie d'une prostituée ?

— Je pense qu'il aurait été un peu plus discret que ça, mais c'est juste une impression, comme ça. Je n'ai aucun élément intéressant à vous transmettre, je le crains. Demandez aux autres.

— Je n'y manquerai pas. Pouvez-vous me donner une liste ?

Robinson pressa le bouton de l'interphone.

— Sydney, imprimez-moi la liste du groupe de poker, s'il vous plaît. Et le calendrier des rencontres, aussi. Je vous le concède, ça a l'air bizarre, reprit-il à l'intention de Salter. Il doit bien y avoir une explication qui cadre avec ce que je sais du bonhomme. C'est une question de goût. Jerry avait des goûts particuliers pour tout le reste – par exemple, il aimait le whisky distillé et vieilli en Irlande. Je me serais plutôt attendu à ce qu'il ait un arrangement discret avec une violoniste, sans qu'il soit question d'argent, mais plutôt de cadeaux, expliqua l'avocat avec un léger sourire. En tout cas, pas avec des prostituées de Jarvis Street. Ah ! Voilà les documents.

Une belle femme âgée d'une quarantaine d'années vêtue de noir et portant des chaînettes en or franchit la porte pour tendre à Robinson deux feuilles de papier ; ce dernier y jeta un coup d'œil avant de les remettre à Salter.

— Voici les noms demandés. Comme vous pouvez le constater, nous nous voyons mercredi prochain. Seigneur, c'est chez moi ! Je ferais mieux de dire à Marion de ne pas rester dans nos pattes. (L'avocat s'interrompit et considéra Salter.) Pourquoi ne vous joindriez-vous pas à nous pour regarder un peu comment ça se passe, si vous voulez ? Nous pourrions peut-être quitter la table à tour de rôle pour que vous puissiez nous parler en tête à tête.

Salter soupçonnait que Robinson avait une arrière-pensée – il voulait peut-être lui en mettre plein la vue. Mais son intuition lui disait que Lucas avait probablement été tué par une personne qu'il connaissait et par ailleurs, tous les homicides ont pour mobile le sexe, la vengeance ou l'argent : il se devait donc de s'intéresser à tous ces types.

— Je pourrais peut-être regarder quelques parties, dit-il.

Robinson eut l'air déconcerté.

— Pourquoi pas ? lâcha-t-il finalement.

Salter se leva.

— Vous jouez dans une maison différente chaque semaine ?

— En gros, oui, répondit l'avocat. Mais nous n'avons jamais joué chez Jerry. Quand c'était son tour de recevoir, il apportait le vin et commandait des sandwiches chez un traiteur. Oui, excellente idée : venez jouer au poker avec nous mercredi, conclut-il avec enthousiasme.

◆

— Il y a eu un imprévu : je vais devoir rester quelques jours de plus, annonça Annie à son mari.

— Quoi encore ? répliqua-t-il, instinctivement agacé.

Il redoutait toujours qu'un « imprévu » contraigne Annie à prolonger ses séjours sur l'Île. Qu'est-ce que ça pouvait bien être, cette fois ? Peut-être que la famille avait perdu tout son argent et qu'Annie devait rester faire la cuisine pendant qu'ils allaient tous se chercher du travail ?

— Alors, que se passe-t-il ? reprit-il sur un ton qu'il voulut enjoué.

— Linda a quitté Angus.

— Oh, seigneur ! Pauvre Angus. Mais pourquoi est-elle partie ? Qu'est-ce qui est arrivé ?

— Elle est partie avec un chansonnier de Moncton. Elle est à Moncton, maintenant.

Salter se mit à rire, malgré la détresse qui pointait dans la voix d'Annie.

— Un chansonnier ? Où est-elle allée le chercher, celui-là ?

— Il s'est produit dans un bar de Charlottetown pendant une semaine. Elle l'a entendu le premier soir et y est retournée tous les autres jours. Elle a raconté à tout le monde qu'elle avait décidé d'apprendre à jouer de la guitare et qu'elle voulait profiter de l'occasion pour voir un artiste à l'œuvre. Elle a même acheté une guitare, qu'elle a grattouillée deux ou trois fois, et elle a fini par avouer à Angus que ce n'était pas qu'une question de guitare. Elle lui a dit qu'elle en était revenue, de son « éthique de vie », et qu'elle voulait vivre dans un environnement plus créatif.

— C'est triste. Un conseiller conjugal ne suffirait pas à régler le problème, on dirait. Elle est devenue hippie, c'est ça ? Un peu tard, non ?

— Il y a de nouveaux mots pour ça, mais c'est l'idée.

— Comme si elle avait trouvé Dieu ?

— Plus ou moins.

— Comment Angus réagit-il ?

— Il est en colère et il se sent trahi. Tu sais, elle n'est partie que depuis trois jours et il dit déjà combien il la déteste. C'est mal parti.

— Pourquoi ne m'en as-tu pas parlé avant aujourd'hui ?

— J'en ai d'abord parlé à une psychologue de Toronto que je connais, et elle m'a assurée que ça pouvait être temporaire, que dès que Linda aurait réalisé qu'elle ne pourrait pas emmener Charlotte, elle reviendrait et le couple réglerait ça.

— Elle n'a pas pris le bébé? Seigneur! Angus est supposé faire quoi avec ça?

— Avec elle, tu veux dire. C'est ta petite-fille, je te rappelle. Dans son mot d'adieu, Linda a écrit qu'il était juste qu'Angus garde Charlotte, parce qu'elle comptait tant pour lui, alors qu'elle, Linda, aurait d'autres enfants avec son chansonnier...

— Elle voulait juste être libre, c'est ça? A-t-elle jamais semblé attachée à la petite?

— Rétrospectivement, on se rend compte qu'il y avait un tas de signes indiquant qu'elle a été surprise de se retrouver mère. En tout cas, c'est ce que ma mère, à moi, s'efforce de faire: interpréter les signes. Qu'est-ce que ça change? Ça a l'air plutôt définitif, et Angus se retrouve ici sans personne pour garder Charlotte.

— Et ta mère?

— Elle a un peu passé l'âge de s'occuper d'un bébé à plein temps.

— Et tes belles-sœurs, le temps qu'Angus s'organise?

— J'ai tâté un peu le terrain de ce côté-là: aucune chance, à mon avis.

— Combien de temps vas-tu devoir rester?

— Il faut que je sois sur place jusqu'à ce qu'on ait trouvé une nounou pour Charlotte, probablement une personne à domicile. Ça prendra au moins une ou deux semaines. Comment va Seth?

— Tatti... Seigneur! J'espère qu'un jour, son nom sonnera délicieusement français à mes oreilles, mais en attendant... bref: Tatti n'a pas encore emménagé chez nous. Seth ne la laissera pas entrer ici tant qu'il n'aura pas transformé le sous-sol en palace.

— L'y aides-tu, Charlie?

— Ne commence pas à m'achaler, chérie. Comme tu le sais pertinemment, je n'ai aucune des compétences dont Seth a besoin. Il me laisse porter des trucs légers, de façon que je ne me casse aucun membre, mais rien qui requière une quelconque expertise.

— Ne sois pas trop distant, quand même. Il pourrait penser que tu désapprouves sa venue.

— Il sait que ce n'est pas le cas. Et en plus, je fais de grands sourires à Tatti chaque fois que je la vois. Pas difficile, d'ailleurs.

— Tu comprends ce que je veux dire. Arrange-toi pour qu'ils se sentent chez eux. Fais tailler une autre clé pour que Tatti puisse entrer quand Seth et toi n'êtes pas là. Et au travail, comment ça va ?

— Je suis sur une enquête, une vraie enquête. Un homicide lié à quelques grosses légumes de Toronto. Et j'ai un nouvel assistant, juste pour cette affaire. Un type très ironique. À moins que ce ne soit plutôt « laconique » ? Bref, un Écossais, mais passons : y a-t-il quelqu'un d'autre sur la ligne ? Non ? Bien : tu connais Flora Lucas ?

— Bien sûr que oui. Tout le monde la connaît. Je l'ai rencontrée à des activités de financement.

— Concert ? Ballet ?

— Non : des trucs non culturels, des bonnes œuvres. Une levée de fonds pour un hospice, ce genre de chose. Je me rappelle l'avoir vue à une sorte d'enchères privées, où beaucoup de gens donnaient un objet auquel ils tenaient puis pouvaient miser pour récupérer leur bien ou celui d'une autre personne.

— Qu'avais-tu donné, toi ?

— Des livres. Ma collection des *Idylles du roi* de Tennyson.

— Ces petits ouvrages verts avec des lettres d'or ? Je n'ai jamais remarqué qu'ils manquaient.

— Ils n'ont disparu que pendant quelques jours. Je les ai rachetés.

— Combien ?

— Ce sont mes livres, Charlie.

— Ouais, d'accord. Combien ?

— Six cents dollars.

— Seigneur ! s'écria Salter, qui ressentit une bouffée de plaisir à l'idée d'être marié à cette femme-là. Et que sais-tu sur Flora Lucas ? Raconte-moi les ragots.

— Je doute d'avoir quoi que ce soit d'intéressant pour toi. Elle a prononcé un discours sur la nécessité des hospices et sur le fait que les soins aux personnes en fin de vie étaient un signe de civilisation, puis elle a déclaré avec ferveur qu'elle était sincèrement fière d'être associée au parti politique qui avait le premier introduit l'assurance-maladie…

— C'est faux : c'est Tommy Douglas et le CCF qui l'ont fait.

— Je le sais : tu nous l'as répété assez souvent. Flora Lucas lui reconnaît la paternité de l'idée, mais elle était fière que ce soient les libéraux qui aient conçu la loi pour la nation, et ce sont ses propres mots. Elle a conclu en affirmant que la souffrance était une forme de fléau et que nous devrions faire tout ce qui est en notre pouvoir pour l'éradiquer. C'était un discours remarquable – il faut dire que c'est une femme remarquable. J'aurais dû payer plus que six cents dollars pour récupérer mes bouquins.

— Je n'en doute pas.

— Et pour la bouffe, vous vous arrangez comment ?

— J'ai acheté toute une caisse de fèves au lard ; j'en réchauffe deux boîtes tous les soirs, et Seth et moi les mangeons directement dans la boîte, avec une cuiller. Deux cuillers, en fait. Chacun la sienne. Sérieusement : ne t'inquiète pas pour la bouffe.

— N'oublie pas de manger des légumes !

— Je le dirai à Seth : c'est lui qui s'occupe de l'épicerie. Dis à Angus que je pense bien à lui. Non : ne lui dis rien, je l'appellerai pour le lui dire moi-même. Allez, il faut que je te quitte : je dois aller regarder Seth travailler. Reviens-nous bientôt.

— Embrasse Seth pour moi.

Salter raccrocha, alla prendre deux bières dans le frigo et s'avança vers le haut de l'escalier qui menait au sous-sol.

— Tu veux une bière ? cria-t-il.

— Avec plaisir ! hurla Seth. C'était qui, au téléphone ?

— Maman. La femme d'Angus s'est enfuie, ajouta-t-il immédiatement, estimant qu'il était préférable de traiter ce genre de nouvelle le plus rapidement possible.

Seth apparut pour prendre sa bière, hilare.

— Elle s'est enfuie ? Avec qui ? Hé, papa, de nos jours, les femmes ne s'enfuient plus. Elles s'en vont, c'est tout. Parfait. Comme ça, Angus n'aura pas besoin de la quitter, lui.

— C'est ce qu'il prévoyait faire ?

— Il a appelé il y a une semaine. Il m'a demandé de garder le silence, mais j'imagine que c'est caduc, maintenant. Ça fait un moment que ça ne va plus très bien entre eux deux. Angus voulait savoir s'il pouvait revenir vivre ici à la maison en attendant de trouver du travail.

— En laissant le bébé là-bas ? Et que lui as-tu dit ?

— Je lui ai dit de prendre les choses dans l'ordre : de commencer par régler ses problèmes et après, peut-être, de revenir à la maison.

— Tu étais au courant, pour le chansonnier ? Il en pensait quoi, Angus ?

Seth pesa ses mots.

— Hum. Je doute qu'Angus soit habilité à jeter la première pierre.

— Nom de Dieu ! Et ta mère ne sait rien de tout ça, bien sûr ?

— Ça, c'est à toi de le lui demander.

— Tu penses que c'est une bonne chose qu'ils se séparent ? demanda Salter à son fils cadet après un moment.

Seth reposa son marteau.

— Papa, ce dont Angus a besoin, c'est de piquets de tente, tu saisis ? Quelque chose pour le maintenir au sol quand il y a du vent. Il n'est pas aussi solide sur ses pieds qu'il le croit.

*En tout cas, pas autant que toi, fiston*, répliqua mentalement Salter.

— Tu n'aimes pas Linda ?

— Angus a besoin d'une compagne solide qui le soutienne. Elle, c'est une créative. Difficile à supporter pour lui.

— C'est mauvais d'être créatif, aujourd'hui ?

— Chez elle, c'était un signe d'instabilité.

Salter se sentit légèrement diminué lorsqu'il se rendit compte que son fils cadet montrait beaucoup de sagesse, qu'il l'instruisait, même, et qu'il n'était plus dans l'ombre de son père. C'était un sentiment étrange. Il allait devoir être plus attentif envers ses proches, à l'avenir – apprendre à traiter sa famille comme un groupe d'amis, éviter de hocher la tête avec suffisance pour souligner sa propre omniscience, s'écouter et faire preuve d'autocritique. En clair, il devrait se surveiller autant à la maison qu'au-dehors. Ou bien tout simplement cesser de se surveiller, à la maison comme au-dehors.

— Au fait, je l'ai lu, ton poème.

— *Ulysse* ?

— Ouais. Ça ressemble à ce film dans lequel Charles Bronson réunit tous ses vieux copains pour une dernière bagarre. Rien à voir avec moi.

# Chapitre 13

Sylvia Sparrow était une femme menue dont les yeux vifs et brillants frappaient dans ce visage minuscule surmonté d'une chevelure ébouriffée. Elle avait un bureau à elle, ce qui aurait dû permettre à Salter d'en venir plus facilement au fait, mais il dut d'abord la laisser essayer de reprendre le dessus en vibrionnant dans la pièce – refermant un tiroir par-ci, déplaçant une boîte de mouchoirs sur la table qui les séparait et émettant de petites remarques spirituelles pour montrer que la situation l'amusait.

— Je n'ai jamais été interrogée par un inspecteur d'état-major ; j'espère que vous me pardonnerez ma curiosité. Oh, mon Dieu, je ne vous ai même pas invité à vous asseoir ! Prenez place, je vous en prie. (Elle eut un petit rire.) Y a-t-il autre chose que vous soyez trop gêné pour demander ? Avez-vous le droit de boire du café quand vous êtes en service ?

Salter attendit qu'elle eût cessé de papillonner avant de commencer l'entretien.

— Comme vous le savez, Jeremy Lucas, membre de la première heure de votre club de lecture, a été retrouvé poignardé dans son appartement. (Madame Sparrow eut un bref sourire nerveux, puis se ressaisit.) Le connaissiez-vous seulement par l'intermédiaire de votre club de lecture ?

— Cercle, pas club. Oui. Nous ne nous fréquentons pas en dehors du cercle de lecture. Cela paraît préférable.

— Comment recrutez-vous vos nouveaux membres, par exemple en cas d'abandon ?

— Nous avons une liste d'attente composée de personnes qui ont entendu parler de notre cercle et souhaitent en faire partie. On présente des suggestions, et si personne ne s'y oppose, les candidats sont inscrits sur cette liste d'attente.

— Mais comment est-ce possible de recommander quelqu'un, si vous n'êtes pas censés vous connaître en dehors du cercle ?

— Je n'ai pas dit que nous ne nous connaissions pas. D'ailleurs, l'un de mes collègues était membre. J'ai seulement dit que nous ne nous fréquentions pas. Nous ne recrutons pas d'amis.

— Et pourquoi pas ?

— C'est une orientation que nous avons instinctivement adoptée au début. Je devine que vous trouvez ça absurde, mais c'est notre politique.

— J'imagine que vous avez vos raisons. Bon : revenons à Lucas. Savez-vous quelque chose sur lui, son intérêt pour les livres mis à part ?

— Je crois qu'il aimait le plein air.

— En quel sens ?

— Il communiait avec la nature.

— Comment ça ?

— Physiquement.

— Il embrassait des arbres, des trucs comme ça ?

— Je crois qu'il « voyageait », précisa-t-elle, prononçant le verbe « voyager » à la française.

— Il quoi ?

— Il voyageait, comme au temps du commerce des fourrures.

— Ah ! Vous voulez dire qu'il chargeait son canoë de verroterie et de whisky et qu'il pagayait jusqu'à Winnipeg pour troquer son chargement contre des peaux ?

Le sarcasme de Salter fit mouche: madame Sparrow ravala son sourire.

— Ce que je veux dire, c'est qu'il partait faire de la randonnée en canoë.

— Lui connaissiez-vous d'autres loisirs ?

— Oui, les concerts. C'était un mélomane averti. Il adorait l'opéra, sauf les œuvres de Benjamin Britten. Il connaissait tout Purcell: les lamentations de Didon l'émouvaient aux larmes.

Elle recommençait à se moquer de lui en lui faisant sentir qu'il devrait savoir de quoi elle parlait. Salter décida de passer outre.

— Connaissiez-vous les personnes avec lesquelles il pratiquait ces autres passe-temps ?

— Ses coéquipiers de canoë ? Je crains bien que non.

— Et lui, comment s'est-il joint à votre cercle ?

— Son nom a dû être proposé par quelqu'un, mais j'ai oublié qui. Comme tous les candidats potentiels, il a été convié à une ou deux réunions, après quoi nous l'avons invité à devenir membre.

— Que se passe-t-il si vous n'aimez pas une personne qui veut se joindre à vous ?

— Je ne peux pas vous révéler nos procédures en détail, mais nous veillons à être le moins offensants possible. Notre seul but est de nous assurer que les membres potentiels sont sur la même longueur d'onde que nous.

— Il faut qu'ils soient aussi brillants que vous ?

— Si vous voulez. Il y a différentes façons d'être brillant, bien entendu. Je suis sûre que vous êtes un policier brillant. Ce que nous recherchons, ce sont des personnes qui sont brillantes dans leur perception de la littérature : des gens intelligents, perspicaces, tolérants, qui lisent beaucoup et sont capables d'écouter autant que de s'exprimer.

— J'ai cru comprendre qu'il avait abandonné le cercle il y a quelques mois. Pour quelle raison, à votre avis ?

— J'aurais tendance à croire que c'est parce qu'il avait trouvé un groupe qui était davantage à son niveau. De fait, il était très brillant. Animé d'une belle curiosité intellectuelle, je dirais.

— Connaissez-vous les membres de cet autre cercle ?

— En fait, j'ignore même si un tel cercle existe. Je disais ça juste parce qu'en toute modestie, même si notre cercle est de bon niveau, nous avons nos limites. Peut-être Jerry Lucas était-il parti en quête d'un cercle au sein duquel il aurait pu parler de James Joyce. *Finnegan's Wake*, par exemple.

— Aussi difficile que ça ?

— Oui, très difficile.

Sylvia Sparrow sourit ; Salter se prit à penser qu'elle n'était peut-être pas si arrogante que ça, finalement. Ses tentatives pour le rabaisser étaient fort probablement symptomatiques d'une nervosité hors du commun – un effort pour se mettre à l'aise dans la situation inédite que constituait le fait d'être interrogée par un flic.

— En fait, je crois qu'il y a une personne qui pourrait vous en dire plus, poursuivit-elle. Une femme qui a quitté notre cercle, elle aussi, un peu avant Jerry. Elle était musicienne, en plus. Elle avait une très grande culture musicale et elle était violoniste dans un orchestre amateur. Elle n'est pas restée avec nous très longtemps, environ un an, et j'ai le sentiment que nous ne la satisfaisions pas. Je l'ai parfois surprise à regarder sa montre pendant que nous tentions d'approfondir une idée. Elle s'appelle Louise Wilder. Jerry et elle échangeaient quelquefois des remarques sur des concerts auxquels ils avaient assisté l'un et l'autre, ou sur la dernière cantatrice en vogue. Une fois, à l'occasion de la venue à Toronto d'un haute-contre qui chantait dans un opéra de Haydn, ils nous ont expliqué ce qu'était un haute-contre ainsi que la manière dont ils posent leur voix. Était-ce bien Haydn ? Non, Haendel, je pense. Enfin bref : ils avaient ça en commun, et ils avaient plus d'occasions de se rencontrer par hasard en dehors du cercle qu'avec n'importe lequel des autres rats de bibliothèque dépourvus d'oreille que nous sommes.

Salter prêta attention.

— Se rencontrer par hasard ? Rien de plus ? Vous m'avez dit qu'ils avaient quitté le cercle à peu près au même moment : serait-il possible que Jerry Lucas en soit parti parce qu'elle n'était plus là ?

— Je n'apprécie guère ce genre de spéculation.

— Ah non ? Moi oui. C'est mon boulot. Dans ce cas, disons que vous vous êtes peut-être posé des questions en votre for intérieur ?

— À ma connaissance, Louise Wilder était heureuse en mariage, et elle l'est toujours.

— Et Lucas ? Que saviez-vous de sa vie amoureuse ?

— Je ne m'y suis jamais intéressée. Il ne laissait rien transparaître – je n'ai capté aucune onde, en tout cas.

— J'imagine que je ferais mieux d'avoir un petit entretien avec madame Wilder.

◆

Louise Wilder habitait dans Farnham Avenue, à l'ouest de Yonge Street. Dans cette rue, le prix de l'immobilier au mètre carré était plutôt élevé, et les maisons avaient pour la plupart été diversement transformées par des résidents qui voulaient y vivre sans être contraints d'adopter le style d'un directeur de banque des années 1920.

Les habitants du quartier n'étaient pas tous riches : certaines maisons avaient été divisées en appartements, voire, discrètement, en chambres, afin de s'adapter au mode de vie des personnes vivant seules – jeunes professeurs d'université sans permanence, musiciens en début de carrière, rédacteurs en chef adjoints – qui préféraient vivre dans le quartier plutôt que d'avoir un logement plus grand pour un loyer équivalent dans Etobicoke, par exemple, parce qu'ils étaient à deux pas des librairies, des cafés, des cinémas et du métro – et, surtout, de gens appartenant à la même classe qu'eux.

Salter connaissait bien cette rue: Annie et lui s'y étaient souvent promenés le dimanche après-midi en se demandant s'ils auraient eu les moyens d'y emménager. Il pensait même savoir quelle était la maison des Wilder, qui était située près de l'intersection avec Avenue Road, où un plus grand nombre de demeures étaient restées dans leur état d'origine, mais quand il s'en approcha, il constata que le domicile des Wilder ne lui était pas familier. C'était un jumelé en briques qui, au premier coup d'œil, paraissait à l'abandon et avait même conservé son porche d'époque, mais lorsque son regard monta vers les premier et deuxième étages, il vit clairement que la bâtisse avait connu des rénovations majeures, et qu'elle avait notamment été récemment pourvue de puits de lumière.

Louise Wilder l'attendait sous le porche. Elle avait entre quarante et cinquante ans – en vieillissant, Salter éprouvait de plus en plus de difficultés à être plus précis dans ses estimations. Brune, grassouillette et jolie, estima le policier qui, bien qu'appréciant son allure générale, regretta qu'elle n'appartînt à aucune de ses deux catégories préférées.

— J'ai dû quitter l'école plus tôt pour pouvoir vous rencontrer, annonça-t-elle en l'invitant à entrer. Je vous ai proposé quatre heures trente afin que nous ne soyons pas interrompus par mon mari.

— Vous enseignez, madame Wilder ?

— Non, je suis secrétaire dans une école privée. Mon mari est architecte, spécialiste des rénovations, comme vous pouvez le constater en regardant autour de vous. Vous êtes venu me voir à propos de Jerry Lucas, bien sûr.

— Je ne fais que cocher des noms sur ma liste pour glaner des renseignements, expliqua Salter. Ce ne sera pas long. Quelques personnes m'ont laissé entendre que vous pourriez connaître Jerry Lucas mieux que n'importe quel autre membre de votre club de lecture. Vous auriez été vue en sa compagnie…

— Vue en sa compagnie ? Où ça ? Qui vous a dit ça ?

Elle semblait authentiquement surprise – et curieuse.

— Joe Lichtman. Et l'animatrice du cercle, Sylvia Sparrow.

— Ah, répliqua-t-elle, presque en grognant. Le boulet de canon humain et l'animatrice. Et où Joe et Sylvia m'auraient-ils vue ?

— J'essaie de me rappeler… Au concert ? Oui, c'est ça. Au Roy Thompson Hall, je crois. Au théâtre, peut-être. Non : c'était bien au concert. Mais ils n'ont pas dit qu'ils vous avaient vraiment vus ensemble, comme si vous étiez un couple.

— Parfait. Ce n'est effectivement pas le cas.

— On vous a juste vus bavarder dans l'escalier ou vers le bar, quelque chose comme ça.

— Quand on vit à Toronto et qu'on va aux concerts, on a de grandes chances de tomber sur n'importe quel autre mélomane de la ville, que ce soit au Roy Thompson Hall, au centre Ford ou au centre St. Lawrence. Ce sont les principales salles de concert. L'hiver dernier, je suis allée écouter *Xerxès* : j'ai bavardé avec six de mes connaissances et j'en ai salué onze autres.

Salter sortit son bloc-notes, prêt à écrire :

— C'était quoi, le titre, déjà ?

— *Xerxès*. Avec deux « x », ajouta-t-elle aimablement.

— Merci. Cela étant, apparemment, les membres du cercle ne se fréquentent pas en dehors : vous vous réunissiez seulement une fois par mois pour parler de livres. Mais en raison de votre goût commun pour la musique, Lucas et vous aviez davantage de choses à vous raconter lorsque vous tombiez par hasard l'un sur l'autre à l'extérieur, je me trompe ?

— Ce n'est pas tout à fait faux, mais je ne savais de Jerry rien d'autre que le fait qu'il aimait l'opéra baroque et qu'il n'appréciait ni Brahms ni Schumann. Comme moi.

— Vous êtes nombreux dans ce cas ? À n'aimer aucun des deux ?

— J'en connais quelques autres.

— Ah, ah. Maintenant, permettez-moi de vous poser une question directe : avez-vous déjà vu Lucas avec une femme ?

— Je ne l'ai jamais vu sans, à vrai dire. Il traînait toujours une femme avec lui dans les concerts où je le rencontrais – ce qui n'était pas si fréquent que ça. La seule que j'ai reconnue était sa sœur, parce qu'il me l'a présentée.

— Ainsi, la musique mise à part, vous n'aviez aucune idée de sa vie à l'extérieur du cercle de lecture.

— Aucune idée, en effet.

— Vous a-t-il jamais donné l'impression qu'il aurait aimé vous connaître davantage ?

— Pas le moins du monde.

— Dans ce cas, la nouvelle de sa mort ne vous a pas trop perturbée, alors.

— Bien sûr que si ! Un homme que je connaissais a été assassiné, je vous rappelle. Mais on ne peut pas dire que j'ai été bouleversée. Je l'appréciais, mais nous n'étions pas amis. Il ne faisait pas partie de ma vie.

Salter se passa négligemment la main dans les cheveux et étouffa un bâillement pour indiquer à Louise Wilder que l'entretien officiel était terminé.

— Il a fait entrer une personne chez lui, ce soir-là, dit-il sur le ton de la conversation. On a vu une femme.

— Où ça ?

— On l'a vue sortir de l'ascenseur. Vous connaissez son immeuble ?

Elle marqua un temps d'arrêt.

— Je ne crois pas que nous nous soyons déjà retrouvés dans son appartement. Qui l'a vue ?

— Nous ? Qui ça, « nous » ? Lui et vous ?

— Bien sûr que non. Je parlais des membres du cercle de lecture. Qui l'a vue ? répéta-t-elle.

— Un voisin. Il a précisé que la femme en question était comme déguisée.

Salter garda les détails pour lui – l'une des plus vieilles tactiques du manuel. À l'occasion, un suspect mentionnait un détail qu'il n'était pas supposé connaître. Ce n'était pas fréquent, car en général, les suspects étaient plutôt enclins à se retenir.

— Que voulez-vous dire par « déguisée » ?

— Comme pour une soirée. Bien sûr, cette femme n'est peut-être pas la personne que nous recherchons.

— Oui, bien sûr…

— Je pourrais vous donner six explications différentes de tout cela, toutes aussi innocentes les unes que les autres.

— Je crains de ne pouvoir vous être d'aucune utilité.

— Quand Jerry a-t-il abandonné le cercle de lecture ? demanda Salter en se levant. Et pourquoi est-il parti ? D'après Sylvia Sparrow, il était animé d'une belle curiosité intellectuelle. Jolie expression, n'est-ce pas ? Est-ce exact ?

— J'ignore quand il est parti parce que j'avais déjà quitté le cercle moi-même. Vous savez, le cercle se réunissait toujours le jeudi, mais Jerry avait beaucoup de concerts prévus ce jour-là ; il avait donc demandé s'il était possible que les rencontres aient lieu plutôt le lundi, et le jour a donc été changé. Mais il est difficile pour moi de me libérer le lundi, alors j'ai abandonné. De toute façon, je voulais changer de cercle de lecture.

— Belle curiosité intellectuelle, vous aussi, hein ? En avez-vous trouvé un autre ?

— Non, et je ne pense pas en chercher un avant quelque temps.

Ils étaient près de la porte.

— Quand a été opéré le changement de jour de la semaine ?

— Attendez un instant. (Madame Wilder retourna au salon et réapparut avec une grande sacoche de cuir dont elle extirpa son agenda.) J'ai quitté le cercle en février. Vous allez devoir demander à Sylvia ou à votre ami Joe Lichtman quand Jerry lui-même est parti, mais j'ai le sentiment qu'il est resté un ou deux mois après moi. Minute... Je peux faire mieux que ça: il m'a appelée pour me demander si j'avais trouvé un autre cercle de lecture – ce n'était pas le cas. C'était... voyons... un mois plus tard. Il a eu la délicatesse de me dire que mon départ avait laissé un vide. C'est tout. Désolée: je croyais que j'aurais peut-être inscrit la date exacte, mais il n'en est rien. Désolée, vraiment.

— Si vous retrouvez cette date ou si vous vous rappelez n'importe quel détail qui pourrait m'être utile, appelez-moi, moi ou l'agent Smith, dit Salter en tendant sa carte à madame Wilder. Je cherche à dresser une liste de noms aussi complète que possible.

◆

— Nous n'avançons pas vraiment, hein, monsieur?

Salter se voûta jusqu'à poser son menton sur son bureau, puis leva les yeux vers Smith, qui était assis en face de lui. Il y avait certaines raisons pour lesquelles il préférait travailler seul, et il venait de s'en ajouter une: pour éviter d'avoir un adjoint pour lequel il devrait inventer des missions et qui émettrait des commentaires comme celui qu'il venait d'entendre. C'était exactement comme lorsqu'il allait à la pêche avec Seth quand ce dernier avait huit ans: à la fin d'une longue journée sans la moindre prise, le gamin ne manquait jamais de lui demander pourquoi ils étaient bredouilles alors qu'aucun des autres pêcheurs ne l'était.

— Vous avez fait quoi, aujourd'hui?

— Du porte-à-porte, comme vous me l'avez demandé.

— Du nouveau?

— Rien sur notre prostituée. Mais quand j'ai parlé de la voiture, quelques autres témoins s'en sont souvenus.

— La voiture?

— Vous vous souvenez du vieux bonhomme plein d'arthrite qui passe son temps à regarder par la fenêtre? Il a dit qu'il avait vu une auto couleur caramel stationnée dans la rue à quelques reprises dernièrement. Une fois, la conductrice, qui portait un foulard sur la tête, est sortie faire quelques pas en regardant l'immeuble, lui rappela Smith.

— Oui, mais elle n'était pas là le soir qui nous intéresse, objecta Salter.

— C'est vrai, mais j'ai quand même pensé que ça valait la peine de creuser un peu cette histoire. J'ai obtenu une meilleure description de la part d'un témoin: il a précisé que l'auto était un cabriolet Golf couleur chocolat au lait avec une capote de couleur sable. Assez facilement reconnaissable. J'ai donc transmis cette description au service municipal du stationnement, et ils doivent communiquer avec moi si l'un de leurs agents se rappelle avoir vu cette voiture.

— Je vous l'ai dit: c'est sans doute quelqu'un qui faisait une surveillance, ou même simplement une personne qui voulait savoir si elle aimerait vivre dans cette rue. Une femme qui voulait vérifier si le quartier était sûr la nuit. D'autres idées?

— Je crois qu'on devrait jeter un nouveau coup d'œil sur les filles de Jarvis Street.

— Barlow et Jensen n'y ont jamais vu une femme ressemblant à la Chatte Bottée, si je ne m'abuse?

— C'est vrai, monsieur, mais je pense que c'est comme à Glasgow: toutes les putes connaissent l'escouade de la moralité, et elles ne coopèrent à une enquête que lorsque l'une d'entre elles se fait attaquer. Elles ont davantage peur de leurs maquereaux que des flics, mais si un autre Jack l'éventreur se pointe, là, elles sont coopératives. Mais pas pour une simple disparition, pas avant qu'elles ne sachent qui est à l'origine de cette disparition. Nous devons adopter une nouvelle approche.

— Mon cher Smitty, je suis désolé de vous annoncer que ce soir, je joue au poker avec une poignée d'avocats, et que vous devrez donc aller au bordel tout seul. Inventez une histoire pour qu'elles ne sachent pas que vous êtes flic. Avec un accent comme le vôtre, vous pouvez sortir n'importe quoi. Écoutez : allez à Goodwill vous acheter un manteau, un truc qui a l'air étranger, du genre en tweed avec une ceinture. Vous aurez l'air d'un immigrant fraîchement débarqué. Après ça, allez dans Jarvis Street pour retrouver votre sœur. Vous connaissez *Le Portrait de Dorian Gray* ? Le film, je veux dire ? Ça se passe à l'époque victorienne. À un moment donné, il y a un marin qui explore tous les bouges de Limehouse pour retrouver sa sœur, dont il pense qu'elle est devenue l'esclave d'un salaud qui fait des cochonneries avec elle. Essayez ça, suggéra Salter en se redressant.

— Je ne crois pas que ça marcherait, monsieur, répliqua Smith. Je pourrais peut-être louer un kilt ? Non, peut-être pas, finalement. Je ne sais même pas dans quel sens on met l'épingle de sûreté. Mais vous m'avez donné une idée.

— Parfait. Racontez-moi tout ça demain.

— Ah, au fait, une certaine Jane Rudd a appelé. Elle a pensé à quelque chose qui pourrait nous aider.

— Et c'est quoi ?

— Elle a dit qu'elle préférait vous en parler directement. Voici son numéro.

Salter composa le numéro sans grand enthousiasme. Il ne s'attendait pas à de grandes révélations de la part de Jane Rudd.

— J'ai pensé à une chose, dit cette dernière. Après votre départ, il m'est revenu qu'une fois, Jerry et moi avions eu une conversation. Puis-je vous parler confidentiellement, en privé ?

— Si c'est une information capitale pour mon enquête, je ne peux pas vous promettre de la garder pour moi.

— Attendez de savoir de quoi il s'agit.

— Essayez donc, alors. Nos bureaux sont régulièrement inspectés et débarrassés des micros, pour le cas où la mafia nous écouterait.

— C'est que… c'est personnel.

— Allez-y.

— Un soir, après avoir fait l'amour, nous nous racontions nos expériences amoureuses. Vous voyez ce que je veux dire ?

— Du genre « C'était quand, ta première fois ? », et tout ça ?

— Plus ou moins. La conversation est venue sur les prostituées, et j'ai demandé à Jerry quelles étaient ses expériences en la matière. J'étais persuadée que tous les hommes allaient, un jour ou l'autre, voir des prostituées. Il m'a répondu qu'il n'avait jamais couché avec une prostituée et qu'il ne le ferait jamais. Il ne se voyait pas s'envoyer en l'air pour dix dollars la minute; ce sont ses mots exacts. Plutôt probant, non ?

— À quel propos ?

— C'est au moins une confirmation objective de ce que je vous ai dit: qui que soit cette femme, ce n'est certainement pas Jerry qui a fait appel à ses services.

— Ça se pourrait bien, en effet. Merci beaucoup.

— Y a-t-il du nouveau ?

— Rien que je puisse révéler. N'hésitez pas à me rappeler si autre chose vous revient.

Salter raccrocha et regarda Smith, qui était dans l'expectative.

— C'était une ancienne compagne de lit de Lucas qui affirme qu'il est impossible qu'il ait payé pour coucher avec une femme.

— Vous la croyez ?

— Ce que je crois, c'est qu'elle me livre une opinion en toute honnêteté et que dans ce cas précis, il se pourrait qu'elle ait raison.

— Ça cadre avec votre fameuse intuition ?

— Exact. Je ne crois pas moi non plus que la Chatte Bottée soit une prostituée. Mais le vrai objet de l'appel de cette madame Rudd était de savoir où nous en sommes dans l'enquête. Elle essaie de s'infiltrer, comme Calvin Gregson et tous les autres.

— En attendant, je dois quand même retourner dans Jarvis Street et continuer à chercher ?

— C'est ça.

— Pourquoi faire ?

— Pour le cas où quelqu'un voudrait savoir si on a bien cherché partout. Là, c'est moi qui protège vos arrières, Smitty.

— Tout en protégeant les vôtres, monsieur, observa l'Écossais.

— Les miens ? Je n'en ai strictement rien à foutre, de mes arrières, jeune homme. Dans mon cas, c'est strictement personnel.

# Chapitre 14

— Nous allons chaque semaine dans une maison différente, expliqua Bonar Robinson en faisant entrer Salter. Comme ça, nous n'épuisons pas l'hospitalité de nos épouses respectives. Enfin, leur assentiment, plus exactement.

— Elles sortent pour la soirée, vos femmes ?

— Elles peuvent rester à la maison, à condition de ne pas faire de bruit, rétorqua Robinson en riant pour montrer qu'il plaisantait.

L'avocat semblait légèrement excité, comme si la présence d'un policier, même si celui-ci n'était pas vraiment en service, lui apportait un regain d'énergie.

— C'est ici que ça se passe, déclara-t-il en conduisant Salter dans une grande pièce meublée comme le hall d'entrée d'un hôtel de luxe.

Les deux canapés, les trois fauteuils, le grand tapis, la couleur des murs, tout était dans une palette de couleurs allant du blé au café au lait. Même les tableaux – trois scènes de bord de mer désert en été – étaient dans ces teintes. Deux énormes miroirs au cadre doré confirmaient l'impression de havre du voyageur. Cinq hommes étaient assis dans la pièce, l'air d'attendre. Pas une carte en vue.

— Je vais faire les présentations, annonça Robinson.

L'hôte se plaça au centre de la pièce et, par-dessus ses lunettes, dirigea son regard sur chacun d'eux, tour à tour, en guidant Salter qu'il tenait par le coude de manière à ce qu'il leur fît face à mesure qu'il les présentait : Scott Mercer, Larry Holt, Brian Davis, Andrew Cutler, Craig Lister.

*La crème de la crème,* commenta Salter *in petto*.

— Quand je leur ai annoncé votre venue, je leur ai demandé s'ils vous connaissaient, mais mes collègues avocats ici présents évitent autant que possible les criminels, et Scott et Brian travaillent pour des sociétés de placement tandis que Craig est courtier en placements, de sorte que vos chemins ne se sont jamais croisés. Par contre, j'ai cru comprendre que vous aviez déjà rencontré Larry.

Salter et Holt échangèrent un hochement de tête silencieux.

— Tout cela est plutôt inhabituel, n'est-ce pas, inspecteur ? nota Andrew Cutler. Nous avons déjà été interrogés…

— L'enquête ne m'a été confiée que tout récemment, monsieur, et il faut que j'effectue mes propres recherches, l'interrompit Salter.

— Bien sûr, bien sûr, j'en suis conscient ; je voulais dire qu'il était inhabituel de nous voir tous ensemble, en fait. Normalement, vous interrogez les témoins individuellement, de manière à pouvoir comparer leurs versions des faits et à voir qui ment, non ? précisa Cutler en souriant avec cordialité et courtoisie, comme s'il s'adressait à un membre de son club.

— C'est ainsi que mes collègues ont procédé la dernière fois ? demanda Salter à la cantonade, recueillant des hochements de tête affirmatifs.

— Deux enquêteurs sont venus nous rencontrer chacun, au bureau. Pendant qu'il y en avait un qui posait des questions, l'autre essayait de voir si on ne pissait pas dans nos frocs.

— Je pourrais faire pareil, mais je me suis dit que je pouvais me contenter du rapport qu'ils ont déjà rédigé. Ça m'avait l'air plutôt approfondi. Ce que je veux maintenant, c'est que vous écoutiez ce que moi, j'ai à vous dire, et que vous y réagissiez en me passant un coup de fil dès demain, si vous pensez à quoi que ce soit qui pourrait m'être utile. J'imagine que vous êtes aussi impatients que moi de voir l'assassin découvert. Et le plus tôt sera le mieux. Plus on tarde, plus il est probable que vous tous, ainsi que Flora Lucas et tous ceux qui ont connu peu ou prou Jerry Lucas, vous retrouverez à la une des journaux, et je suppose que vous voulez éviter ça ; alors voici ce que j'ai besoin de savoir : l'un d'entre vous en sait-il assez sur la vie privée de Lucas pour m'aider à tirer au clair cette histoire de prostituée ? Savez-vous quelque chose sur elle ?

Les six hommes hochèrent la tête, embarrassés.

— On en a entendu parler, confirma Robinson.

— Bien. Dans ce cas, question numéro un : dans ce que vous savez de Lucas, y a-t-il quelque chose qui vous permettrait de penser qu'il aurait recouru aux services d'une femme de ce genre ? Question numéro deux : s'il ne l'a pas engagée, que faisait-elle là-bas ? Elle savait où se trouvait son appartement. Cela pouvait-il être une blague ? Lucas n'y serait pour rien, dans ce cas-là, sauf qu'il est mort. J'élimine bien évidemment la possibilité que cela soit l'initiative de proches, car si cette femme avait été le fruit d'une plaisanterie de votre part ou de celle d'une de vos connaissances, quelqu'un serait déjà venu nous communiquer ses nom et adresse. Je me trompe ? Maintenant, nous devons la retrouver, et nous n'avons aucune idée de l'endroit où chercher. Pour finir, l'un de vous sait-il à quoi Lucas occupait généralement ses vendredis soirs ? On m'a dit que lorsque vous essayiez de programmer une soirée de cartes, Lucas se déclarait disponible tous les soirs sauf le vendredi, mais il n'a jamais expliqué pourquoi. Quelqu'un connaît-il la raison ?

— Jerry s'est peut-être tout simplement rallié à la majorité, suggéra Cutler. Nous sommes tous mariés, sauf Larry – qui l'est presque, en fait –, et nos femmes n'aiment pas qu'on les laisse seules le vendredi soir.

J'ignorais que Jerry n'était pas disponible ce soir-là; il n'a tout bonnement pas protesté quand on lui a dit que ce n'était pas un bon jour pour nous.

— Eh bien, c'est probablement tout, dans ce cas. Mais j'aimerais quand même que chacun d'entre vous m'appelle demain, même si vous n'avez rien à m'apprendre, afin que je puisse cocher votre nom sur ma liste.

— On ne nous la fait pas, inspecteur. Je parie que vous avez un message du tueur de Jerry sur son répondeur et que vous voulez comparer nos empreintes vocales, c'est bien ça ?

— Ah ? C'est comme ça que ça s'appelle ? répliqua Salter en souriant. Dans ce cas, écrivez-moi une note, alors.

Il se leva.

— Ça vous tenterait de rester un peu faire une partie avec nous, inspecteur ?

C'était Robinson qui avait posé la question, mais les autres observaient, dans l'expectative. Salter se demandait s'ils avaient parié sur sa réponse.

— Il existe des règlements très clairs sur la question de jouer aux cartes avec des suspects, monsieur. Mais puisque aucun d'entre vous n'est soupçonné, alors oui, j'aimerais bien.

Le ton faussement pompeux qu'avait adopté Salter couvrait son excitation. Il n'avait pas joué au poker depuis très longtemps, et il se dit qu'il n'avait accepté que pour pouvoir observer les copains de Lucas, voir lequel pourrait s'avérer le plus utile. C'étaient tous des hommes brillants qui avaient réussi dans la vie, mais qui étaient les plus sensés ? Il avait beau essayer de se justifier, c'était tout de même la perspective de jouer au poker qui le faisait légèrement transpirer.

— Hé ho, hé ho, on s'en va au boulot ! chantonna Mercer.

Robinson conduisit le groupe hors de la pièce ; ils traversèrent la salle à manger adjacente, puis une verrière bordée de plantes en pots et d'outils de jardinage, pour se rendre dans un petit bâtiment situé au fond du jardin.

— Voici ma tanière, annonça Robinson.

Tout le matériel était posé sur une grande table couverte d'un tapis de jeu vert et entourée de sept chaises. Sur une table d'appoint se trouvait un coffret contenant les jetons.

— Je vous préviens, dit Robinson à Salter, vous allez jouer contre une belle bande de requins.

— Oui, ça, je le savais, rétorqua Salter. Mais savez-vous jouer au poker, au moins ?

— Vous allez nous le payer ! Bon : ça, ce sont des jetons de un dollar, ici, de cinq et là, de vingt. Attention, je veille au grain ! On commence chacun avec trois cents dollars, et vous pouvez en acheter plus en cas de besoin.

Il distribua une pile de jetons à chaque joueur, et tout le monde s'assit pour jouer. On jouait en *dealer's choice*, dans plusieurs variantes successives, du *Straight Stud* aux meilleurs cinq de sept : avec les deux noirs, les sept rouges et la dame de pique.

Salter ne tenta pas de lire dans les pensées de ses adversaires ; au début de la soirée, il se contenta de jouer son jeu de façon aussi erratique que possible, afin que ses éventuelles bonnes mains passent inaperçues. Ainsi, dès qu'un autre joueur eut misé, il ne tarda pas à obtenir une main pleine, qu'il étala maladroitement devant lui. Mais deux tours plus tard, il perdit quatre-vingts dollars. Parfois, par le plus grand des hasards, il eut l'air brillant – mais la plupart du temps, il paraissait n'avoir jamais joué au poker de sa vie. Quand arrivèrent onze heures, il avait déjà été de cinq cents dollars dans le trou, puis en avance de deux cents dollars, avant d'être dans le rouge de cinquante dollars. Il était content de sa soirée. Il s'était muni de mille dollars afin d'être absolument sûr de pouvoir s'asseoir à la table de jeu, quels que soient les enjeux, et il passait un bon moment, heureux de jouer de nouveau au poker.

Dès que les cartes avaient été distribuées, Salter avait eu la sensation que ses six compagnons de jeu communiquaient d'une manière tacite, en s'envoyant des messages sans même parler. Il avait tenté de se défaire de ce sentiment, se disant que celui-ci était plutôt naturel quand on était nouveau dans un groupe déjà constitué. Les six hommes ne s'échangeaient pas des coups d'œil à proprement parler : au contraire, ils semblaient plutôt éviter de se regarder dans les yeux, afin de l'aider, lui, à se sentir plus à l'aise. Pour finir, Salter nota l'absence de plaisanteries entre initiés, de ces petites mises en boîte auxquelles on s'attendrait dans un groupe d'hommes habitués à jouer ensemble depuis longtemps.

Cette impression ne le quitta pas. Vers onze heures, elle s'était même transformée en soupçon : il se sentait mis à l'écart, d'une certaine façon. Il lui vint également à l'esprit que leur petit manège n'était pas vraiment bien rodé, comme s'ils n'avaient pas suffisamment répété. À deux reprises, deux des joueurs avaient quitté la pièce, l'un après l'autre, en apparence pour se rendre à la salle de bains. Quand ils étaient revenus, ils avaient l'air de sortir d'une petite réunion – parlant un tantinet trop fort, comme pour surmonter leur malaise. *Quoi qu'ils mijotent, ils ne sont pas au point*, songea Salter.

— Lucas était-il un bon joueur ? s'enquit-il à un moment donné.

Comme personne ne répondait, Mercer prit la parole.

— Je dirais que oui. À mon avis, il gagnait plus qu'il ne perdait, mais nous ne tenions pas vraiment de comptes exacts.

— Jerry, oui, il tenait des comptes, intervint Cutler. Jusqu'au moindre dollar.

— C'est bon pour moi, ça : j'ai l'impression d'être assis à sa place, ce soir, et j'aimerais être digne de lui, dit alors Salter. Vous pouvez donner les cartes : on va voir ce que je peux faire. En tout cas, je suis heureux que vous n'ayez pas interrompu vos parties en signe de deuil.

— Nous y avons pensé, mais nous avons décidé que Jerry ne nous en voudrait pas de continuer, expliqua Robinson. Et puis votre souhait de venir a été décisif. À qui sont-elles, ces cartes ?

Vers onze heures et demie, Larry Holt échangea un regard avec Salter et sortit en clopinant, sa canne à la main. Quelques minutes plus tard, on entendit la chasse d'eau ; Salter, qui avait déjà ramassé ses cartes, suivit Holt. Il traversa une petite cuisine qui devait être utilisée pour les fêtes dans le jardin ; dans une alcôve située derrière cette kitchenette se trouvaient deux toilettes côte à côte. Holt émergea de l'une d'entre elles. Juste au moment où il s'apprêtait à parler à Salter, un bruit de chaise indiqua aux deux hommes qu'un autre joueur quittait la table pour venir vers eux.

— Le truc du beurre, dit alors Holt précipitamment à voix basse, avant de faire semblant de tousser au moment où Mercer apparut.

Salter entra dans une toilette, urina puis s'assit sur le siège pour réfléchir. Que diable Holt voulait-il dire ? C'était peut-être un code. Peut-être était-ce de l'argot d'avocat pour désigner une personne cupide, comme dans l'expression « vouloir le beurre et l'argent du beurre ». L'idée plut à Salter, mais il n'arrivait toujours pas à comprendre. De qui s'agissait-il ? Et pourquoi Holt trahirait-il ses amis ? À quoi donc tout cela rimait-il ?

Un bruit de chasse d'eau se fit entendre dans la toilette d'à côté. Salter attendit que le bruit de pas s'éloignât avant de retourner dans la salle de jeu, tout à sa réflexion.

Quinze minutes plus tard, Robinson annonça la dernière main.

— On joue en *dealer's choice*, je vous rappelle : je monte la limite à mille.

Jusque-là, la limite avait été à cinq cents dollars. Salter s'efforça de ne pas avoir l'air trop intéressé. Robinson battit et coupa les cartes, puis se leva brusquement.

— Attendez une minute, j'ai oublié mon verre dans la cuisine, dit-il avant de sortir.

Il revint presque aussitôt avec son verre.

— Je suis prêt ! proclama-t-il.

Il s'installa bien en face de la table et distribua cinq cartes à chaque joueur.

Tous les sens en alerte, Salter n'en croyait ni ses yeux ni ses oreilles : le donneur était sorti de la pièce avec le paquet de cartes à la main, puis avait servi dès qu'il était revenu, sans demander à personne de couper de nouveau les cartes et sans que personne ne proteste, alors que la limite était à mille dollars ? *Nom de Dieu !* se dit-il. *Ils me prennent vraiment pour un imbécile !*

Bien sûr, il aurait pu interpeller lui-même Robinson, mais il éprouva un besoin irrépressible de trouver le moyen d'éviter de se faire avoir et de contrer le petit jeu de Robinson. Il avança la main pour prendre ses cartes posées à l'envers sur la table. Avant qu'il pût les retourner, Robinson se pencha pour lui attraper la main.

— Une par une, ordonna-t-il.

— Désolé. Bon. C'est à moi de jouer. Je mise cinquante dollars.

Le comportement de Robinson était un indice de plus. Les méninges de Salter carburaient si fort qu'il n'aurait pas été étonné que les autres joueurs les entendent tourner.

— Sans même regarder la première carte ?

— C'est bien la dernière main, non ?

— Oui. Quand même… Bon. OK. Cinquante, donc.

Un par un, les autres joueurs firent leur annonce.

Salter retourna le roi de trèfle. Les autres joueurs tournèrent au total deux figures, un huit et un six.

— Cent, annonça Salter.

Une fois encore, les autres joueurs suivirent. Salter retourna sa carte suivante, le roi de carreau.

Les deux tours suivants révélèrent un début de flush. Robinson avait maintenant deux valets. Avec un neuf et un huit de deux couleurs différentes, Holt abandonna la partie, sous le regard surpris de Robinson.

— Un autre roi, s'il vous plaît, dit Salter en sirotant son verre.

Il avala de travers et fut saisi d'une violente quinte de toux. Après trois ou quatre accès, il leva la main, incapable de parler, et quitta précipitamment la table pour aller prendre un verre d'eau à la cuisine. Là, il ouvrit le robinet et fouilla les lieux du regard en essayant de reconnaître l'origine des bruits que Robinson avait faits plus tôt, quand il était censé récupérer son verre. En premier lieu, il avait ouvert le réfrigérateur ; Robinson avait vraisemblablement ajouté un glaçon dans son verre. Salter ouvrit la porte et jeta un coup d'œil à l'intérieur du frigo. C'était un vieux modèle, probablement mis en préretraite après avoir été en service actif dans la cuisine principale. Dans la porte, en haut, se trouvait le compartiment à beurre dont la porte en plastique était articulée par un ressort tellement affaibli que la petite porte restait légèrement entrouverte, de sorte que le compartiment ne pouvait plus maintenir la température idéale pour la conservation du… Le truc du beurre !

Salter souleva la porte du compartiment, regarda à l'intérieur. *Bien, bien,* se dit-il avant de refermer le frigo en silence. Il toussa une dernière fois et retourna dans la salle de jeu.

Une fois revenu à la table, il s'excusa de les avoir fait attendre et dévoila sa dernière carte, un as. L'une des deux flushes possibles se confirmait, et une suite s'annonçait. Robinson révéla un sept. Salter était toujours maître.

— Deux cents, lança-t-il.

Mercer, qui avait aussi une flush, suivit.

— Je relance de deux cents, dit Robinson.

— Et deux cents de plus, surenchérit Salter.

— Voyons votre prochaine carte, demanda Mercer, qui prenait des notes sur un bout de papier. Vous êtes toujours en avance.

Salter retourna le roi de cœur. Mercer cassa sa flush et se coucha. Robinson tira le valet de pique : il avait maintenant trois valets et un sept.

— Cinq cents, dit Salter, qui avait trois rois et un as.

Robinson suivit puis décréta :

— Vous pouvez regarder votre dernière carte sans me la montrer, et après, on relance.

Salter souleva le coin de la carte pour y jeter un coup d'œil : c'était le six de carreau. Il attendit que Robinson l'imitât.

— Vous êtes toujours en avance, nota ce dernier. Vous avez possiblement quatre rois, contre un maximum de quatre valets de mon côté.

Salter regarda de nouveau sa dernière carte et lança :

— Mille.

— Ai-je bien entendu mille ? s'enquit Robinson après une longue pause.

Les autres, immobiles, attendaient.

— Je serais curieux de savoir combien les contribuables que nous sommes paient votre salaire, plaisanta Robinson avec un petit rire, en feignant l'incrédulité. Je vous suis.

— Quatre rois, annonça Salter.

— Quatre valets ! proclama en même temps Robinson, qui s'étala sur la table en embrassant les jetons.

Soudain, il prit conscience des mots de Salter et il s'interrompit.

— Hé, minute ! Quatre rois, vous dites ? Impossible ! Retournez votre carte.

Salter se mit à rire.

— Oh ! Pas avec celle-ci. Je ne me rappelle même pas ce que c'est. Ah oui, attendez : le six de carreau. Non, non. Avec cette carte-là.

Il porta la main à sa poche et en sortit un jeu de cartes complet, identique à celui avec lequel ils jouaient. Il battit les cartes, fouilla et extirpa le roi de pique qu'il intégra à la main qui se trouvait sur la table.

— Voilà : quatre rois, dit-il en s'avançant pour ramasser les jetons.

— Hé ! s'exclama Robinson.

Tous les autres, à l'exception de Holt, émettaient des sons variés. Ils dévisageaient tour à tour Salter et Robinson, puis se regardaient l'un l'autre, guettant en silence la réaction de Robinson.

— Nom de Dieu ! s'écria Robinson en s'efforçant de rire. Depuis combien de temps est-ce que vous jouiez avec deux jeux de cartes, hein ?

Il quêtait du regard le soutien de ses comparses qui, chacun à sa façon, battirent en retraite. Mercer trouva un mouchoir dans lequel il éternua fort opportunément ; Cutler s'écarta légèrement de la table et se tourna vers Davis, ces deux derniers semblant se liguer comme deux matrones respectables qui se seraient retrouvées face à un strip-teaseur alors qu'elles s'attendaient à voir un jongleur ou un magicien. Lister se pencha en avant, attendant avec fascination la suite des événements. Quant à Holt, il resta assis sans bouger.

Salter arrangea les jetons en une belle pile, juste devant lui.

— J'imagine que la façon la plus simple de régler cette affaire serait que vous autres, les gars, vous convertissiez en argent les jetons qui vous restent et que le reliquat me revienne.

— Que le reliquat vous revienne ? hurla Robinson. Vous avez sorti ce putain de roi de votre poche !

— Vraiment ? En fait, à l'origine, je l'ai pris dans le compartiment à beurre du frigo, là où vous l'aviez déposé vous-même. Vous voulez savoir depuis quand je joue avec deux jeux ? Eh bien, depuis la dernière main, tout comme vous.

— C'est interdit de jouer avec deux jeux, se récria Robinson. Vous n'êtes pas d'accord, les gars ?

— Écoute-le, Bonar, dit doucement Mercer en fixant le plafond.

— Je croyais que c'était une règle maison, poursuivit Salter en jetant un coup d'œil circulaire à tous les joueurs.

— C'était une blague, avoua Lister d'une voix sourde. Juste une blague.

Davis hocha vigoureusement la tête.

— Comment ça, on ne joue pas pour vrai ? On va tous rendre nos gains, maintenant, comme si on était dans un camp scout ? (Salter leur adressa un sourire sceptique.) Allez, les gars, vous ne voudriez quand même pas que ça se sache, un truc comme ça ?

— C'était juste pour la dernière main, avoua Lister.

Les autres affichèrent une expression embarrassée, voire inquiète.

— Je comprends, mais moi, je ne blaguais pas. C'est mon argent, ici, au milieu. J'ai gagné mille sept cents dollars sur cette main. C'est du vrai argent, de l'argent que vous auriez pu garder si vous aviez gagné, vous. Et maintenant, vous venez me dire que c'est une blague ? Bande de rigolos !

— Nous avions l'intention de vous le dire après la main. C'était juste une petite plaisanterie.

— Oui, mais cette plaisanterie a mal tourné, fit observer Mercer. J'ai une suggestion à faire : on donne tout le pot à Salter.

— Quoi ? Tout le pot ? Tu es fou !

— Tais-toi une minute, Bonar. Salter nous a démasqués, et j'espère qu'il nous dira comment dans un moment. On a monté une arnaque, et il l'a retournée contre nous. Il a mérité le pot. Qu'allez-vous raconter à vos collègues de la police, demain, inspecteur ?

Salter avait réfléchi à la question – ainsi qu'à toutes les autres qui en avaient découlé – dès l'instant où il avait trouvé le jeu de cartes dans le réfrigérateur.

— Je leur dirai que j'ai eu trois avocats et deux courtiers pour trois mille dollars, ce qui est vrai.

— Ça me paraît plutôt juste. Et pour le compartiment à beurre ?

— Je n'en parlerai pas, parce que cela ne vous montre pas sous votre meilleur jour. Les gens pourraient se demander si vous aviez prévu de garder mon argent. Et ça pourrait aussi rejaillir sur moi en termes de moralité, parce que j'ai réellement l'intention de garder cet argent, ajouta-t-il en souriant gaiement. Et vous, quelle sera votre histoire ?

Lister consulta du regard ses compagnons de jeu avant de répondre :

— La même que la vôtre, je pense. (Tous approuvèrent d'un signe de tête, sauf Bonar Robinson.) Quoi qu'on fasse, cette histoire fort intéressante circulera, de toute façon, et même s'il n'y avait qu'une personne à penser qu'on n'avait pas l'intention de vous rendre votre argent, ça ferait mauvais effet. Je sais, moi, qu'on vous l'aurait rendu, parce que je suis l'intégrité personnifiée, comme nous tous ici. Mais je ne vais pas m'acharner à vous le prouver maintenant, et de toute façon, certains de nos collègues ont déjà des doutes. Alors gardez donc l'argent, et nous garderons tous cette histoire pour nous. Mais vous nous devez bien une chose : comment avez-vous deviné ?

Ça, c'était la partie la plus délicate. Salter sourit en gratifiant chacun des autres joueurs d'un regard qu'il imagina sherlockien et capta le regard de Holt de manière à lui faire comprendre qu'il n'allait pas le trahir.

— Vous avez commis un certain nombre d'erreurs, dont la principale a été d'utiliser le frigo pour cacher le jeu de cartes, commença-t-il. Au moment où nous avons commencé cette dernière main, votre collègue a plaqué ma main contre mes cartes pour m'empêcher de les retourner. Les cartes étaient froides, vraiment froides, comme si le jeu était resté longtemps dans un lieu très frais. J'ai donc feint une quinte de toux et je suis allé à la cuisine, où j'ai découvert le vrai jeu de cartes, celui que nous avons utilisé toute la soirée, dans le compartiment à beurre : ce jeu-là était tiède. J'espérais avoir le temps de trouver l'as dans ce jeu-là et ne pas être obligé de le chercher devant vous. Ç'aurait été génial si j'avais été un vrai filou et si j'avais été capable de faire l'échange discrètement, d'une seule main. J'aurais payé cher pour voir vos têtes à ce moment-là. Mais on ne peut pas tout avoir. Ça, ça me suffira, conclut-il en ramassant l'argent.

— Vous allez vraiment prendre le pot ? demanda Robinson, toujours cherchant du regard l'approbation de ses pairs.

— Mais bien sûr qu'il va le prendre ! dit promptement Lister pour couper court aux objections de Robinson. Bravo, inspecteur ! Et ne revenez plus jouer avec nous, ajouta-t-il, hilare, en tendant la main à Salter.

Ce dernier échangea une poignée de main avec tous les autres joueurs, Robinson compris, et prit congé.

Au moment où il traversait la rue, on l'interpella : c'était Holt.

— Je viens juste de penser à quelque chose, lui dit l'avocat en boitillant aussi vite qu'il le pouvait pour rattraper Salter. En fait, je voulais seulement vous féliciter… et vous remercier, ajouta-t-il lorsqu'ils furent suffisamment loin de la maison de Robinson. Pendant un moment, j'ai bien cru que j'étais dans la merde, mais vous avez été futé.

— Pourquoi m'avez-vous averti ?

— Je n'apprécie guère ce genre de plaisanterie. C'est Bonar qui avait tout organisé, et ça avait l'air d'une bonne blague jusqu'à ce qu'on soit dedans : là, je me suis dit que soit vous passeriez pour un imbécile si on vous dévoilait la combine, soit vous vous feriez plumer dans le cas contraire.

— Dans le cas contraire, vous dites ? Parce qu'on risquait de ne rien me révéler ?

— Quand vous êtes parti aux toilettes, quelqu'un a suggéré qu'on renonce, parce que vous le prendriez peut-être très mal et que ce n'était peut-être pas une bonne idée de faire chier un flic chevronné comme vous. C'est là qu'un autre gars, pas vraiment sérieusement au début, a proposé qu'on ne vous raconte rien. Autrement dit, c'est là que ça a commencé à déraper. Quelqu'un d'autre a suggéré qu'on annule tout, mais

Robinson était partant, et vous êtes revenu des toilettes avant qu'on se soit mis d'accord.

— Mais vous, pourquoi m'avez-vous prévenu ? Ah oui, c'est vrai, vous me l'avez dit : vous ne prisez guère ce genre de blague, et vous avez bien raison. Quel bordel, hein ? Vous pensez que je devrais rendre l'argent ?

— Comme Davis l'a remarqué, vous nous avez pris à notre propre jeu.

— En outre, si l'histoire vient à se savoir, vous passerez tous pour des trous de cul, mais on dira que vous êtes bons perdants, hein ?

— Ce n'est pas faux.

— Je suppose que si je donnais cet argent à l'Armée du Salut, je me sentirais bien, moi aussi.

— Sans doute.

— Mais je n'ai pas mauvaise conscience, moi. À mes yeux, c'est juste un bien mal acquis à l'ancienne mode, et cet argent est à moi autant qu'à n'importe qui. C'est là que Lucas et moi différons : d'après ce que je sais, Lucas n'aurait pas même rêvé de faire ce que je viens de faire, n'est-ce pas ? L'« intégrité personnifiée », comme le précisait votre collègue ce soir, même si, lui, il endossait cette petite blague. Lucas, lui, incarnait réellement l'intégrité, non ? Vous n'êtes pas d'accord ?

— Oui. Il n'aurait jamais pris l'argent. Cela dit, il n'aurait jamais permis la supercherie non plus. Il était très intègre.

— Eh bien, vous avez mis le doigt dessus : ce n'est pas mon cas, à moi. J'envisage même de dépenser tout cet argent pour aller à Las Vegas. Je suis peut-être en veine, après tout ! Bien, et maintenant, vous allez leur dire quoi pour expliquer que vous m'avez couru après ?

— Tout simplement que je vous ai proposé de vous raccompagner. Quelqu'un a mentionné que vous étiez venu à pied.

— Merci, mais je vais rentrer chez moi de la même façon : je n'habite pas loin. Bonne soirée !

# CHAPITRE 15

— Alors, Dame Fortune vous a-t-elle souri, hier soir? demanda Smith à Salter le lendemain matin.

— Quoi ? Ah oui, elle m'a souri. Et vous ? Vous avez retrouvé la trace de la Chatte Bottée ?

— Eh bien, vous serez heureux d'apprendre qu'il n'en est rien, mais je vais continuer à chercher. Il y a beaucoup de prostituées dans le coin de Jarvis Street. Il y en a aussi à Parkdale, c'est bien ça ?

— Vous savez, je blaguais, avec cette histoire de Dorian Gray, dit Salter sur un ton légèrement hésitant.

— Oh oui, je sais ! Mais pas moi.

— Quelle approche avez-vous adoptée ?

— Ça ne vous dérange pas si je vous en parle plus tard? De toute façon, si votre intuition est bonne, ça n'a pas grande importance, n'est-ce pas ? Vous avez gagné beaucoup ?

— Oui. Que leur avez-vous raconté, aux prostituées, pour vous les mettre dans la poche ?

— Combien avez-vous gagné ?

— J'ai promis de ne pas le révéler afin d'éviter la honte à mes camarades de jeu. Alors, vous leur avez dit quoi, à ces dames de Jarvis Street ?

— Plus tard, monsieur. Vous avez gagné combien ?

— Trois mille dollars.

— C'est une somme rondelette. Est-ce que c'est un élément de preuve ?

— Je ne vois pas comment ça pourrait l'être.

— Dans ce cas, vous pouvez les garder.

— J'en ai bien l'intention, et n'en dites mot à personne, Smitty. Rappelez-vous : j'ai fait une promesse à ces avocats.

◆

Lorsque Salter cessa de rêvasser, il était mené dans la deuxième manche par treize contre quatre, et il avait déjà perdu la première. S'il perdait celle-ci, il perdrait la partie. Ils joueraient quand même la troisième manche, parce qu'ils jouaient pour le plaisir et pour leur santé. Salter fit un lob qui donna du fil à retordre à Lichtman, puis smasha le retour de ce dernier dans un coin afin de reprendre son service. Il entendait déjà la litanie des lieux communs préférés des commentateurs sportifs : « Et c'est alors que Salter alla chercher profondément en lui et y trouva des ressources inouïes », ou « Salter se concentra, ciblant avec détermination les faiblesses de son adversaire », ou bien encore sa préférée, « À ce moment-là, Salter se récita un mantra et invoqua l'arbitre suprême ».

En réalité, il ne fit rien de tout cela. Il était toujours stupéfait de constater combien les journalistes sportifs avaient l'air de savoir exactement ce qui se passait sur le terrain, et combien les sportifs, eux, semblaient savoir ce qui s'était produit en eux-mêmes lorsque le cours du jeu changeait. Lui, il ne s'était jamais surpris en pleine analyse lucide des conséquences, à dresser un nouveau plan de bataille instantané, en quelque sorte. La seule chose dont il avait conscience, c'était d'être aussi tendu que s'il s'apprêtait à sauter d'un train en marche.

Il ramena le score à treize contre treize avant d'avoir retrouvé ses esprits, et Lichtman gagna finalement les deux points décisifs. Salter remporta facilement la troisième manche, mais ç'avait été un jour faste pour Lichtman.

— Nom de Dieu ! J'ai cru que tu allais encore tout foutre en l'air ! Mais je savais qu'il me suffisait d'attendre et de garder un peu d'énergie pour ces deux derniers points, et j'ai pu te battre à plates coutures. Mais tu as bien joué, quand même ! commenta Lichtman, rose de plaisir et tout sourire, dès qu'ils se retrouvèrent au bar.

— Tu verras la prochaine fois, Joe, répliqua Salter, résistant à l'envie d'analyser le jeu d'une façon qui diminuerait les mérites de son adversaire. Tu as vraiment très bien joué, conclut-il.

Pendant les dix minutes qui suivirent, Salter dut écouter Lichtman lui expliquer comment il avait gagné ; après avoir enduré ces dix minutes obligatoires, il put enfin changer de sujet sans donner l'impression de vouloir interrompre le chant de victoire de son adversaire.

— Alors, et « Gotte », ça avance ? demanda-t-il.

Lichtman haussa les sourcils.

— Ah ! dit-il finalement. Goethe, tu veux dire !

— Ouais, ce gars-là. Quand dois-tu en parler à ton cercle ?

— Dans quelques jours. Je suis prêt. Deux ou trois membres m'ont déjà appelé pour m'avertir qu'ils n'avaient pas eu le temps de se préparer : en général, ça, ça veut dire qu'ils ont trouvé le bouquin trop difficile.

— Trop difficile ? Je croyais que ton cercle était l'un des plus hauts de gamme !

— Ce n'est pas nécessairement difficile à comprendre en tant que tel, mais c'est illisible. Comme *Sur les sentiers des prairies*. Et les gens ont parfois des bêtes noires : l'un des membres s'est joint au cercle à la condition qu'on n'essaie jamais de Virginia Woolf.

— Louise Wilder vous manque ?

— Ah, je vois que tu as parlé à notre animatrice. Elle manque aux autres, mais pas à moi : je ne l'ai jamais rencontrée. Et toi ? Tu as trouvé le type qui a tué Jerry Lucas ?

Salter cligna des yeux, surpris, avant de se rappeler que même si toutes les personnes qui étaient en rapport direct avec l'enquête connaissaient l'existence de la prétendue prostituée, cette histoire n'était cependant pas encore publique. Il était donc naturel que Lichtman pense que le meurtrier était un homme.

— Il est au quartier général, dans une cellule du sous-sol, suspendu par les pouces. De temps en temps, deux gars descendent le frapper pendant un moment, mais il refuse d'avouer. Ça fait trois jours que ça dure, déjà.

Lichtman rit de bon cœur.

— La vie de Lucas est entourée d'une certaine aura de mystère, n'est-ce pas ? Tu as vu son appartement ? À quoi ça ressemble ?

— Tu ne t'en souviens pas ?

— Aucun membre du cercle n'a jamais mis les pieds chez lui. Lorsque c'était son tour de recevoir, on allait chez Sylvia ; Jerry apportait une caisse de vin et commandait des bouchées chez un traiteur. J'ai toujours pensé que soit il vivait dans un trou à rats sordide – tu sais, comme Walter Matthau dans *Drôle de couple* –, soit il ne supportait pas que des visiteurs salissent son appartement, comme l'autre, là, Tony Randall.

— À mon avis, ce n'est ni l'un ni l'autre. Il ne recevait personne ; votre cercle de lecture n'était pas une exception, car il faisait pareil avec sa bande de joueurs de poker. C'est juste qu'il voulait se donner le moins de mal possible. Il achetait du bon vin, je parie, et les petites bouchées étaient probablement exquises, mais il n'avait pas à s'occuper du ménage. (Salter prit soudain conscience de ce qu'il venait de dire.) Depuis combien de temps ton cercle de lecture se réunissait-il ?

— Trois ans, environ.

— Et vous tous, Lucas, Louise Wilder, Sylvia Sparrow et toi, vous étiez présents dès la création du cercle ?

— Pas moi. Je ne suis devenu membre que par la suite, comme je te l'ai déjà dit.

— Et les autres ?

— Beverly Pott n'est pas membre depuis très longtemps, mais tous les autres, oui.

— Et en trois ans, vous n'êtes jamais entrés dans l'appartement de Lucas ?

— Pas une seule fois. Tout le monde plaisantait à ce sujet et échafaudait des hypothèses. Autres que les miennes, je précise. Quelqu'un a même pensé qu'il avait une gouvernante folle ou un truc de ce genre.

— À mon avis, il n'y avait rien de tout ça. Je pense qu'il était juste pratique, pour lui, de dépenser de l'argent pour économiser de l'énergie. Bon. On se revoit la semaine prochaine, même jour, même heure ?

— Bien sûr ! Je m'occupe de réserver le terrain. Tu as l'air bien pressé, tout à coup !

— Je viens juste d'avoir une idée…

— Ah, je vois. C'est comme avoir une érection à mon âge : c'est tellement difficile d'y arriver qu'il vaut mieux éviter de la perdre !

Le cercle de lecture se réunissait toujours à huit heures. Salter attendit jusqu'à sept heures quarante-cinq. Si elle était chez elle, il lui demanderait si elle avait toujours le calendrier des rencontres du cercle, parce qu'il souhaitait savoir où avait lieu la prochaine rencontre. Mais en réalité, il ne pensait pas la trouver chez elle.

Ce fut un jeune homme qui répondit au téléphone. Salter se présenta et demanda à parler à Louise.

— Est-ce au sujet de… l'affaire Lucas ? s'enquit le jeune Wilder d'une voix forte aux intonations légèrement pompeuses qui imitait celles de ses aînés.

— Oui.

— Cette histoire la bouleverse beaucoup, vous savez.

— Ce n'est guère surprenant. Quand on connaît la victime d'un meurtre, ce n'est pas la même chose que lorsqu'on lit un article dans le journal. Pourrais-je lui parler, s'il vous plaît ?

— Si vous voulez bien laisser un message, je veillerai à le lui transmettre. Elle est sortie, ce soir. Attendez une minute : ah oui, c'est le soir où elle joue à la *femme savante*[1].

---

[1] NDLT : En français dans le texte.

— Elle joue à quoi ?

— C'est sa soirée « bas-bleus », quoi.

Cette fois-ci, Salter se retint de demander quoi que ce soit, attendant plutôt que le garçon s'expliquât. Il savait pertinemment qu'on n'utilisait des termes comme « femme savante » ou « bas-bleus » que pour étaler sa science: Angus avait fait la même chose pendant quelque temps quand il était en cinquième année du secondaire. Il savait non moins pertinemment que ces mots signifiaient qu'il avait vu juste, et il attendit que le jeune homme le lui confirmât.

— C'est le soir de son cercle de lecture ; c'est tout ce que dit son agenda. Alors, avez-vous un message pour elle ?

— Dites-lui de m'appeler demain, voulez-vous ? Au quartier général de la police métropolitaine. À qui ai-je l'honneur ?

— Je suis son fils, Derwent.

— Votre père est là ?

— Aux dernières nouvelles, il travaille tard au bureau, selon l'expression consacrée, mais je ne crois pas que ce soit un euphémisme dans le cas de papa. Cela dit, je ne passe pas beaucoup de temps ici, moi non plus, aussi laisserai-je à maman une note circonstanciée.

◆

Madame Wilder appela à neuf heures, peu de temps après que Salter fut arrivé au bureau.

— J'aimerais vous rencontrer, dit-elle sans préambule. Le plus tôt possible.

— Vous voulez que je vienne chez vous ?

— Non. Mon mari pourrait être là.

— Dans ce cas, venez à mon bureau.

— Je n'ai pas très envie qu'on me voie dans votre bureau, sauf si je n'ai pas le choix.

— On peut aller chez Fran, juste à côté. Vous connaissez ?

— Ce n'est pas pratique : je vous appelle de l'école.

— Je pourrais vous envoyer une voiture, si vous voulez.

— Non, non. Pas à l'école.

Salter commençait à s'impatienter.

— Écoutez : dites à votre patron que vous avez une urgence et prenez un taxi. Je serai chez Fran dans un quart d'heure, et j'espère bien que vous aussi.

Sur ce, il raccrocha.

◆

Lorsque Louise Wilder arriva au restaurant indiqué par Salter, ce dernier attendait, prêt à continuer de la brusquer – mais elle commença par s'excuser :

— Je suis désolée. Je voulais juste vous parler avant que vous ne rappeliez chez moi.

— Parce que votre mari pourrait commencer à être curieux ?

— Plus ou moins. Pouvez-vous en venir au fait ?

Salter décida de ne pas insister pour le moment : il devinait qu'elle s'inquiétait d'être prise en défaut si Salter validait ses déclarations auprès de son mari.

— Bien sûr. Êtes-vous toujours membre du cercle de lecture ?

— Je vous ai dit que j'avais laissé tomber le cercle, et vous avez pu le confirmer auprès des autres membres.

— Alors c'est quoi, votre histoire ? Un peu de batifolage ?

— Un peu de quoi ?! Oh, eh bien, je suppose que oui, lâcha-t-elle dans un soupir.

— Rien qui me concerne, donc.

— Non.

— Donc, après que les rencontres du cercle de lecture ont changé de jour, vous l'avez quitté pour commencer à voir quelqu'un les jours où le cercle se réunissait initialement ?

— Oui.

— Votre mari ne s'est jamais demandé pourquoi plus aucune réunion n'avait lieu chez vous ?

— Je lui ai dit que nous nous réunissions toujours chez Sylvia, désormais.

Salter sourit.

— Ce n'est pas facile, hein ?

— Quoi donc ?

— D'avoir une liaison. Je suis désolé que vous ayez dû vous déplacer simplement pour me le confier.

— Je ne pouvais pas vous le dire au téléphone, que ce soit à la maison ou à l'école.

— Je comprends. Vous devriez vous équiper d'un téléphone cellulaire. Eh bien, voilà qui élucide un petit mystère, n'est-ce pas ? Vous auriez quand même pu me le dire plus tôt.

— Plus tôt, cela ne vous regardait pas.

— Ah bon, et quand cela a-t-il commencé à me regarder ?

— Cela ne vous regarde toujours pas, mais quand vous avez commencé à…

— Commencé à vous croire ? Et à appeler chez vous ?

Louise Wilder ne répondit rien.

— Ce que je sais maintenant, c'est qu'à l'avenir je veillerai à éviter de faire des suppositions quant à l'endroit où vous vous trouvez. Devant votre mari, je veux dire.

— Je cherche un autre cercle de lecture qui se réunit le jeudi soir, répliqua-t-elle calmement. D'ici là, c'est simplement une soirée de liberté pour moi.

— Ce sera notre secret, madame Wilder.

Elle ne releva pas.

— Si vous avez encore besoin de moi, je vous serais reconnaissante de m'appeler à l'école. Voici une carte avec le numéro de l'école, ainsi que mon numéro de poste. Et s'il vous plaît, identifiez-vous officiellement : je ne veux pas que mes collègues commencent à répandre le bruit que je reçois des appels d'un homme inconnu. (Elle se leva.) Mais avec un peu de chance, c'est aujourd'hui la dernière fois que je vous vois ou que j'entends parler de vous, lança-t-elle avant de tourner les talons.

*À ta place, je ne le parierais pas*, riposta mentalement Salter en la regardant s'éloigner. Le petit pas de deux auquel ils venaient de se livrer lui confirmait ce dont il avait eu l'intuition sur le terrain de squash. Il avait pris un risque : si sa liaison n'avait rien à voir avec le meurtre, elle devait réagir face à l'intérêt qu'il manifestait à son sujet. L'absence de signe de tension ou de gêne semblait indiquer qu'elle s'était attendue à ce qu'il pose des questions sur sa relation mais qu'elle essayait de garder la tête froide.

Salter rentra à son bureau, puis alla donner les clés de l'appartement de Lucas à Smith.

— Retournez là-bas et fouillez encore, lui ordonna-t-il.

— Les gars des Homicides ont déjà tout examiné soigneusement, monsieur.

— Je suis au courant, mais ils ne savaient pas ce qu'ils cherchaient : moi, oui. Je veux que vous voyiez si vous n'y trouvez pas la mention d'un nom – Louise Wilder –, ou même simplement de ses initiales, L. W. Si vous découvrez le nom, dites-le-moi, mais je serai déçu : l'utilisation du nom au complet serait trop impersonnelle. Bon. Qu'allez-vous inspecter, dites-moi ?

Tout à son excitation, Salter s'adressait à Smith comme à un enfant à qui il demandait de répéter les instructions.

L'agent de police eut un sourire.

— Je commencerai par les documents personnels que nous avons saisis dans l'appartement : l'agenda, le journal intime. Vous pensez qu'il aurait utilisé un nom de code ?

— Pour quoi faire ?

— Pour le cas où quelqu'un tomberait dessus. Une personne dont il ne voulait pas qu'elle sache qu'il connaissait une Louise ou une L.W. Si vous tenez un journal intime, vous devez envisager qu'en cas d'accident quelqu'un soit amené à en prendre connaissance et découvre que vous aviez une liaison avec la femme du ministre, par exemple, alors vous donnez un nom de code à votre maîtresse. Aux miennes, je donne des noms masculins : la dernière en date s'appelait Phyllis, alors dans mon journal intime, je l'appelais Phillip.

Smith sourit de nouveau.

— Vous avez fait tout l'alphabet, sacré Smitty ?

— Quoi ? Oh, non. De toute façon, notre ami Lucas était veuf, de sorte qu'il n'avait de comptes à rendre à personne. Je serais enclin à penser que sa sœur n'aurait pas approuvé, mais elle n'aurait pas fouiné dans son journal intime, vous ne croyez pas ?

— Où allez-vous chercher, encore ?

— Vous pensez que Lucas couchait avec la belle Louise ?

— Je pense que c'est probable.

— Alors pourquoi fouiller partout, si vous en êtes presque sûr ?

— Pour le prouver.

— Je dois donc trouver des cartes postales affectueuses, des trucs comme ça ? Des cartes accompagnant des cadeaux et couvertes de mots d'amour qu'il aurait cachées dans son tiroir à sous-vêtements ?

— Où allez-vous fouiller, à part ça ?

— Je vais m'assurer qu'il n'y a rien d'écrit sur les étiquettes des bouteilles de whisky, par exemple. C'est très commode d'inscrire des messages au crayon gras sur ces emballages cylindriques dans lesquels les single malts sont vendus.

— Quoi d'autre ?

— J'ai comme l'impression que vous avez une idée derrière la tête, monsieur. Une intuition.

— Une fois, il y a une dizaine d'années, j'ai identifié un suspect grâce à la page de garde d'un bouquin qu'il avait donné à la victime. Rappelez-vous, ce sont tous des rats de bibliothèque.

— Vous avez raison : je vais vérifier toutes les pages de garde.

— Le mari de Louise Wilder est architecte, et elle est secrétaire dans une très chic école privée pour filles. Ne passez pas à côté d'un bout de papier reconnaissable. Allez, au boulot !

— Ne devrais-je pas commencer par les documents que nous avons ici, au bureau ?

— Non : allez fourrer votre nez partout dans l'appartement.

Smith passa un coup de fil avant midi ; sa voix tremblait d'excitation.

— Je suis actuellement dans le bureau de Jerry Lucas, annonça-t-il, et je tiens un livre à la main. Sur la page de garde se trouve une dédicace manuscrite : « À Jerry, de la part de Louise ».

— Ça ne dit pas « avec tout mon amour », quelque chose dans ce style ?

— Mieux que ça : le message est entièrement entouré du contour d'un cœur tracé à la main, lui aussi, au crayon rouge. Je crois que c'est ce que vous cherchiez, monsieur.

— C'est le seul bouquin dédicacé ?

— Je suis tombé dessus presque tout de suite. J'ai pensé que ça vous suffirait.

— Quel est le titre du livre ?

— *Les Affinités électives*, de... G-O-E-T-H-E.

— Oui, Goethe.

— Ah bon ? Je me doutais bien que ça ne se prononce pas comme ça s'écrit. C'est pour ça que je l'ai épelé.

— Eh bien non, ce n'est pas suffisant. Ce livre est sur la liste du cercle de lecture : Lucas a peut-être tout simplement demandé à Louise Wilder de lui en procurer un exemplaire, auquel cas l'inscription peut n'être qu'une petite blague. Voyez ce que vous pouvez dénicher d'autre.

— Vous avez raison, monsieur. Ça m'a l'air ardu, ce bouquin, non ?

— Oh oui, en effet ; c'est ardu.

◆

— Je vous ai demandé de revenir parce que je voudrais vous montrer quelque chose. En fait, j'aimerais que vous l'identifiiez.

Ils étaient de nouveau chez Fran. Il était cinq heures, et Louise Wilder était sortie du travail le plus tôt qu'elle avait pu. Salter prit *Les Affinités électives* dans sa poche, l'ouvrit à la page de garde et observa Louise Wilder tandis que celle-ci tentait de rester calme.

— Alors, de quoi s'agissait-il, en réalité ? Vous allez encore me dire que c'était juste un petit batifolage sans importance ?

Elle ne répondit rien – son silence avait valeur d'aveu. Son visage était fermé et hostile.

— Quand le rencontriez-vous ?

— Le troisième jeudi du mois.

— Ça a duré combien de temps ?

— Environ six mois.

— Et ça a commencé quand vous avez quitté le cercle de lecture, j'imagine.

— C'est pour ça que j'ai abandonné le cercle ; cela me laissait une soirée de libre sans que je sois obligée d'expliquer où j'étais.

Une pause s'ensuivit.

— Ce matin, j'étais quasiment certain que vous aviez déjà été dans l'appartement de Lucas, mais sans ce bon vieux Goethe, ç'aurait été plutôt bénin. Mais ça ne l'était pas, je me trompe ?

— Nous étions amants.

— Certes. Cela dit, cela ne me regarde en rien, sauf si vous l'avez tué. Maintenant que nous avons brisé la glace, vous et moi, avez-vous quoi que ce soit d'intéressant à m'apprendre ? Par exemple, le nom de la personne qui l'a tué ?

— Ne soyez pas grotesque.

— Vous a-t-il parlé d'éventuels ennemis ?

— Je ne crois pas qu'il en avait. Nous parlions de musique, nous échangions des potins sur les seules connaissances communes que nous ayons – les membres du cercle de lecture –, ce genre de chose. Il ne s'intéressait pas vraiment aux gens, en fait.

— Où ça vous menait, tout ça ?

— Nulle part, répondit-elle immédiatement. Nous étions amants, mais nous n'étions pas amoureux. Nous ne pensions pas sans arrêt l'un à l'autre et nous ne nous languissions pas l'un de l'autre. Une fois par mois, ça n'a pas l'air d'être beaucoup, mais nous avions tous les deux atteint l'âge du plaisir, qui succède à l'âge de la passion, conclut-elle en haussant les épaules.

— L'âge du plaisir. Il faudra que je m'en souvienne.

— C'était l'expression de Jerry. De fait, il n'était nullement question que nous bouleversions nos vies respectives.

— Le soir où Lucas a été tué, une femme est venue à son appartement. Elle avait l'air d'une prostituée. Elle en avait le style vestimentaire, en tout cas. Puisque vous et Lucas étiez plutôt à l'aise l'un avec l'autre – l'âge du plaisir : ça me plaît bien, ça –, vous avez peut-être un avis sur le motif de la visite de cette fille ? Était-elle ce qu'elle semblait être ? Voyait-il souvent des prostituées ?

— Je ne crois pas un seul instant que Jerry aurait recouru aux services d'une prostituée, si c'est là votre question. Jamais de la vie, répliqua-t-elle lentement, en pesant ses mots. Même s'il n'est pas inhabituel qu'une personne ait un secret que l'on ne découvre qu'à sa mort, n'est-ce pas ?

— Continuez.

— Comment ça, « continuez » ?

— Je vous demande seulement de me dire ce que vous pensez : si vous ne croyez pas qu'il voyait une prostituée, alors que faisait une prostituée chez lui ?

Louise Wilder lui répondit encore une fois avec circonspection.

— C'était peut-être une erreur. Quelqu'un l'a-t-il vue entrer chez lui ?

— Une erreur, comme un livreur de pizza qui sonne à la mauvaise porte, vous voulez dire ?

— Ou alors, c'était peut-être une sorte de blague.

— Quelqu'un a déjà émis cette hypothèse. Quel genre de blague ?

— Ce pourrait être un groupe de copains qui auraient fait ça pour le mettre mal à l'aise. L'a-t-il laissée entrer ?

— Nous cherchons à éclaircir tout ça.

— Personne ne l'a vue sortir ?

— Vous n'êtes pas autorisée à poser des questions, intervint Salter avec amabilité. Ça, c'est mon boulot. Si vous n'avez rien d'autre à me dire, on peut s'arrêter là.

Il se leva.

— Pour de bon ? rétorqua-t-elle.

Elle avait presque recouvré son assurance.

— Ça dépend. J'aurai peut-être encore besoin de vous revoir.

— Vais-je me retrouver impliquée ?

— Pour le moment, tout ce que je vois, c'est que nous pourrions avoir besoin de quelques cheveux pour que les gars du labo établissent votre présence dans l'appartement de Lucas et éliminent vos traces de leur liste.

— Ça vous ira, ça ? dit-elle en s'arrachant quelques cheveux qu'elle lui tendit.

Salter ouvrit *Les Affinités électives* à la page de garde et les y laissa tomber.

— Oui, ça ira. En passant, comment est-il, ce bouquin ?

— Aucune idée. Nous ne l'avions pas encore étudié avant que je ne quitte le cercle, mais je l'avais offert très tôt à Jerry. C'était un cadeau.

— Merci d'avoir satisfait ma curiosité.

# CHAPITRE 16

— Il y a une autre personne que nous allons devoir retrouver, monsieur, affirma Smith. Pendant que je parlais à ces demoiselles de Jarvis Street, une question m'est venue à l'esprit : comment la Chatte Bottée s'est-elle rendue dans Prince Arthur Street, ce soir-là ?

— En taxi, évidemment, mon cher Smitty, répondit Salter. Je ne crois pas que les prostituées prennent le bus, pas quand elles ont leur tenue de combat et leurs peintures de guerre.

— Barlow et Jensen ont vérifié : aucun chauffeur de taxi n'est allé à cette adresse ce soir-là ou n'a pris en charge notre demoiselle.

— Et alors ?

— Et alors, elle avait sa propre auto.

— Ou bien son maquereau en avait une.

— Ouais. Mais si on s'en tient à mon hypothèse, je commence à me demander où elle s'est stationnée. Vous connaissez ce coin, monsieur ?

— J'y ai vécu il y a longtemps, avec ma première femme.

— Dans ce cas, vous savez qu'il n'y a pas beaucoup de parcomètres dans ce secteur. Par contre, on trouve derrière Bloor Street un grand stationnement qui s'étend de Bedford Road presque jusqu'à l'arrière du Park Plaza Hotel, et qui a une sortie pour les piétons donnant sur Prince Arthur Street. Plutôt pratique pour une personne qui ne voudrait pas qu'on la voie déambuler en tenue fantaisiste. Elle aurait pu se stationner près de Bedford Road, traverser rapidement la rue et se retrouver dans l'immeuble en moins de deux. C'est en me fondant sur ce raisonnement que j'ai décidé d'avoir une petite conversation avec le gardien du stationnement, et – bingo ! – il était de service ce soir-là : il a assisté à une altercation entre notre Chatte Bottée et un homme qui l'avait accostée. Peut-être un micheton, monsieur.

— Un quoi ?

— Un client. Le gardien a vu la Chatte Bottée être abordée par le type au moment où elle retournait à son auto. Ils ont échangé quelques mots, après quoi elle s'est dirigée vers sa voiture. Le gars lui a couru après, visiblement pour l'arrêter ; le gardien est sorti de sa guérite et a crié en direction du type ; la femme est montée dans son auto, puis est passée devant la guérite pour payer son stationnement, et elle est partie.

— A-t-il pu voir son visage ?

— Il m'a dit qu'il lui avait demandé si le type l'avait importunée, mais elle n'a même pas levé les yeux, de sorte qu'il n'a vu que le peu que la perruque ne couvrait pas, et il a eu du mal à me la décrire. Elle n'était pas tellement jeune, mais il n'est pas sûr.

— Et le supposé client ?

— Son auto était aussi dans le stationnement, et quelques minutes plus tard, il s'est présenté pour payer, lui aussi. Le gardien lui a demandé de ne plus venir traîner dans le stationnement, ce à quoi le gars lui a répondu d'aller se faire foutre. Il est parti avant que le gardien ait eu le temps de sortir de sa guérite pour lui casser la gueule.

— Vous avez pu avoir une description du type ?

— Âge moyen, le crâne dégarni mais les cheveux longs sur la nuque, châtains, le visage rasé de près, veste de cuir. Il conduisait une camionnette blanche avec une boîte fermée à l'arrière, comme ceux qui vendent du surgelé à domicile. Vous voyez ce que je veux dire ?

— Qu'en déduisez-vous ?

— Il me paraît évident qu'il lui a fait des propositions malhonnêtes et qu'elle l'a envoyé promener. Si on dégotait ce type, on pourrait avoir une description plus précise d'elle, vous ne croyez pas ? Il doit se rappeler sa voix, son visage, même si leur prise de bec n'a été que de courte durée. Mais comment diable peut-on mettre la main sur un type qui était à la recherche d'une pute ce soir-là ?

— Vous pourriez commencer par rechercher sa camionnette.

— Ouais, mais je vais probablement aboutir à une impasse, pour ça aussi.

— Et ça, c'est quoi ? demanda Salter en montrant du doigt le magazine que Smith avait à la main.

— Ah, oui. Je l'ai rapporté de chez Lucas pour le cas où vous penseriez que c'est intéressant. (Il posa la revue sur le bureau.) Vous connaissez ce magazine ? *The Hogtowner*[2]. Pas très classe, comme nom.

— C'est le nom que les gens qui n'aiment pas Toronto utilisent pour désigner notre ville. Ne me demandez pas pourquoi. À mon avis, ça vient des usines de transformation de la viande. Au début, ce magazine était un journal à scandale, entièrement composé de colonnes de ragots scabreux sur les célébrités et de photos truquées de politiciens homophobes en train de se faire sodomiser. Rien ni personne n'y échappait ! Ce journal a eu constamment des procès pour diffamation, mais il avait du succès parce qu'en quelques années il a acquis une couverture en papier glacé et a commencé à publier des scandales avérés, de sorte qu'il s'est retrouvé dans les salles d'attente des dentistes.

---

2 NDLT : « Hogtown » est le surnom de la ville de Toronto ; « hog » signifie « porc ».

Peut-être pas, quand même, parce que son contenu était toujours de nature à offenser quelqu'un. Est-ce le seul magazine que vous avez trouvé chez Lucas ?

— Non, mais il était dans un tiroir et j'ai pensé qu'il pouvait présenter de l'intérêt.

— Que contient-il ?

— Rien de bien intéressant pour un immigrant originaire de Glasgow, mais vous, vous pourriez peut-être y dénicher quelque chose. Ah oui, et cette femme a encore appelé, cette Jane Rudd.

— Merde ! Elle voulait me parler à moi, personnellement, j'imagine.

— Apparemment, oui.

— Débarrassons-nous de ça.

Salter composa le numéro. Jane Rudd, qui attendait visiblement son appel, répondit aussitôt.

— Un moment, s'il vous plaît : je vais aller fermer la porte, dit-elle.

*Qu'est-ce qu'il y a, encore ?* soupira intérieurement Salter.

— Je viens juste de me rappeler une autre de nos conversations, à Jerry et moi. Il m'avait raconté une expérience qu'il avait vécue au Mexique, où il était allé rendre visite à un écrivain canadien qu'il avait connu au collège. Ils avaient eu envie de boire un verre et, selon l'ami de Jerry, le meilleur bar en ville était le bordel local, où ils se sont donc rendus. Jerry m'a confié qu'il se sentait comme Graham Green faisant des recherches pour un roman. Encore une fois, il n'a jamais été question qu'il couche avec une prostituée.

Elle s'interrompit.

— Merci, dit Salter. C'est tout ?

— Vous m'aviez dit de vous appeler si un détail me revenait.

— C'est exact. Merci beaucoup.

— Êtes-vous toujours à la recherche d'informations ?

— Oui. Tout ce à quoi vous pourrez penser me sera utile. Encore merci.

Salter raccrocha.

— Elle essaie toujours d'en savoir davantage sur l'enquête, confia-t-il à Smith.

Il entreprit de feuilleter le magazine rapporté par son adjoint et comprit rapidement pourquoi Lucas l'avait conservé : il contenait un article sur un courtier véreux qui avait « emprunté » de l'argent à ses clients et avait été incapable de le rendre avant qu'un des clients ne s'en aperçoive. La page avait été marquée par une petite liasse de coupures de journaux. Rien d'autre ne semblait avoir été consulté dans la revue. Salter s'installa confortablement pour lire.

# Chapitre 17

Salter lut deux fois l'article avant de s'attaquer aux coupures de presse. L'article du *Hogtowner* développait les faits relatés dans ces dernières et mentionnait qu'il n'y aurait eu aucune arrestation si l'une des victimes n'avait pas harcelé sans relâche ce que le magazine appelait « l'escouade des têtes de nœud », jusqu'à ce que cette dernière admette qu'il y avait bien matière à poursuites. Salter appela l'escouade des fraudes et exposa son problème au sergent qui dirigeait l'escouade.

— Vous devriez parler à Larson, lui dit ce dernier. C'est lui qui a épinglé le courtier en question. Attendez : il est là, je vous le passe.

Larson demanda à Salter de lui rappeler les détails de l'affaire, après quoi – puisqu'ils étaient à l'abri des oreilles indiscrètes –, il admit que le *Hogtowner* n'avait pas entièrement tort.

— Nous nous sommes occupés de ce dossier, mais il n'était pas vraiment prioritaire. À cette époque-là, nous étions submergés de cas de personnes âgées qui avaient perdu leurs économies dans une arnaque, alors il ne me paraissait pas si urgent que ça de m'intéresser à ce Harry Cane. Franchement, je ne voyais là qu'une bande de connards riches et cupides qui s'étaient fait plumer par l'un des leurs, et personne d'important n'avait été lésé – je veux dire par là personne qui dépendait de la retraite d'un aîné. Alors je me suis dit que je pouvais bien... comment on dit, déjà ? laisser pisser la marmotte. C'est bien ça, l'expression ?

— Ce n'est pas l'expression originale, mais j'aime mieux la vôtre. Qu'est-ce qui vous a amené à bouger ?

— La pression, comme le dit le *Hogtowner*. Ça, et le fait que nous avons trouvé une victime qui souffrait vraiment. Il nous a fallu longtemps pour monter le dossier : Cane avait engagé quelques avocats hors de prix, alors nous devions être vraiment prudents. Mais nous avons fini par être prêts et à ce moment-là, croyez-le ou non, Cane a accepté de plaider coupable à l'une des accusations et ça s'est arrêté là. Il a été condamné à deux ans de prison ; mais il a dû faire neuf mois, je suppose.

— Pourquoi ses avocats ont-ils renoncé, finalement ?

— Ils ont négocié un arrangement avec nous – au niveau des instances supérieures, plus haut que vous et moi, je précise – pour ce qui est de la sentence, et ils s'étaient également entendus pour réduire le nombre de témoignages au tribunal. C'est mon avis, en tout cas.

— Qui a exercé des pressions sur vous pour que l'affaire soit instruite ?

— La famille d'une certaine Vera Selina. Je me souviens de son nom parce que Selina est le prénom de ma femme. Madame Selina a produit une déclaration qui a été lue en cour, dans laquelle elle détaillait à quel point la fraude l'avait fait souffrir.

— Parce qu'elle avait perdu son argent.

— Exact.

— Et aucun autre nom n'est sorti au cours de l'instruction ?

— Pas au tribunal, en tout cas. J'avais dressé une liste de toutes les personnes que Cane avait escroquées et qui ne voulaient pas lui intenter de procès, mais je ne me rappelle pas qui y figurait. Vous savez comment c'est : vous vous cassez le cul à monter un dossier, vous le transmettez et finalement « ils » décident de ne pas aller en procès. Pourquoi donc ? Personne ne le sait... et tout le monde s'en fout. Moi y compris, d'ailleurs.

— La liste en question est-elle dans vos dossiers ?

— J'en doute, mais je vérifierai et je vous rappellerai.

Larson s'exécuta une heure plus tard.

— Intéressant : le dossier est manquant. Plus exactement, il est là, mais il ne contient qu'une note expliquant que son contenu a été transmis au bureau du procureur général, qui en avait besoin pour préparer le procès.

— Vous ne vous souvenez vraiment d'aucun nom ?

— Non, sauf ceux des avocats, Tannenbaum et Gregson.

— Lequel défendait Cane ?

— Tannenbaum. Il a pris le procès en cours de route, à la suite de deux collègues.

— Et Gregson, qui représentait-il ?

— Je ne me rappelle pas. Je sais qu'il était dans le dossier ; quand on entend les noms de Tannenbaum et Gregson, on dresse l'oreille, vous ne croyez pas ? On s'assure surtout que toutes les preuves sont bien sous clé.

— Ils sont si bons que ça ?

— C'est une question de perception. Et d'argent. En fait, quand on est de Rosedale, on engage Tannenbaum, et quand on est de Forest Hill, c'est Gregson qu'on prend.

— Pourquoi ça ?

— Si vous êtes de Rosedale et que vous recourez aux services de Gregson, tout ce que le jury voit, c'est un ancien de l'Upper Canada College qui veille aux intérêts d'un camarade de classe, alors qu'avec Tannenbaum, ils n'ont aucun préjugé. Mais si vous êtes juif et que vous engagez Tannenbaum, les membres du jury se demandent si vous fréquentez la même synagogue, alors que si Gregson est de la partie, ils baissent la garde.

— Merci, Larson.

Salter reposa le combiné et composa le numéro de Gregson.

— Vous m'aviez dit que je pouvais vous appeler n'importe quand, monsieur Gregson. Je viens de tomber sur des éléments dont j'ignorais tout. Harry Cane, ça vous dit quelque chose ? Oui. Pourquoi n'irions-nous pas boire un café demain à dix heures ? Dans l'aire de restauration de College Park, sous le tribunal, OK ?

◆

— Je faisais du *pro bono*, vous savez. J'en fais de temps en temps, ça me donne bonne conscience.

— Monsieur Gregson… commença Salter.

— Calvin, l'interrompit l'avocat.

— OK. Calvin, donc, si nous devons nous faire confiance à l'avenir sur les faits essentiels, vous ne croyez pas que nous devrions commencer par nous dire la vérité maintenant sur les faits sans importance ? Alors, qui représentiez-vous ?

— Que voulez-vous dire ? Je n'avais aucun statut au tribunal.

— Seigneur ! Bon. Regardez : aucun micro planqué sous ma veste, nous sommes seuls, et personne ne nous écoute. Bien. Maintenant, pouvons-nous avoir une vraie conversation ? Je vais vous poser des questions, et vous allez tout simplement y répondre. Je connais la liste des personnes que vous êtes susceptible d'avoir représentées ou conseillées, si c'est le terme utilisé quand vous n'avez aucune stature au tribunal.

— Statut, rectifia Gregson. C'est le terme légal ; pour le béotien, ça ne signifie pas la même chose.

— Ah bon ? OK. Alors, qui protégiez-vous ?

— Écoutez, Charlie. Je peux vous appeler Charlie ? Ces personnes souhaitaient que leur nom ne soit pas rendu public, et c'est toujours le cas. Donnez-moi une bonne raison pour que je vous les communique. Ou plutôt, convainquez le procureur général. Il a coopéré…

— … en vue de l'étouffement de l'affaire ? l'interrompit Salter.

— Non, en vue de son règlement. Personne n'étouffe quoi que ce soit ; chacun veille seulement à protéger sa réputation.

— Qui vous a engagé, en réalité ?

— Je vous l'ai dit : un groupe de gens. Les clients de Cane.

— Qui, exactement ? J'ai besoin de le savoir.

— C'était juste un groupe d'amis qui auraient eu l'air foutrement stupides et crédules si cela s'était su. Ils avaient parié de petites sommes et ils étaient préparés à en subir les conséquences, mais pas au prix de leur réputation.

— Des avocats ?

— Oui.

Salter réprima une envie de rire.

— Laissez-moi deviner, dit-il. Bonar Robinson, Craig Lister, Scott Mercer, Brian Davis, Andrew Cutler et Larry Holt ? Vous représentez des gars comme eux gratuitement ?

Gregson soupira.

— Un jour, Charlie Salter, je vous emmènerai au tribunal et je vous obligerai à observer attentivement ce qui s'y passe. J'étais là pour veiller à ce que leurs noms ne soient pas mentionnés. Je précise que Larry Holt n'était pas impliqué. Officiellement, je n'ai rien fait. Un grand nombre de personnes auraient pu passer pour des imbéciles ; la crédulité d'une vieille veuve inspire la compassion, mais celle d'une bande d'avocats suscite les moqueries du public. Et même plus que ça: si un avocat apparaît comme le dindon de la farce, c'est bien pire aux yeux de ses clients que s'il est légèrement véreux ou aime sucer les orteils de sa secrétaire. Qui s'intéresse encore à la corruption ou à la luxure ? Mais qui aimerait se faire représenter au tribunal par un idiot ?

— Ce Cane devait être bon dans sa partie.

— Oh oui, certainement ! On entendra de nouveau parler de lui.

— Pas comme courtier, quand même…

— Non, non. Ce serait illégal. Non : il trouvera autre chose. Il a le don d'inventer des escroqueries. Bon. C'est tout, alors ?

— Je vais devoir parler à certaines de ces personnes.

— Pourquoi ? Qu'avez-vous besoin de savoir ?

— Êtes-vous toujours leur avocat ? Ces gens ne sont pas des suspects ; je suis juste curieux.

— À quel propos ?

— Écoutez, Calvin. Selon leur importance, je garderai ces renseignements confidentiels. Et c'est la dernière question à laquelle je vous répondrai. Je suis curieux de savoir qui les a présentés à Cane. Vous l'ignorez ? Moi aussi, et j'aimerais y remédier. Cane avait un lien avec Jerry Lucas ; peut-être ces personnes peuvent-elles m'aider pour mon enquête.

— J'en doute… commença Gregson, qui s'arrêta net en voyant Salter se lever.

Le policier regardait fixement l'escalier mécanique : Smith venait d'en descendre et s'avançait vers les deux hommes. Au même moment, trois femmes habillées de façon terne et dépourvues de maquillage – on eût dit des figurantes dans un film européen sur la famine – marchèrent vers lui et le cernèrent, avec force gestes et hurlements. Salter s'apprêtait à porter secours à Smith, mais il constata que les femmes n'étaient nullement hostiles, simplement agitées et désireuses de lui dire quelque chose d'important. Elles discutèrent vivement pendant quelques minutes puis se dirigèrent vers l'ascenseur en criant au revoir au jeune policier.

Salter prit Smith par le bras et le fit asseoir à la table où il se trouvait avec Gregson, qui se leva pour accueillir le nouvel arrivant.

— C'est vous que je cherchais, monsieur Gregson, annonça Smith. Votre bureau a appelé. Si vous pouvez y être dans dix minutes, Keith Miller peut vous caser ce matin.

— Nom de Dieu ! s'exclama Gregson, avant de se reprendre. C'est mon barbier. Il me faut un taxi. Nous avons terminé ?

— Oui. Merci, Calvin.

Tandis que Gregson décampait, Salter se tourna vers Smith.

— C'était quoi, ce cirque ? Qu'est-ce qu'elles voulaient, ces bonnes femmes ? Votre fric ?

— Je suis un peu gêné. Je voulais vous en parler, mais nous avons été interrompus.

— Eh bien, allez-y.

— Ce sont des prostituées, monsieur.

— Vraiment ? Comment peuvent-elles gagner leur vie habillées comme ça ?

— Elles passent au tribunal ce matin, expliqua Smith en pointant le doigt vers l'étage supérieur. Elles ont été coffrées pour... comment dit-on, déjà ? Proposition indécente ?

— Racolage. Alors pourquoi étaient-elles attifées comme des itinérantes ?

— L'idée, c'est d'avoir l'air misérable. Après tout, ne vendent-elles pas leur corps pour nourrir leurs enfants ? Ce sont les trois filles avec qui j'ai discuté avant-hier soir.

— Dans Jarvis Street.

— Non ; une rue plus haut. Church Street. Nous avons eu une petite conversation dans un café, près du collège.

— Juste vous quatre.

— Ouaip.

— Et de quoi avez-vous donc discuté ? Je m'en doute, mais je veux que vous me le disiez. Mais tout d'abord : avez-vous eu du mal à les convaincre de vous parler ?

— Non, pas du tout. J'aimerais porter ce succès au crédit de ma personnalité de gagneur, mais je pense que c'est plutôt ma petite histoire qui les a amusées.

— Seigneur ! Vous ne leur avez quand même pas raconté que vous étiez un marin à la recherche de sa sœur ?

— Non, monsieur : ça, c'était votre idée. Mais ça m'a inspiré. Le problème avec votre scénario, c'est que je ne vois pas comment ma sœur pourrait ne pas avoir l'accent de Glasgow, vous voyez ? Non : je leur ai dit que j'avais rencontré une Canadienne en vacances à Glasgow et que j'étais tombé amoureux d'elle sans savoir qu'elle faisait le trottoir. Quand elle est rentrée à Toronto, je lui ai écrit des lettres, mais je n'ai jamais reçu de réponse : j'ai donc décidé de venir à sa recherche. Je lui avais annoncé ma venue et je me suis pointé à l'adresse qu'elle m'avait donnée, mais elle était partie. C'était une pension de famille – une maison de chambres, je veux dire – de Sumach Street. Quand j'ai demandé à la logeuse si elle avait laissé une adresse, elle m'a ri au nez, mais elle m'a pris en pitié, m'a préparé une tasse de thé et m'a révélé que ma Mary – c'est le nom que ma douce m'avait donné – Mary LaRue…

— Mary quoi ?

— LaRue, monsieur. C'est le premier nom canadien qui m'est venu à l'esprit. Je pense que ça vient d'un des premiers récits que j'ai lus sur le Canada quand j'étais petit ; ça parlait d'une bagarre entre un gendarme de la police montée nommé McAllister et un trappeur, Frenchie LaRue. Ça se passe dans le Grand Nord…

— Oui, merci, je le lirai. Et que vous a donc révélé cette logeuse ? Je veux dire... qu'avez-vous imaginé raconter à vos copines à propos de ce que cette pseudo logeuse... Enfin bref : continuez.

— Pour commencer, elle m'a dit que Mary était une pute et que, si je voulais la retrouver, je devrais patrouiller – c'est le mot qu'elle a employé – Jarvis Street. Je venais juste de finir de parcourir Jarvis Street et je m'apprêtais à « patrouiller » Church Street lorsque je me suis arrêté boire un café et manger un beignet.

— Et c'est ça qui a fait rire vos prostituées ?

— Ouais. Et elles m'ont suggéré d'aller me faire foutre. Elles m'ont dit que je puais le connard de flic à des centaines de mètres à la ronde.

— Et après ?

— Après, je leur ai dit la vérité.

— C'est-à-dire ?

— Que j'étais un agent de police – ce qui est plutôt vrai –, que j'étais infiltré pour retrouver une fille qui avait disparu. Tout ce que nous savons, c'est qu'il y a dans les parages un tueur qui recherche une prostituée blonde portant des bottes argentées, et nous voulons mettre la main sur cette fille avant le tueur. Là, elles sont passées de mon côté. Elles ont toutes peur des maniaques : les prostituées sont très vulnérables, et si l'une d'entre elles est victime d'un meurtre, elles se demandent toutes qui sera la prochaine. Ces trois filles m'ont donc promis de faire passer le mot et de garder l'œil ouvert pour le cas où elles tomberaient sur la Chatte Bottée. Et là, elles m'ont reconnu quand je descendais l'escalier mécanique, et elles avaient du nouveau pour moi.

— Elles l'ont trouvée ?

— Non, pas exactement.

— Allez, Smitty, nom de Dieu, accouchez !

— Elles ont trouvé les bottes argentées et la perruque. C'est une itinérante qui les a en ce moment.

Une vieille teigne. Les filles la connaissent. Maintenant, elles ont peur de tomber sur un corps découpé en morceaux dans une poubelle.

— Pourquoi diable ne vous en ont-elles pas parlé plus tôt ?

— Elles ont essayé d'expliquer l'affaire aux types de l'escouade de la moralité qui les a arrêtées, mais ils se sont foutus de leur gueule. Elles avaient prévu m'en parler à ma prochaine visite sur leur territoire.

— Qu'est-ce qui leur a pris, aux gars de l'escouade de la moralité ?

— Ils ont sans doute cru que les filles avaient inventé cette histoire pour obtenir un allégement de peine.

— Patientons un peu avant de les emmener vers cette vieille teigne. Non. Attends.

Salter courut vers l'ascenseur dont les portes se refermaient et disparut dans la cabine. Il revint au bout de dix minutes avec les trois prostituées.

— Nous prendrons ma voiture, Smitty. Elle est dans le stationnement.

Les femmes étaient inquiètes et agitées, mais heureuses de revoir Smith.

— Hé, on peut lui faire confiance, à ce gugusse ? demanda l'une d'elles en désignant Salter.

— Votre affaire a été ajournée ? s'enquit Smith.

— Bon Dieu, non ! C'est lui qui l'a fait « ajourner », comme vous dites. Qu'est-ce qui se passe ?

— On a besoin de votre aide.

— Pour quoi faire ? C'est un peu tôt pour les galipettes, non ?

Les trois femmes s'esclaffèrent.

— Si vous alliez chercher votre auto, monsieur ? Nous, on vous attend dans College Street.

◆

— C'est elle ! s'écria une des femmes. Là, là ! (Elle enfonça son index dans l'épaule de Smith.) Arrêtez-vous ! Garez-vous et laissez-nous descendre.

Elles traversèrent la rue promptement et se dirigèrent vers le monticule de sacs-poubelles qui entourait la vieille femme adossée à un arbre.

— Hé, Mary, dit la porte-parole. C'est moi, Connie. Les deux, là, c'est des flics. N'aie pas peur. Ils sont avec nous. Ils ne te feront aucun mal. Ils veulent juste savoir où tu as eu les bottes et la perruque. Tu les as toujours ? (Elle se tourna vers Salter.) Elles sont dans l'un de ses sacs.

— Va chier, rétorqua Mary. J'irai pas. Va chier !

— Mary, répliqua Connie d'une voix douce. Tu ne dois aller nulle part. On veut juste savoir où tu as trouvé les bottes. C'est celui-là !

Elle bondit sur un sac, l'extirpa de la pile et en montra le contenu à Salter.

— Où les as-tu trouvées, Mary ?

Salter resta en retrait : à ce stade, Connie s'en tirerait bien mieux que lui.

— Elles sont à moi, protesta Mary. Il les a jetées. Elles sont à moi.

Elle agrippa le sac et le pressa contre ses jambes étendues.

— J'en ai besoin, expliqua Salter à Mary.

— Tiens, Mary, je vais te les acheter, proposa Connie. Voilà.

Elle ouvrit son portefeuille, dont elle tira deux billets de vingt dollars qu'elle fourra dans la main de la vieille femme tout en récupérant le sac, qu'elle tendit aussitôt à Smith, lequel le rangea prestement dans la voiture.

— Vous serez dédommagée, promit Smith.

— Par vous autres ? Trou du cul, va ! dit Connie, sans rancœur aucune. Allez, hop ! Montre-nous où tu les as trouvées, Mary.

La vieille femme se leva péniblement puis, emportant avec elle un sac-poubelle, les conduisit vers une ruelle située près d'un dépanneur.

— Il les a jetées ici, fit Mary.

— Il ? demanda Salter. C'était un homme ?

— Il les a jetées ici. Je l'ai regardé faire, et après, je les ai prises. Elles sont à moi, maintenant, bordel ! Il les avait jetées.

— Il était comment, cet homme ? Jeune ? Vieux ? Noir ? Asiatique ? Blanc ? De quoi avait-il l'air ? Minable ? Bien mis ?

— Il les a jetées là et après, il est entré dans une auto. Après, je les ai prises. Elles sont à moi, bordel, s'entêta Mary.

— Mary traîne-t-elle toujours dans le coin ? demanda Salter aux trois femmes.

— Je crois qu'elle va dans un refuge, le soir, quand il commence à faire froid.

— Vous lui parlez ?

— Ouais. Des fois. Je lui apporte parfois des beignets. Pauvre vieille ! Je risque de finir comme elle…

— Est-elle habituellement dans les vapes ?

— Pas tout le temps. Vous voulez le signalement de ce salaud, hein ? Nous aussi, figurez-vous. Je vais m'occuper d'elle, et je vous avertirai si elle dit quelque chose d'autre.

— Où pourrons-nous vous trouver en cas de besoin ?

— Juste ici, dès le coucher du soleil. (Au moment où Salter s'apprêtait à la quitter, elle ajouta :) C'est lui, hein ? Le gars qui la cherchait pour la tuer, le gars dont il nous a parlé, précisa-t-elle en montrant Smith du doigt. On dirait qu'il a été plus rapide que vous, hein ? (Elle avait l'air amère et effrayée.) Bande de salopards de trous du cul, ajouta-t-elle en tournant les talons en direction de ses deux comparses qui l'attendaient.

◆

— Qu'en pensez-vous ? demanda Smith sur le chemin du retour. On n'a pas rapporté la découverte de morceaux de cadavre récemment. C'est difficile à cacher, un corps. À votre avis, est-ce le même homme que les gars ont mentionné dès le début, celui qui parcourait

Jarvis Street à la recherche de la Chatte Bottée ? Vous en pensez quoi, vous ? Elle en est où, votre intuition ?

— Je ne sais pas, mon cher Smitty. Je ne sais pas. Assurez-vous que l'escouade de la moralité est toujours en mode vigilance pour mettre la main sur ce type. En attendant que les gars le trouvent, je vais faire ce que je prévoyais faire avant que vos copines n'arrivent. Jusqu'à ce qu'on découvre un corps.

— Bien, monsieur. Je vais ouvrir l'œil.

# CHAPITRE 18

De retour au quartier général, Smith diffusa à toutes les patrouilles un message afin qu'on l'informe de la découverte de tout corps ou partie de corps, après quoi il se remit à éplucher l'agenda personnel de Lucas.

— Quand on vient du Vieux Continent, il est très déconcertant de tomber sur des noms de lieux inspirés de toponymes européens, surtout quand les endroits en question n'ont rien en commun avec leurs homonymes, constata-t-il au bout de quelques minutes. J'imagine que vous y êtes habitué, mais moi, pas encore. Par exemple, on trouve un Paris en Ontario. Je parie que ça n'a rien à voir avec la ville où j'ai perdu ma virginité avec une poulette brune prénommée Fifi.

— Où vous avez quoi ?

— Je plaisantais, monsieur. En fait, je suis bien allé passer une fin de semaine à Paris, le vrai, je veux dire en France, mais c'était juste pour assister à un match de soccer avec deux copains. Je n'ai jamais fricoté avec aucune cocotte – qu'elle s'appelle Fifi ou Nana –, mais quand nous sommes passés place Pigalle, nous nous sommes fait offrir un tarif de groupe pour une petite pipe par une plantureuse Noire couverte de tatouages tribaux. Je mettrais ma main au feu que ça ne risque pas d'arriver à Paris, Ontario.

— Remarquez bien qu'à London, Ontario, il n'y a aucun Piccadilly Circus non plus.

— Ouais. Vraiment déconcertant. Windsor, Kingston, Brighton, Hamilton : elles sont toutes là, et elles ne ressemblent pas à l'idée qu'on s'en fait. Ici, tout devrait porter des noms canadiens, comme Toronto, Ottawa, rivière Pickerel. Ça, ce sont des noms que je m'attends à trouver ici, ainsi que des noms qui commencent par « rapides », « chutes », « rivière » et « lac ». Pas des trucs comme Peterborough ou Cambridge. Je suppose qu'on trouve aussi un Oxford, tant qu'à faire ?

— Qu'est-ce qui vous a lancé là-dessus ? Vous êtes sur quoi, précisément ?

— L'agenda personnel de Lucas. Maintenant que nous avons rencontré certaines de ses relations, j'essayais de voir si les noms de ces personnes pouvaient avoir une signification quelconque, et je suis tombé sur un rendez-vous qu'il a eu quelques jours avant sa mort, à Bath. Vous voyez, c'est que je connais un peu le vrai Bath ; j'y suis allé une fois avec la chorale de mon école. On faisait une tournée des cathédrales d'Angleterre, y compris la cathédrale Wells, dans le Somerset, comme on disait à l'époque, et on s'était rendus en excursion à Bath. J'ai regardé où ça se trouve, ici, et c'est à côté de Kingston, bon Dieu ! En plus, on n'y mentionne pas l'existence de sources thermales. Pourquoi donc sont-ils allés appeler ça Bath ?

— Les premiers colons avaient le mal du pays, c'est tout. Montrez-moi donc cet agenda : où est-ce ?

— Là. Vous voyez ? Bath. Toute la journée. Il faut combien de temps pour y aller en voiture, selon vous ?

— Trois heures. L'aller-retour prend toute une journée. Eh bien, eh bien, eh bien… Vous voyez où il était censé allé, ce jour-là ? Il avait prévu d'aller à la pêche, ce jour-là et le lendemain. Il a rayé tout ça et il a inscrit « Bath » à la place. Vous voulez savoir ce qu'on trouve à Bath, en Ontario ?

— Laissez-moi deviner : l'aréna de curling Jane Austen ?

— Ce ne serait guère étonnant. Mais il y a aussi une prison à sécurité minimum. Vous voyez le genre ? Pour criminels en col blanc non dangereux : des marchands d'arnaques, des gestionnaires de fonds de pension véreux, par exemple.

— Ouais, je vois. Des escrocs. On en a aussi à Glasgow.

— Et qui donc est allé rendre une petite visite à Bath ? Notre ami Lucas. Et pour quoi faire ?

— C'est étrange, non ? J'avais cru comprendre qu'il ne frayait pas avec les criminels.

— En effet, pas à notre connaissance, jusqu'à maintenant. Vous feriez mieux d'y faire un tour pour découvrir ce qui s'est passé ce jour-là.

— Comment ça ?

— Lucas est allé à Bath : nous pourrions vérifier auprès de sa sœur s'il n'avait pas une vieille tante dans le coin, mais j'ai bien l'impression qu'il a dû se rendre à la prison. Il n'a inscrit aucun nom dans son agenda, mais vous pourriez jeter un coup d'œil au registre des visites de la prison, au cas où un nom vous sauterait aux yeux. Donc, allez découvrir qui Lucas est allé voir ce jour-là puis demandez au prisonnier en question l'objet de sa visite.

— Si vous me permettez, monsieur, je pense que c'est une mission que vous devriez accomplir vous-même.

— Ma journée est déjà complète, mon cher Smitty, et j'ai horreur des prisons. En plus, comme je vous l'ai déjà dit hier, je me fie toujours à mon intuition ; vous, vous couvrez mes arrières en suivant la procédure prescrite, et cette excursion à Bath tombe en plein dedans. Vous verrez, la route est très agréable une fois qu'on sort de la 401. Vous apprécierez le trajet. Attendez une minute. (Salter feuilleta son bloc-notes et composa un numéro de téléphone.) Docteur Baretski ? Ici l'inspecteur d'état-major Charlie Salter. Vous êtes seul ? J'ai une requête. Vous pourriez fermer la porte de votre bureau ? Non, non, je n'ai pas besoin d'une ordonnance. Que dites-vous ? Eh bien oui, dans ce cas, je suis une exception. Non: je vous appelle à propos de Jerry Lucas. D'après son agenda, il avait planifié une partie de pêche, qu'il a annulée. C'était quatre jours avant sa mort. Il n'y a aucun nom dans son agenda. Oui. Bien. Vous vous rappelez avec qui il devait y aller? Merci. Il ne vous a pas dit pourquoi? Non, OK. En passant, ce truc, là, cette pilule, ça marche vraiment? Ah bon. Je n'hésiterai pas à vous appeler, en cas de besoin. (Il reposa le combiné et se tourna vers Smith.) Où en étions-nous, déjà? Ah oui, Bath. Je crois savoir ce que vous allez trouver, mais je veux que vous y alliez en personne pour prendre ce gars au dépourvu et bénéficier de l'effet de surprise.

— Je ne pourrais pas le faire par téléphone?

— Le registre des visites pour cette période est probablement sous clé maintenant, ou alors, la signature est illisible, sauf pour l'œil exercé d'une personne qui l'aurait vue dernièrement, comme vous. Si vous essayez de régler ça par téléphone, vous tomberez sans aucun doute sur une personne qui vous répondra: « Non, désolé. Je ne trouve personne de ce nom », parce qu'il est beaucoup plus facile de dire ça que de regarder vraiment. Donc, il faut que vous y alliez et que vous jetiez un coup d'œil vous-même, ou alors que vous supervisiez celui ou celle qui le fera.

— Et si je tombe sur le nom de Lucas, ainsi que sur celui de la personne à qui il est venu rendre visite?

— Demandez la permission de lui parler, si c'est possible, sans lui révéler qui vous êtes, et demandez-lui quel est son lien avec Lucas.

— J'ai l'impression que tout ça me dépasse un peu, avoua Smith.

— Je vais vous dire ce qu'il va vous raconter: que Lucas est venu au nom d'un de ses clients. Allez, en route! Ah oui, une dernière chose: si vous ne trouvez aucune trace de la visite de Lucas, dites le nom de la personne qu'il est allé voir et demandez à lui parler.

— Et, bien sûr, vous savez qui c'est?

— Harry Cane. Dites-lui que vous avez trouvé son nom dans l'agenda de Lucas et qu'on aimerait savoir pourquoi. Encore une chose : demandez au gardien de vérifier si Cane était bien enfermé à double tour dans sa cellule le soir où Lucas a été tué. Au fait, a-t-on eu des nouvelles du Costa Rica ?

— Oui, monsieur. J'ai laissé une note à votre intention, sur votre bureau. Ici. Flora Lucas était bel et bien là-bas aux dates qu'elle a indiquées, avec un ami, et elle a passé l'essentiel de son séjour à l'hôpital.

— Qui était-ce, cet ami ?

— Un homme. C'est tout ce qu'ils savent.

— Rien qui nous concerne, alors. Mais c'est quand même intéressant.

# CHAPITRE 19

Estimant que Calvin Gregson continuerait à le balader aussi longtemps qu'il le pourrait, Salter se rendit donc directement au bureau du procureur général, où il exprima son besoin.

— À l'époque des faits, l'instruction était couverte par une exigence de confidentialité, expliqua-t-il, mais aujourd'hui, j'enquête sur un meurtre et je suis tombé sur un lien avec le procès de Harry Cane. Lors de la préparation du procès, notre escouade des fraudes vous a envoyé le dossier, qui n'est jamais revenu, et j'en ai besoin, maintenant.

— C'est votre propre dossier ?

— Ça l'était à l'origine. Certains éléments de ce dossier doivent être réexaminés. Nous voulons disposer d'une liste complète des personnes impliquées.

— Mais si c'est confidentiel…

— Écoutez : c'est nous qui avons monté ce putain de dossier et c'est vous qui l'avez rendu confidentiel. Mais ce dossier nous appartient toujours, et vous n'en avez plus besoin. Je pourrais vous adresser une demande officielle, mais ça ne ferait qu'attirer l'attention sur mon enquête, vous ne croyez pas ?

— Vous pensez qu'une des personnes impliquées dans le…

— Non, pour l'amour du ciel ! Je veux juste effectuer une vérification par recoupement. L'une de ces personnes pourrait m'être utile, c'est tout. Savez-vous pourquoi la liste est confidentielle ?

— Je n'étais pas ici à l'époque. Bon, tout ce que vous me dites me paraît parfaitement clair et justifié, mais à ma connaissance, je dois suivre certaines procédures…

— Pour couvrir vos arrières ?

— Il me faut une demande écrite.

— De ma part ?

— De mon supérieur.

— Eh bien, allez la lui demander. (Salter consulta sa montre.) S'il vous plaît. C'est urgent.

Le fonctionnaire le fit patienter et revint dans le bureau dix minutes plus tard.

— Le sous-ministre associé est en conférence pour le moment. Pouvez-vous repasser dans une heure ?

— Ça devrait vous laisser assez de temps pour creuser un trou dans votre cour et y enterrer mon dossier, railla Salter.

— J'essaie juste de coopérer.

— Je veux bien vous croire, jeune homme. Et si vous dites vrai, vous savez à quoi ressembleront vos quarante prochaines années ici puisque tout le monde dira toujours que c'est vous, le problème. Bref. Je reviens à onze heures.

◆

À l'heure dite, le jeune fonctionnaire l'attendait.

— Je crains que vous n'ayez pas de chance, lui annonça-t-il. Venez voir par ici.

Il ouvrit le petit portail qui empêchait les visiteurs de s'approcher de lui et désigna un bureau sur lequel se trouvait un grand dossier rouge.

Salter s'assit et trouva ce qu'il cherchait dès qu'il ouvrit le dossier : une grande enveloppe en papier bulle à laquelle était agrafée une feuille de papier sur laquelle était répertorié le contenu. L'article numéro 14 était la liste des noms de ceux qui n'avaient pas souhaité entamer de poursuites. Mais l'enveloppe était vide.

— Ces documents ne sont pas ici, expliqua le fonctionnaire.

— Quelqu'un de chez vous a signé pour retirer ces pièces du dossier : c'est la signature de qui, là ?

— Angela Boychuck, une secrétaire. Elle n'est plus ici.

— Comment était-elle, cette secrétaire ? Négligente et dépourvue de rigueur ou fiable et efficace ?

À ce moment-là intervint un homme dans la quarantaine, bien mis, qui semblait rêvasser, appuyé contre la porte – Salter comprit plus tard qu'en fait, il était là pour surveiller leur échange.

— Il lui arrivait de commettre des erreurs, comme tout le monde. Le facteur humain…

Depuis l'autre côté de la pièce, une petite femme à l'air redoutable, dont le visage était aussi rouge que si son poste de travail était situé dans une zone de microclimat tropical, hurla :

— C'était la meilleure secrétaire que ce service ait jamais eue ! Alors ne lui collez pas ça sur le dos !

Le fonctionnaire et son patron l'ignorèrent.

— Et donc, voilà, dit le patron. Nous ne pouvons rien faire pour vous, j'en ai bien peur.

— Dans ce cas, je vais remonter la filière, répliqua Salter. Ces documents doivent bien se trouver quelque part.

Il mourait d'envie de demander à la dame rougeaude de garder un œil sur les deux autres jusqu'à ce qu'il revienne, mais il se dit que cela risquait de lui valoir l'hostilité du patron pendant plusieurs jours, sinon à jamais.

— Eh bien, si jamais ces documents réapparaissent, faites-le-moi savoir, d'accord ?

Quand la herse fut refermée et que le patron se fut éloigné, Salter donna sa carte au fonctionnaire.

— Il va sans dire que je veille au grain, lui assura ce dernier.

◆

Avant de rentrer à son bureau, Salter alla parler à Larson, de l'escouade des fraudes.

— J'étais justement en train de vous appeler, lui annonça d'emblée ce dernier. J'ai demandé aux gars qui vous étiez, et un collègue m'a appris que c'est vous qui étiez chargé de l'enquête sur cet avocat qui a été poignardé. Salter, c'est bien ça ? Désolé : inspecteur d'état-major Salter, devrais-je dire. Ça m'est brutalement revenu en mémoire : c'est l'un des noms qui a fait surface dans l'affaire Cane. Lucas, je veux dire.

— Nom de Dieu ! Merci beaucoup.

◆

Lorsque Smith réapparut, tard dans l'après-midi, il apporta la confirmation de ce que Salter avait pressenti.

— Ça n'a pas été compliqué, déclara-t-il. Nous avons trouvé le nom de Lucas dans le registre : il était en effet venu voir Harry Cane, comme vous l'aviez déduit – j'ai failli dire « deviné ». Vraiment gentil, ce type ! En passant, il jure qu'il est innocent.

— Innocent de quoi ? Il a plaidé coupable.

— Il dit que c'était un arrangement pour éviter de mettre dans l'embarras des gens comme Lucas. Son avocat lui a conseillé de s'en remettre à la clémence de la cour. On dit ça ici aussi ? Bref : il a suivi le conseil, et il pense que ses avocats en sont venus à ça parce qu'il n'avait plus de quoi les payer. Ils avaient déjà tout pris. Mais il n'a aucune rancœur à leur égard, pas plus qu'envers personne d'autre, d'ailleurs. C'est un type vraiment extraordinaire ! D'après lui, s'il avait disposé de six semaines de plus, il aurait récupéré tout l'argent et eu de quoi rembourser tous ses clients.

— Qu'a-t-il dit avoir fait ?

— Il aurait simplement emprunté un peu dans les caisses de ses clients, rempli quelques chèques temporaires qu'il aurait facilement encaissés quelques semaines plus tard, mais un comptable qui était en relation avec l'un de ses clients a tout découvert, et voilà. Apparemment, un courtier n'a pas le droit d'emprunter l'argent de ses clients sans leur autorisation. Mais il prétend que ce n'était pas du vol ; il n'avait pas l'intention de prendre l'argent et de disparaître. Quand il m'a raconté tout ça, j'ai été enclin à le croire. Il continue de dresser des plans et de regretter toutes les occasions qu'il manque actuellement. Voici ce qu'il m'a dit à propos de la visite de Lucas, ajouta Smith en sortant son bloc-notes de sa poche. Je n'ai pas pris de notes à la prison, mais j'ai tout consigné par écrit dans le premier café que j'ai trouvé en sortant. Voilà en gros comment s'est passée cette visite : Lucas avait deux objectifs. D'abord, il a fait comprendre à Cane qu'il avait intérêt à taire le fait que ses copains de poker étaient du nombre de ceux qu'il avait roulés. Ensuite, il a offert à Cane de l'aider à sa sortie de prison. Cela dit, Cane présume que cette offre a pris fin avec la mort de Lucas, à moins que la sœur de celui-ci n'estime qu'elle doive honorer les engagements de son frère.

— Pas si Gregson en a vent. Vous m'avez dit que Cane avait l'air d'un gars bien ?

— Pendant notre entretien, à aucun moment je n'ai eu de réserves à son égard.

— Et par la suite ?

— Pendant le trajet du retour, j'ai eu tout le temps de réfléchir à tête reposée, principalement sur la différence entre « voler » et « emprunter », sur la souffrance de cette vieille dame dont le témoignage a fait plonger Cane, sur la promesse de Lucas de lui donner un coup de main, ce dont personne d'autre n'était au courant, sur le fait qu'il va demander à Flora d'honorer la promesse de son frère, même si elle n'a jamais entendu ce dernier mentionner une telle promesse, et aussi sur le fait que Cane a plein d'idées pour retomber sur ses pieds, parce que maintenant, il sait comment renflouer son navire.

Smith marqua une pause.

— Et ça vous a conduit à changer d'avis ? intervint alors Salter.

— À bien y réfléchir, je pense maintenant que ce type est le plus grand escroc et le plus grand menteur que j'aie jamais rencontré.

— La prison à sécurité minimum est encore trop bonne pour lui, alors ?

— Eh bien, non. Non. Sur la route, j'ai aussi médité sur les prisons à sécurité minimum, et j'en suis venu à la conclusion que c'était de l'argent gaspillé. Je ne vois pas l'intérêt d'incarcérer des gens comme Cane. On devrait plutôt les condamner non pas à dix-huit mois ou deux ans de prison, mais à dix ans de liberté surveillée avec « CF » estampé en gros sur leurs papiers, permis de conduire et tout ça.

— « CF » ?

— Criminel financier. Comme ça, tout employeur en serait informé avant de confier un poste de confiance à un type comme ça, et il n'aurait aucun recours s'il embauchait un CF en toute connaissance de cause, le laissait jouer avec son argent et se faisait arnaquer. Cela dit, la plupart des emplois, d'éboueur à recteur d'université, ne sont pas nécessairement propices au détournement d'argent, alors les CF pourraient quand même travailler. Finalement, j'ajouterais une autre pénalité : à partir d'un certain seuil, tout l'argent qu'un escroc a gagné à la suite d'une arnaque serait versé dans un fonds destiné au remboursement des victimes.

— Les vrais escrocs se feraient faire des faux papiers en moins de temps qu'il n'en faut pour le dire, objecta Salter.

— Ouais, en effet. Il faudrait donc les marquer. Un discret petit « CF » sur le cul ; comme ça, personne ne le verrait, sauf un employeur potentiel qui insisterait pour que tous les nouveaux employés subissent une visite médicale.

— Et pourquoi ne pas leur couper une main, tant qu'à faire ?

— Nous ne sommes pas des Visigoths, quand même. Le Canada est un pays civilisé. Peut-être qu'un tatouage suffirait, juste un petit « CF » violet qu'on pourrait faire enlever après la fin de la peine.

— Et pour la réinsertion ?

— La réinsertion, c'est pour le pauvre bougre qui a malencontreusement commis une erreur. On ne réinsère pas des Harry Cane ; on se contente de leur enlever les crocs et de leur apprendre ce que ça fait d'être pauvre.

— Et que se passe-t-il si le gars trouve le moyen de recommencer ?

— Il en reprend pour dix ans.

— Et s'il recommence une deuxième fois ?

— Il n'y a qu'à pendre ce salopard. Mais bon. Revenons à nos moutons : vous en pensez quoi, de ce Cane, maintenant ?

— Je pense que c'est sa version des faits dont j'ai besoin maintenant. C'est à mon tour d'aller lui faire un brin de causette. Mais chaque chose en son temps.

# CHAPITRE 20

Par où commencer ?

Pourquoi donc Lucas était-il allé rendre visite à Harry Cane en prison ? La question se posait parce que la raison invoquée jusqu'à présent – pour s'assurer une fois encore que Cane garderait le silence une fois sa peine terminée – n'expliquait pas le fait que cette rencontre semblait être le fruit d'une décision soudaine. Si la discrétion de Cane était si vitale, peut-être que celui-ci avait tenté d'obtenir que Lucas achète son silence. Non : Salter n'avait pas connu Lucas, mais au fil des témoignages, il avait acquis le sentiment que l'avocat n'aurait jamais toléré ne serait-ce qu'une allusion à peine voilée à du chantage. Se faire avoir par un escroc peut équivaloir à passer pour un idiot, mais donner suite à un chantage pour éviter que cela ne devienne public aurait été une preuve de cette stupidité.

Ainsi, Lucas avait peut-être tout simplement cherché à avertir Cane, voire à lui proposer son aide sans arrière-pensée. Mais il avait encore six mois pour aller voir Cane en prison. Pourquoi, dans ce cas, choisir un créneau qui était pourtant si chargé dans son agenda ? Pourquoi annuler une partie de pêche ?

Cela étant, il demeurait une question primordiale, et non des moins intéressantes : que faisait le nom de Lucas sur la liste de l'escouade des fraudes ? Salter avait le sentiment d'avoir mis au jour l'autre vie secrète de Lucas – et il se demandait combien de ces vies secrètes il lui restait encore à découvrir. Sous l'armure d'intégrité, il avait jusqu'à présent trouvé un homme qui, apparemment, passait ses vendredis soirs à badiner avec des prostituées – encore que Salter persistât à conserver sa propre idée sur le sujet – et désormais – ce qui devait paraître bien plus sérieux aux yeux de ses clients, qui se désintéressaient sans aucun doute complètement de la vie sexuelle de leur avocat –, se profilait aussi un joueur qui, à l'occasion, avait dangereusement été au-delà du simple poker pour risquer du vrai argent, dont peut-être même une partie ne lui appartenait pas, selon un plan conçu par Harry Cane. Cela semblait inconcevable, mais ce genre de situation était néanmoins monnaie courante. Maintenant, tout un éventail de possibilités se présentait; la première, bien sûr, était celle que ce fût un client floué de Lucas qui soit venu réclamer des explications le vendredi soir où l'avocat avait été tué. Cette éventualité était peu probable, mais pour pouvoir l'écarter, Salter alla rencontrer Derek Fury qui – cela lui revint soudain en mémoire – s'occupait maintenant des affaires de Lucas, et de celles de Flora.

◆

La réaction de Fury fut à la hauteur de son nom: à peine avait-il prononcé une dizaine de mots que Salter eut l'impression d'être face à un minuscule animal féroce qui avait et la capacité et la volonté de déchiqueter son visiteur.

— Votre hypothèse est au minimum absurde. Au-delà de l'absurdité, elle touche au caractère et à la réputation de Jerry, et si vous lui accordez du crédit, elle pourrait être au moins aussi destructrice qu'une rumeur. J'ignore ce qui peut expliquer la mort de Jerry, mais je suis sûr de ce que ce n'est pas, je vous suggère donc de chercher ailleurs.

Son indignation sonnait comme un avertissement, émis sans le moindre geste des mains ni mouvement de la tête, et même sans trop de bruit, mais bien senti. Salter prit le temps de formuler une réponse aussi ferme que claire.

— Vous avez foi en son…

Il s'arrêta pour trouver le mot précis dont il avait besoin.

— Honneur, compléta Fury.

Ce seul mot résonna comme un coup de feu.

Salter hocha la tête en s'inclinant presque.

— Honneur, oui. Mais la foi est un luxe que les flics ne peuvent s'offrir, monsieur. C'est un sentiment dont on a besoin quand on est dans l'ignorance ; moi, mon but est de découvrir la vérité, alors je n'aurai pas besoin de foi. Cela dit, je subodore que la vôtre est justifiée.

*Et voilà,* se dit-il. *Heureusement que j'ai fait la moitié d'un cours de philosophie, ça aide. En plus, c'est vrai.*

Son intervention s'avéra efficace. Fury resta assis, les mâchoires serrées, pendant un bon moment, puis il regarda ses mains et, enfin, leva les yeux vers Salter.

— Je vais coopérer, soyez-en sûr. Le temps de passe un coup de fil, je vais demander à un cabinet de comptables agréés auprès des tribunaux d'examiner les dossiers de Jerry aussi vite que possible. Ça ne devrait pas être long, ce cabinet y a déjà jeté un coup d'œil. D'ici deux ou trois jours, ça vous va ?

— En attendant, je vais effectuer quelques vérifications par recoupement.

— De quelle façon ?

— Je suis venu vous voir notamment pour que vous me fournissiez une liste des personnes dont Lucas gérait des fonds en fiducie.

— Vous envisagez de les rencontrer ?

— Simple routine, monsieur. J'enquête tout de même sur un meurtre, celui de votre associé, de surcroît.

— C'est une prostituée qui a fait ça.

— Non, monsieur.

Merde. C'était sorti tout seul.

Fury demeura immobile, mais son visage perdit des couleurs tandis que sa colère refluait.

— Qu'est-il arrivé à la prostituée ?

Salter tenta de rectifier le tir.

— Nous sommes à sa recherche vingt-quatre heures sur vingt-quatre, parce que pour l'instant, elle est notre suspect le plus probable, et que je suis obligé de suivre la piste la plus évidente jusqu'à ce qu'elle devienne caduque. Je ne crois pas que ce soit elle qui ait tué Jerry Lucas, mais les preuves semblent l'accabler, et je dois m'en tenir aux preuves. Ce qu'il y a de suspect dans son cas, c'est le fait qu'elle a disparu.

— Ce n'est guère étonnant, car elle devait se douter que vous la rechercheriez. Mais pourquoi donc ne croyez-vous pas qu'elle soit l'assassin, et qui croyez-vous que ce soit ?

— Je n'ai pas de réponse à votre deuxième question, mais s'agissant de la première... Écoutez, si ça venait à se savoir que je vous ai communiqué mes impressions, je serais fini, mais j'ai besoin de votre aide, je pense. J'ai besoin d'avoir cette liste de clients autant que de retrouver cette prostituée, afin de pouvoir les rayer de la liste de ceux sur qui j'enquête.

— En fait, ce que vous voulez savoir, c'est si Jerry a détourné les fonds de ses clients...

— Et surtout, dans l'affirmative, si l'un des clients est venu à le savoir.

— Procédons par ordre. Je connaîtrai la réponse à la première question quand les comptables auront fini d'éplucher les dossiers de Jerry. Je vais leur demander de travailler toute la nuit jusqu'à ce qu'ils trouvent quelque chose. Si, comme je m'y attends, on découvre que tout est normal, dans ce cas, vous n'aurez pas besoin de la liste des clients, n'est-ce pas ?

— Apparemment non, à ce stade, mais je ne sais pas ce que je vais déterrer par la suite.

— Si vous trouvez autre chose, revenez. Mais cette prostituée… Pourrais-je savoir pourquoi vous ne pensez plus que c'est elle la coupable ?

— Je compte sur votre discrétion, monsieur.

— Je le comprends fort bien, mais il faut bien que vous fassiez confiance à quelqu'un, non ? Alors, cette prostituée ?

— Dès le début, et même avant que je sois chargé de l'enquête, j'ai pensé qu'elle ne cadrait pas avec le reste. J'avais nettement l'impression que votre ami, en plus d'être d'une probité sans cesse témoignée, éprouvait le besoin de protéger sa vie privée. Donc, un homme comme lui, résidant à une adresse aussi respectable, serait-il susceptible d'afficher une relation quelconque avec une prostituée ? Je sais qu'elle portait un imperméable par-dessus sa tenue extravagante, mais les cheveux et les bottes restaient visibles. Je n'arrive pas à y croire.

— Mais quelqu'un l'a bien fait entrer dans l'immeuble, non ?

— Cela signifie sans doute qu'il la connaissait et qu'il attendait sa visite. Qui est-ce donc ? Lors d'une enquête à laquelle j'ai participé il y a quelques années, un acteur s'était déguisé en gangster italien afin de commettre un meurtre, et je suis resté dans une impasse jusqu'au moment où j'ai compris qu'il s'agissait d'un déguisement. Je me suis donc demandé s'il s'agissait ici du même cas de figure : sommes-nous en présence d'une personne qui se serait déguisée afin de faire croire que Lucas a été tué par une prostituée qu'il avait fait venir chez lui ? Il se peut donc que cette femme ne soit pas une prostituée. Qui est-elle, dans ce cas ? Une amoureuse éconduite ? Qui d'autre ? Certaines personnes continuent d'affirmer que c'était une plaisanterie, que cette femme avait été engagée pour nuire à la réputation de Lucas. C'est possible, mais alors, comment a-t-elle pénétré dans l'immeuble ? On peut supposer que c'est en utilisant un nom connu de Lucas. Oui, mais…

vous voyez ce que je veux dire, monsieur ? C'est la quadrature du cercle : c'est pour ça que je m'efforce d'aborder cette énigme sous un angle différent. Il est tout simplement possible qu'une personne souhaitant tuer Lucas ait engagé la prostituée, lui ait expliqué quoi dire lorsqu'elle sonnerait à l'interphone et l'ait leurrée, elle aussi, en lui assurant qu'il s'agissait d'une blague. Et, à ce moment-là, le vrai tueur assassine Lucas, nous laissant tous rechercher la Chatte Bottée. Certaines preuves étayent cette théorie. Des preuves qui nous donnent à tous une raison de vouloir retrouver de toute urgence cette prostituée, si elle existe.

Fury s'était métamorphosé au fur et à mesure que Salter parlait. Toujours immobile, il avait perdu tout air menaçant.

— J'apprécie votre confiance, inspecteur, et je la respecte. Mais je préférerais m'en tenir d'abord au rapport des experts comptables afin de savoir si les dossiers de Jerry contiennent quoi que ce soit d'inquiétant. Nous avons sûrement le temps d'attendre ces éléments.

— Je l'espère, répliqua Salter en se levant pour prendre congé.

— En passant, le verbe « témoigner » est transitif indirect : on ne peut donc pas dire d'une probité qu'elle « est témoignée ». Dans ce cas, dites plutôt « attestée ».

— Vraiment ? Merci. Je ferai attention la prochaine fois.

◆

— Tu vois, ce qui serait bien, c'est de mettre un faux plafond, tu sais, ces espèces de tuiles en plastique alvéolaire qu'on fixe à l'aide d'un cadre métallique. J'ai aidé le père de Mary Binder à en poser il y a quelques années.

— Qui est Mary Binder, Seth ? demanda Tatti depuis l'autre bout du sous-sol, où elle s'échinait à gratter la peinture vieille de soixante-quinze ans qui scellait le cadre d'une petite fenêtre susceptible de laisser pénétrer la lumière du jour.

— Ta prédécesseure, répondit Seth, imperturbable.

— Celle qu'on a rencontrée l'autre jour, qui a des chevilles épaisses ?

Seth s'approcha de Tatti.

— Pourquoi tiens-tu absolument à enlever cette vieille peinture ? demanda-t-il. Quand tu auras fini par décoller la fenêtre, tu devras la nettoyer puis la repeindre puis huiler les gonds, et tout ça pour quoi ?

— Pour que, quand je me mourrai de tuberculose, je puisse, de mon lit, voir les ombres de la nuit entrer dans la chambre par mon unique minuscule fenêtre, de sorte que, au crépuscule de ma vie, j'aie le privilège de sentir une brise d'air frais en regardant le moineau venir picorer les miettes de pain que tu mettras sur le rebord de la fenêtre.

— Ah, fait chier ! s'exclama Seth.

Il vint se coller derrière elle, l'enlaça, plongea son visage dans son cou et lui caressa les seins.

— Hé, je suis là, s'indigna Salter, dont la voix leur parvint du haut de l'escalier, où il était assis à boire une bière. Vous n'allez certainement pas…

— Ne le dis pas ! hurla Seth.

— Quoi ? Ne dis pas quoi ?

— « Vous n'allez certainement pas avancer beaucoup dans vos travaux de cette façon. » Non, c'est vrai, mais ça aide à passer le temps. Tiens, au fait, maman a appelé. J'avais oublié de te le dire. Elle avait l'air inquiète, et elle voulait que tu la rappelles.

— Vous faites quoi pour dîner ? De la pizza ?

— Tatti veut cuisiner.

— Qu'avais-tu prévu, Tatti ? De la soupe aux pois ? Une *tourtière* ? De la *poutine*[3] ? Non, pas de poutine, j'imagine.

---

3 NDLT : En français dans le texte.

Tout à son bonheur de voir les jeunes s'amuser un peu, Salter s'était risqué à un peu de taquinerie.

— J'avais pensé faire une grosse omelette au fromage avec de la salade et du pain. Ça vous convient? Je pourrais préparer du gruau ou faire bouillir quelques saucisses, si vous préférez, répliqua du tac au tac la jeune Québécoise.

— Une omelette, ça ira très bien. Quand passe-t-on à table ?

— Dans une demi-heure.

— Parfait.

Salter termina sa bière et se leva pour aller dans la cuisine téléphoner à sa femme.

Annie attendait son appel et semblait angoissée. En ôtant ses souliers, Salter la rassura sur Seth et Tatti, et lui demanda jusqu'à quel point il pouvait prêter des meubles à leur fils.

— Une certaine partie des meubles lui appartient, en quelque sorte, depuis l'époque où il vivait ici, expliqua-t-il.

— Prête-lui ce qu'il veut; je verrai ça avec lui quand je rentrerai à la maison.

— Quand rentres-tu, justement ? C'est chouette d'avoir Seth et Tatti dans le sous-sol, mais je me sens bien seul aux autres étages.

— Au plus tôt la semaine prochaine, je pense. Maintenant, Charlie, écoute-moi.

— Oui, ma chérie. C'est précisément ce que je suis en train de faire. Ce qu'« écouter » signifie en réalité, c'est « tu ne vas pas apprécier ce que j'ai à te dire », c'est ça ?

— Laisse-moi t'expliquer la situation. Le point principal, c'est que je ne parviens pas à régler le problème du bébé d'Angus. Ici, personne ne veut l'accueillir.

— Je croyais qu'on était d'accord: Angus va devoir engager une nounou. Ça n'existe pas, des nounous philippines, sur l'Île ? Il y en a plein dans notre rue.

— Il y a une petite complication à ce sujet : Angus ne s'entend pas bien avec ses oncles. Ils le traitent comme un gamin. Peut-être que les gens grandissent moins vite sur l'Île, mais ses oncles sont sur son dos toute la journée, sans se rendre compte qu'ils lui pourrissent la vie. Ils passent leur temps à veiller à ce qu'il ne fasse rien de stupide, comme aller en auto à Charlottetown sans faire le plein d'essence. Je dis ça parce que justement, hier, il est vraiment tombé en panne sèche en se rendant à Charlottetown, et il a fallu qu'un voisin le dépanne sur l'autoroute en l'emmenant dans une station-service. Il était à peine rentré à la maison que ses oncles étaient déjà au courant, tu penses. Ils se sont moqués de lui, et il s'est mis en colère.

— Il n'est pas obligé de rester travailler avec eux. Ce sont eux qui ont tenu à lui offrir un boulot, et lui, il s'est contenté d'accepter.

— Je le lui ai déjà dit.

— Eh bien, dis-lui de rentrer chez nous. Idem pour toi. Et emmène le bébé. Revenez tous à la maison. Je vais prendre ma retraite : comme ça, on pourra garder la petite pendant qu'Angus gagnera plein de fric dans Bay Street.

À la tension qui affleurait dans la voix d'Annie, Salter comprit à quel point elle avait dû se démener, au sens propre comme au sens figuré, pour préserver la bonne entente au sein de la famille.

— Tu es sérieux, Charlie ? Pas pour ta retraite, idiot, mais pour Angus et le bébé, chez nous ?

— Je serais bien venu vous chercher tous, mais je suis en plein milieu d'une enquête.

— Tu penses que tu t'en sortirais, avec le bébé ?

— Seigneur, pour qui me prends-tu ? Une espèce de putain de vieux bouc bourru ? Hé, rappelle-toi, on a déjà eu des bébés, toi et moi ! Est-ce que j'en ai déjà mangé un seul ?

— Pourrait-on juste y penser jusqu'à demain ?

— Ça ne fait pas déjà des jours, sinon des semaines, que tu y penses ? Je te connais, tu sais. Je n'ai pas besoin d'y réfléchir. J'ai une belle-fille honoraire qui est présentement là, dans le sous-sol, et qui, si Seth consent à cesser de la tripoter pendant une demi-heure, va bientôt me préparer mon dîner. Il ne te reste plus qu'à rentrer à la maison pour que mon bonheur soit complet. Le bébé nous fera sans doute chier, mais après tout, ce sera votre problème, à toi et à Angus. Allez, reviens à la maison.

— Sois patient.

— OK. Tiens, autre chose pendant que tu es au bout du fil : tu crois que je devrais m'inscrire à un club de lecture ?

— Lequel ? Ah, tu veux dire « cercle ». Un groupe de discussion, quoi.

— Ouais, c'est ça.

— D'où ça sort, cette idée ?

— J'ai pensé que ça pourrait être intéressant.

— Ça l'est.

— Comment tu peux en être aussi sûre ? Ah oui, c'est vrai : tu as déjà été membre d'un de ces cercles, non ?

— Pendant les dix dernières années, mais je viens de le quitter. Tu devrais m'écouter un peu plus…

— Eh bien… Si tu y retournes, je pourrai venir avec toi ?

— Non.

— Pourquoi ? Tu as honte de moi ?

— Non. Je n'ai tout simplement pas envie que tu sois assis à côté de moi quand j'expliquerai de quels blocages souffre le héros du bouquin sur lequel on sera en train de discuter.

— As-tu déjà entendu parler d'autres cercles que le tien ?

— Un cercle qui te conviendrait, tu veux dire ? Je tendrai l'oreille, promis. Tu pourrais toujours en parler à ton boulot.

— Oui, je le pourrais, mais je ne le ferai pas. Tu ferais ça pour moi ? Tendre l'oreille ?

# Chapitre 21

Salter n'avait jamais beaucoup aimé les comédies musicales. Ni la grâce de Fred Astaire, ni les pirouettes de Gene Kelly ne l'avaient jamais touché, et il ne comptait plus les chansons au cours desquelles il ne cessait de regarder sa montre en attendant avec impatience la prochaine partie comique. Il pouvait supporter les sopranos pourvues de belles poitrines mises en valeur par une robe en dentelle, comme dans *La Veuve joyeuse*, à condition qu'elles ne forcent pas sur le contre-ut, mais leurs homologues mâles lui donnaient la soudaine envie d'aller s'acheter du pop-corn dès qu'il entendait les premières notes de « June is Bustin' Out All Over ». Toutefois, sa pire expérience demeurait les films musicaux fantastiques, ceux qui mettaient en scène des elfes. Les seules exceptions à son préjugé – qui remontait à l'adolescence – étaient *Embrasse-moi chérie*, qui était à son avis la première et la seule comédie musicale pour adultes, et certains passages de *Blanches Colombes et Vilains Messieurs*.

Il n'avait jamais vu *Alexander's Rag-Time Band*. La date de création du film, 1938, ne lui paraissait pas prometteuse, mais il espérait que le côté délicieusement suranné masquerait la sentimentalité sirupeuse propre à ce genre d'œuvre.

— Qu'est-ce que tu regardes, papa ?

Après que l'omelette fut préparée et dégustée, Seth et Tatti étaient sortis acheter de la crème glacée, et Salter ne les avait pas entendus rentrer.

— Au boulot, on a eu une discussion sur nos films préférés, improvisa-t-il. L'un des sergents disait que c'était le film préféré de ses parents ; j'ai saisi l'occasion de voir un peu à quoi ça ressemblait.

— Tu aimes ?

— C'est court. À cette époque-là, les films étaient plus courts, non ?

— Mais ça ne t'a pas captivé, apparemment.

— Non.

— Je peux t'emprunter l'auto pour la soirée ?

— OK. Appelle-moi demain avant dix heures pour le cas où j'en aurais besoin.

— Merci, papa.

— Bonne nuit, monsieur Salter ! lança Tatti depuis le vestibule.

— Bonne nuit, Tatti ! répondit Salter.

La porte d'entrée se referma.

Le film avait quand même été assez agréable à regarder. Salter s'était plu à reconnaître toutes les ficelles des comédies musicales hollywoodiennes à mesure que l'intrigue progressait, montrant l'orchestre d'Alexander à ses débuts dans un café situé quelque part sur le bord de la route, puis aboutissant à Carnegie Hall, tandis que le garçon et la fille – interprétés par Tyrone Power et Alice Faye – étaient réunis, puis séparés, puis réunis de nouveau. Le film montrait aussi une minute de guerre : une échelle de coupée, Big Ben, des pieds marchant au pas, des armes, encore une échelle de coupée, une parade sous une pluie de serpentins. La première partie, qui se passait avant la Première Guerre mondiale, contenait bon nombre d'actions vaudevillesques émanant d'une époque insouciante que Salter regrettait de n'avoir pas connue.

Le voisin de Lucas qui avait mentionné Alice Faye avait dix ans de plus que lui, et il semblait maintenant probable à Salter qu'il avait coloré le souvenir de la femme entrevue cette nuit-là de ses propres souvenirs cinématographiques, qui avaient progressivement perdu de leur précision. Alice Faye ne ressemblait à personne de sa connaissance. Sans doute le voisin voulait-il dire par là que l'inconnue était très maquillée. Salter n'avait jamais vraiment cru que la femme en question pourrait ressembler exactement à Alice Faye ou à Gloria Grahame, mais il se disait que ces éléments pouvaient néanmoins être significatifs. Il avait eu quelques soupçons relatifs à l'ex-maîtresse de Lucas, qui lui avait paru légèrement dérangée, mais Janet Rudd ne présentait strictement aucune ressemblance avec Alice Faye.

Gloria Grahame, c'était autre chose. Il avait ensuite regardé *Oklahoma* de bout en bout parce qu'il l'estimait plus regardable que la plupart des films musicaux, et surtout en raison de la performance de Grahame dans le rôle de la fille incapable de dire non, et aussi parce que dès qu'il l'avait vue à l'écran, il avait aussitôt compris ce que le voisin de Lucas avait voulu dire. Lorsque Gloria Grahame chantait, sa lèvre supérieure restait immobile tandis que le reste de son visage était animé par la chanson, comme si elle avait subi une légère anesthésie juste en dessous du nez. L'effet d'ensemble était très caractéristique.

◆

— J'y ai consacré une bonne partie de la fin de semaine, monsieur. Je crois que je connais toutes les putes de Toronto, et j'ai parlé à une bonne moitié d'entre elles : aucun signe de la Chatte Bottée.

— Elle a disparu, Smitty. En fait, elle n'a probablement jamais existé. C'est juste une perruque et une paire de bottes, ce que – permettez-moi, mon cher Smitty, cette petite manifestation d'autosatisfaction – j'avais deviné depuis le début, et c'est la raison pour laquelle j'étais content qu'on me confie l'enquête, parce que maintenant, j'ai le plaisir de découvrir que j'avais raison.

— En effet, votre autosatisfaction est difficile à manquer, monsieur. C'est presque un tantinet vaniteux, même, je dirais – sauf votre respect, monsieur. Ainsi, elle portait un déguisement ? C'est un peu pervers quand même. Et si c'était un homme, monsieur ? Vous savez qui c'est et vous avez déjà envoyé une auto-patrouille pour le cueillir ?

— Nous n'en sommes pas encore là. J'aimerais voir un peu plus clair dans ce complot. Des idées ?

— Ouais : Jerry Lucas était un pervers, incapable de bander si la fille ne portait pas des vêtements un peu spéciaux, vous voyez ? Alors tous les vendredis soirs, elle enfilait son costume et zou !

— Et donc, c'est elle qui l'a tué ?

— Mais non, pourquoi aurait-elle fait ça ? Mais vous connaissez la procédure, monsieur : jusqu'à présent, nous devons considérer que c'est elle qui a assassiné Lucas, même si ce n'est pas le cas. Je me trompe ?

— Vous n'avez pas tort. Et donc, à votre avis, elle sait qui est le tueur ?

— Peut-être bien que oui.

— Pourquoi ?

— Parce qu'elle l'a vu.

— Où ça ?

— Dans le stationnement. C'est le gars qu'on a pris pour un micheton.

— Et maintenant, il a été promu tueur ?

— C'est le seul autre suspect que nous ayons. Un rival jaloux, peut-être ?

— Vous vous rappelez quel genre de véhicule il conduisait ?

— Une camionnette blanche avec une boîte fermée.

— Et nous n'avons toujours pas retrouvé ce véhicule.

— Exact.

— Bon.

Salter consulta les *Pages Jaunes* qui étaient ouvertes sur son bureau, releva une adresse qu'il nota sur un bout de papier avant de tendre celui-ci à Smith.

— Allez là-bas et rappelez-moi dès que vous aurez retrouvé cette camionnette. Foncez ! Si quelqu'un s'aperçoit que je connaissais l'identité de la prostituée pendant tout le temps où j'ai niaisé à droite et à gauche, mes derniers moments dans la police vont me paraître très, très longs.

D'excitation, il se leva prestement de son fauteuil et s'approcha de la fenêtre.

— Il nous reste encore du chemin à faire, mon cher Smitty, mais la route s'annonce désormais bien plus claire.

◆

Quarante-cinq minutes plus tard, Smith rappela Salter.

— Elle est ici. Même pas dans un garage. Derrière l'immeuble, il y a une sorte de cour ombragée par un gros arbre. La camionnette est cachée dans un coin. Elle est invisible depuis la rue quand on passe en auto, que ce soit Yonge Street ou la rue perpendiculaire. Pour la voir, il faut vraiment s'approcher à pied.

— Et les patrouilles à pied n'existent plus. Avez-vous trouvé le propriétaire ?

— Je n'ai pas interrogé tout le monde, monsieur. Je ne voulais pas risquer de m'exposer inutilement, parce que vous avez été plutôt avare de détails sur cette piste.

— Revenez ici pour qu'on parle un peu de tout ça.

◆

— Je me lance, et pour l'instant, vous m'écoutez. Ce qu'on a ici, en surface, c'est une femme habillée de façon à exciter son amant et suspectée par son mari. Ce dernier la suit un soir où son prétexte pour sortir semble faible – un concert fictif, par exemple – et découvre à qui elle va rendre visite. Il l'affronte dans le stationnement au moment où elle sort de l'immeuble, mais elle l'envoie balader ; il retourne donc dans l'immeuble et tue l'amant de sa femme.

— Mais le gardien du stationnement a affirmé que le gars à la camionnette était parti.

— Il est peut-être revenu par la suite.

— Possible. Je vais continuer mes recherches dans le quartier pour voir si je peux trouver un témoin qui aurait vu sa camionnette garée quelque part pendant qu'il tuait Lucas.

— Attendons un peu avant de perdre notre temps là-dessus. J'ai eu une conversation téléphonique avec le gars en question, Wilder, ainsi que son fils, et s'il a tué Lucas, alors ça signifie qu'il n'a vraiment pas froid aux yeux. Quant à Louise Wilder, elle était plutôt calme, elle aussi.

— Il ne lui en aurait très certainement jamais parlé, s'il avait tué Lucas.

— Non, mais elle l'aurait su dès le samedi après-midi, de toute façon. Elle l'aurait appris par la presse ou bien par l'un des membres du cercle de lecture.

— Leur liaison était clandestine, objecta Smith.

— Quoi ? OK, mais on aurait très bien pu la prévenir sans connaître la nature de leurs relations. Le fait qu'un vieux camarade du cercle de lecture se soit fait poignarder est déjà suffisamment intéressant en soi, et ces deux-là avaient la musique en commun. Tout le monde, dans le cercle de lecture, était au courant de cette affinité.

— Donc, elle l'entend à la radio samedi après-midi. Et ensuite ?

— Revenons un peu en arrière. C'est génial, non ? On remonte le fil des événements tels qu'ils sont supposés s'être enchaînés. Bon : demandons-nous maintenant ce qui s'est passé après que son mari l'a abordée dans le stationnement, où il l'a accusée de baiser à droite et à gauche et de s'habiller sexy comme elle ne l'a jamais fait pour lui.

— Elle est probablement rentrée chez elle en attendant qu'il revienne la battre comme plâtre. C'est comme ça que ça se serait passé à Glasgow.

— Ce sont d'éminents bourgeois, mon cher Smitty, répliqua Salter, pas le genre à se battre. Non, je crois qu'à son arrivée chez elle, il était là – à moins que ce soit elle qui soit arrivée en premier –, et ils ont discuté. Non : ils ont sans doute parlé plus tard. Le vendredi soir, ils ont dû simplement…

— Quoi donc ?

— Je n'en suis pas sûr. Une petite voix me susurre qu'elle s'est glissée dans le lit conjugal en s'excusant et une autre, qu'elle n'a rien dit du tout le soir même, ni le suivant, mais s'est contentée d'attendre que son mari explose. Ensuite, le samedi après-midi, pendant qu'on diffusait de l'opéra à la radio, un ami a téléphoné pour leur apprendre la nouvelle. Elle a immédiatement pensé que son mari était coupable, puis s'est rappelé qu'il n'était pas resté assez longtemps hors de sa vue. Par la suite, son mari rentre du boulot – il est travailleur autonome, alors il est susceptible de travailler n'importe quand, y compris le samedi après-midi. Il a appris la mort de Lucas à la radio, dans sa voiture, et il est persuadé que c'est elle qui l'a tué – ou qu'elle pourrait l'avoir fait –, mais alors, il se souvient que lorsqu'il l'a vue traverser le stationnement, elle n'avait pas du tout l'air d'une meurtrière, plutôt d'une femme qui venait juste de quitter son amant.

— Comment peut-on voir ce genre de chose ?

— Elle avait l'air plus préoccupée qu'affolée. Donc, ils vont marcher un peu dehors, la nuit tombée, le samedi soir. Avez-vous lu *Gatsby le magnifique*, Smitty ?

— Ouais, c'est arrivé jusqu'à Glasgow. Je l'ai étudié à l'école.

— Vous vous rappelez la scène, à la fin, quand Tom Buchanan et Daisy parlent ? Eh bien, ça ressemble un peu à ça. Mais cette fois, Gatsby était déjà mort. Louise et Wilder ont compris à quel point ça irait mal pour eux s'ils venaient à être identifiés. Elle était son alibi, à lui, mais elle n'en avait aucun, elle. Wilder savait qu'elle avait été infidèle, mais il ne la croyait pas capable de tuer quelqu'un. Toutefois, sachant comment les flics – c'est-à-dire nous – ont tendance à se satisfaire de la réponse la plus évidente, ils ont conclu un pacte.

— Ce qui les protège, monsieur ; dans ce cas, on devrait faire ce qu'il y a de plus évident, soit aller les arrêter et les accuser tous les deux.

— Les accuser de quoi ?

— Meurtre et complicité de meurtre. Et on ferait mieux de faire vite, car en tant que citoyens de la classe moyenne supérieure, ces gens-là ont accès à des avocats intelligents, et ils sauront très rapidement comment s'exiler en Amérique du Sud.

— Vous êtes sérieux ?

— J'essaie juste de me mettre au diapason de ce que vous semblez avoir en tête, monsieur. On dirait qu'on joue à essayer de reconstituer les faits et gestes d'un couple de personnages d'une télésérie. Je m'en sors comment ?

— Désolé. Ouais. En fait, je les crois innocents. Je sais qu'ils le sont, et j'aimerais bien qu'on le prouve, d'accord ? Dès le début de l'enquête, Barlow et Jensen ont recueilli les témoignages des voisins de Lucas. Un couple était entre-temps parti en Floride ; ils ont donc demandé à la police de là-bas de prendre la déposition du mari et de la femme. Ces derniers ont déclaré avoir entendu des voix venant de l'appartement de Lucas ce soir-là : il leur avait semblé qu'il y avait plus d'un homme. S'il s'agissait de deux hommes, l'une des interprétations possibles – et qui s'accordait avec les théories de l'époque – était que l'une des voix masculines était celle d'un maquereau, et que lui et la prostituée avaient tué Lucas ensemble. Puis la prostituée était partie, et le maquereau l'avait suivie après avoir fouillé l'appartement de fond en comble. Bon : retournez voir ce couple, tâchez de déterminer ce que le mari et la femme ont entendu exactement, et quand, précisément. La chronologie est déterminante.

— Vous pensez qu'on peut être aussi précis que ça, monsieur ?

— Oui, certainement. Nous savons quand elle a quitté le stationnement, parce que l'heure est inscrite sur son ticket. Si nos témoins ont entendu des voix passé cette heure-là, cela la met hors de cause.

— Elle peut toujours être complice, cela dit.

— Allez leur parler.

— Vous restez ici, vous, monsieur ?

— J'attends votre appel.

◆

Smith passa son coup de fil en début d'après-midi.

— Je ne sais pas si j'ai touché le gros lot, monsieur, mais j'ai fait des découvertes plutôt intéressantes. Premièrement, ces gens vont se coucher tous les soirs à onze heures pile ; tout ce qu'ils ont entendu s'est déroulé avant cette heure-là. Deuxièmement, ils n'ont pas vu la prostituée, mais d'autres résidents de l'immeuble leur en ont parlé. C'est la raison pour laquelle ils sont certains d'avoir entendu un homme et une femme dans l'appartement jusqu'après dix heures, mais après le départ de la femme, tout a été silencieux jusqu'à ce que Lucas allume la télévision. Ils ont entendu des voix provenant du film ou de la pièce de théâtre qu'il regardait, et qui s'est prolongé après que le couple s'est couché. C'est tout ce qu'ils ont entendu. Ils se sont endormis avant que Lucas n'éteigne son téléviseur. Mais le truc important, là-dedans, c'est que Lucas n'avait pas de télévision. C'était probablement un de ces snobs qui prétendent ne jamais regarder la télé.

— C'était peut-être la radio ?

— J'ai vérifié toutes les stations qu'on capte dans le coin, monsieur. Vous saviez qu'il n'existe aucun horaire de radio qu'on pourrait consulter pour savoir ce qui passe sur les ondes ? S'il n'y a aucun journal qui publie ce genre de guide, comment choisir une émission, dans ce cas ?

— Je l'ignore. Par le bouche à oreille, j'imagine. Alors, qu'avez-vous découvert ?

— J'ai entendu dire que Radio-Canada en édite un, mais je n'ai pu en dénicher un dans aucun magasin. J'ai dû appeler toutes les stations de radio de Toronto.

— Et ?...

— Eh bien, à cette heure-là, elles diffusaient toutes de la musique, même Radio-Canada. Les voix qu'ont entendues les voisins provenaient donc de personnes physiquement présentes dans l'appartement.

— Bravo, Smitty ! Maintenant, ramenez-vous par ici. J'ai quelques petites missions à vous confier.

— Vous allez les faire chercher tout de suite ?

— Qui ça ?

— Les Wilder. On dirait bien que c'est l'inverse de ce que nous pensions au départ, non ? On peut accuser le mari de meurtre et la femme, de complicité. Sans doute qu'en réalité, il est rentré chez lui couvert de sang et qu'il a tout raconté à son épouse.

— J'ai quelques broutilles à régler avant.

— Nom de Dieu, monsieur ! Vous allez recevoir un missile dans le cul si vous avez tort et qu'ils en profitent pour foutre le camp !

— Mon cher Smitty, tout ce que je veux, c'est emballer la marchandise dans un beau paquet cadeau avant de la poser sur le bureau du directeur adjoint.

— Tenez-moi au courant, s'il vous plaît, monsieur. Il me reste encore vingt-cinq années à faire avant de pouvoir toucher ma retraite.

# Chapitre 22

— Au cours de l'enquête, nous sommes tombés sur le nom d'un certain Harry Cane, qui a un lien avec votre frère, déclara plus tard Salter, dans le bureau de Flora Lucas. Cane purge actuellement une peine de prison pour fraude…

La députée l'interrompit.

— J'imagine très bien ce que vous avez trouvé. Que puis-je faire pour vous ?

Flora Lucas avait adopté une attitude brusque et déterminée ; pour elle, la stupidité de son frère était sans importance, mais elle aurait préféré que celle-ci reste secrète.

— Comment votre frère a-t-il rencontré Cane ?

— À quoi cela rime-t-il, inspecteur ? Je l'ignore, et quelle importance cela peut-il bien avoir de savoir quand ils se sont rencontrés ? Car c'est bien de moi que nous parlons ici, non ?

— Pourriez-vous être plus claire, madame ?

— C'est moi que Harry Cane a escroquée, pas Jerry. Vous l'ignoriez, peut-être ? Si vous avez trouvé son nom dans l'agenda de Jerry, c'est parce que celui-ci m'a aidée à régler le problème de la publicité de cette malencontreuse affaire.

— Je vois, dit Salter en s'efforçant de ne pas perdre la face alors qu'une partie de ses spéculations était réduite à néant. J'y venais. Mais oublions votre frère pour le moment: comment avez-vous rencontré Cane?

— Il a dû apparaître dans quelques réunions, je pense, ainsi qu'à des réceptions privées. Il nous a donné un coup de main pour certaines levées de fonds. Quand vous êtes en politique, vos amis organisent des événements en partie pour recueillir des fonds, et en partie pour vous faire connaître. Selon un principe bien établi, quand on serre assez de mains et qu'on embrasse assez de bébés, on est élu. C'est dans ce genre de contexte que, d'une manière ou d'une autre, j'ai été amenée à rencontrer Cane. J'ai d'abord eu sa carte de visite, après quoi il s'est retrouvé dans mon bureau, à me vendre des actions d'une entreprise qui prévoyait remplacer Microsoft. (Elle eut un sourire forcé.) J'ai perdu vingt mille dollars.

— Était-ce une vraie arnaque?

— Lui ne le pensait pas. Vous l'avez rencontré? Dans mon souvenir, c'est un homme remarquable, qui devrait d'ailleurs faire de la politique. Non, en réalité, il a placé mon argent dans un fonds en fiducie, et il était clairement stipulé que l'argent versé dans ce fonds était destiné à acheter ces actions en particulier. Mais une occasion plus intéressante s'est présentée, et Cane a dépensé l'argent pour autre chose – une mine d'or en Malaisie, je crois, quelque chose comme ça, précisa-t-elle en éclatant de rire. Nous avons tout perdu.

— Et la compagnie qui devait supplanter Microsoft?

— Ces actions-là valent trois fois ce qu'elles valaient à ce moment-là. Je ne vous dis ça que pour vous montrer à quel point Harry était persuasif! C'était un rêveur doublé d'un menteur, mais il pensait réellement qu'il allait gagner beaucoup d'argent. Il y croyait, et il savait agir de sorte que ses clients y croient, eux aussi.

— Mais l'un de ses clients a moins bien supporté la perte que vous.

— C'est ce que j'ai entendu dire.

— Votre frère connaissait-il Cane par ailleurs?

— Seigneur, non ! Jerry n'avait aucun point commun avec un personnage comme Cane. Jerry n'aurait jamais même investi dans le *Trivial Pursuit*, même s'il l'avait pu. Cela lui aurait paru trop risqué, et en plus, ses bons camarades de promo de la Faculté de droit n'étaient pas impliqués dans ce projet – deux inconvénients majeurs. Quand je lui ai avoué que j'étais l'une des victimes de Harry Cane, il a été consterné.

— Mais alors, pourquoi est-il allé rendre visite à Cane en prison ?

Flora Lucas cligna des yeux.

— Quand y est-il allé ?

— Quelques jours avant sa mort.

Stupéfaite, elle continua de fixer Salter.

— Je n'en avais aucune idée, répliqua-t-elle sans la moindre hésitation. J'imagine que ça a un rapport avec moi. Il voulait peut-être s'assurer que Harry Cane continuerait à respecter sa promesse de silence en ce qui me concernait.

— Mais votre frère ne vous a jamais parlé de cette visite ?

— Non. Rappelez-vous : j'étais au Costa Rica. Peut-être qu'il ne me l'a pas dit tout simplement pour me protéger, encore une fois. Ah, je m'en souviens, maintenant : c'est l'un des copains de poker de Jerry qui m'a présenté Harry Cane, je crois. Quelques-uns des gars de cette bande se sont fait avoir, d'ailleurs. Mais pas Jerry. Jamais de la vie.

◆

Cette fois-ci, Robinson fit attendre Salter quinze minutes, sans même s'excuser. À sa décharge, le policier n'avait pas pris rendez-vous : il s'était contenté d'appeler le cabinet de l'avocat pour s'annoncer et avait raccroché avant que la secrétaire de Robinson ait le temps de l'en dissuader, de sorte que celui-ci avait certainement dû batailler fort pour libérer un créneau dans son agenda pour Salter. Ce dernier avait néanmoins l'impression qu'il était censé comprendre qu'on le faisait attendre délibérément, et il ne s'en formalisait pas.

Salter, désormais au courant de l'humiliation de Robinson, estimait qu'il se trouvait dans l'une de ces situations où le fait que le messager connaisse la teneur du message était plus important que le message lui-même – et que, par conséquent, tout serait mis en œuvre pour tuer le messager. Il décida donc, après un regard vers le visage tendu de Robinson, de tenter une approche faussement joviale – peut-être la seule manière d'amener l'avocat à se mettre en colère et à baisser la garde.

— Merci infiniment d'avoir trouvé le temps de me rencontrer avec un aussi faible préavis, Bonar, railla-t-il. Quel est le problème ? J'espère que vous ne m'en voulez plus pour notre petite partie de poker ?

— Que se passe-t-il encore, inspecteur ?

Robinson regarda par-dessus ses lunettes en affichant un petit sourire machinal, comme à un balourd qui bousculerait maladroitement un autre passager dans le métro.

— Toujours pareil : Jerry Lucas. Le nom de Harry Cane est apparu au cours de l'enquête, et j'ai eu une petite conversation à ce sujet avec Flora Lucas. Elle m'a appris qu'elle avait connu Cane par votre intermédiaire. Elle a été l'une des personnes qu'il a escroquée, vous vous en souvenez ?

— Comment s'appelle-t-il, ce monsieur, déjà ? Harry quoi ? Cane ? Je ne vous suis pas.

Salter eut un rire entendu.

— Bien sûr que oui, Bonar. Harry Cane. Un escroc. Il vous a vous-même délesté de quelques milliers de dollars, je me trompe ? Mais c'est plutôt embarrassant qu'on sache que vous vous êtes fait avoir, vous aussi, alors vous n'avez pas participé au procès. C'est bien ça ? C'est comme avec moi, au poker, l'autre jour.

Le policier perçut toutes les hésitations de Robinson pendant que celui-ci réfléchissait à sa réponse : l'avocat leva les mains en l'air puis les redescendit, feignit de se détendre, puis finit par s'éclaircir la voix avant de se lancer.

— On dirait que vous avez fait mouche, inspecteur. Oui, je me suis joint au petit plan foireux de Cane. Pour moi, c'était comme acheter un billet de loterie. J'étais sceptique, bien sûr, mais ça me semblait valoir l'argent que j'y ai mis.

— Les autres pensaient-ils comme vous ?

— Absolument, rétorqua Robinson sans une once d'hésitation. Comme vous le savez, nous aimons jouer, tous autant que nous sommes, alors nous avons constitué un petit fonds entre nous, une sorte de coopérative.

— Vous y avez mis combien chacun ?

L'hésitation montra à Salter que Robinson envisageait de mentir, avant de renoncer.

— Vingt mille.

— Combien étiez-vous ?

— Cinq.

— Seigneur ! Il a empoché cent mille dollars, rien qu'avec vous. Plus vingt mille avec Flora Lucas. Qui étaient les autres ?

— Scott Mercer, Brian Davis, Andrew Cutler, Craig Lister et moi.

— Presque toute la bande, finalement. Qui manquait à l'appel ?

— Lucas.

— Pourquoi ne vous a-t-il pas suivi ?

— Parce qu'il avait flairé le coup fourré, et pas nous. Il avait raison, je dois le reconnaître. Comme à son habitude, quand j'ai suggéré qu'on invite Cane un samedi soir pour qu'il nous expose son plan – il m'en avait déjà glissé un mot –, Jerry a procédé à quelques recherches et a décidé de ne pas se joindre à nous.

— Pourquoi ? Il a découvert que Cane était fiché ? Cane n'avait eu aucune condamnation, pourtant.

— Un casier judiciaire n'est qu'une manière d'être fiché, et pas toujours la plus importante. Non : Jerry a cherché à obtenir les « résultats » de Cane, sa réputation sur le marché, si vous voulez.

— Et il a entendu des rumeurs ?

— Il n'a rien entendu du tout, et c'est ça qui l'a rendu soupçonneux. Il n'a pu trouver personne qui ait su le moindre truc sur lui.

— Il travaillait pourtant pour un cabinet de courtiers, non ? Le cabinet ne lui offrait aucune caution ? Ils avaient dû enquêter sur lui.

— Écoutez, inspecteur, si vous voulez qu'on débatte de la manière dont les escrocs s'y prennent pour inspirer confiance et obtenir des postes de confiance, justement, ou dont les gens qui ont des postes de confiance deviennent des escrocs, nous en avons pour la journée. Il existe des avocats véreux, des banquiers véreux, des tout ce que vous voulez véreux, qui inspirent tous la confiance, jusqu'à ce qu'ils se fassent prendre. D'après ce qu'on voit à la télévision, on trouve même des policiers véreux, alors dans ces conditions, il ne faut pas s'étonner que Harry Cane ait trouvé un emploi.

— J'imagine que tout le monde a une tendance à l'escroquerie doublée d'une tendance à la crédulité, hein, Bonar ? Bien : comment a-t-il organisé ça ? Mais tout d'abord, il y a un nom qui manque à votre liste : celui de Holt.

— Larry était là ce soir-là, mais il n'est pas entré dans notre coopérative. Pour autant que je m'en souvienne, il n'avait cependant émis aucune réserve quant au plan de Cane.

— Comment le plan devait-il fonctionner ?

Robinson eut l'air mal à l'aise.

— Je n'en suis pas sûr… Je vais avoir besoin des autres pour ce qui est des détails…

— Vous avez parié vingt mille dollars à l'aveuglette ?

— Non, non, non. Bien sûr que nous avons été imprudents, mais Harry Cane était un homme très persuasif.

— Donnez-moi une idée du plan de match.

— Je vais essayer. Mais d'abord, savez-vous comment travaillent les courtiers de change ?

— Pas le moins du monde.

— Vous en avez déjà entendu parler, quand même ?

— Oui, bien sûr : ce sont des gars qui passent la nuit à faire transiter de l'argent entre ici et Hong Kong – et aller-retour –, et qui, au petit matin, ont gagné un quart de cent qui se traduit mystérieusement par un demi-million de dollars. Enfin... Quelque chose dans ce goût-là.

— C'est un bon début. Les devises changent constamment de valeur, et un bon courtier sait exactement quand acheter ou vendre.

— Et une fois de temps en temps, il perd tout.

— Bon. Au-delà de ça, le courtier peut se fonder sur les facteurs de base, les « fondamentaux », ou faire de la spéculation à court terme en analysant le « momentum ».

— Voyons voir : avec les fondamentaux, comme on est sûr que le dollar vaut tant de livres sterling ou tant de yens, on peut simplement attendre que le taux de change redevienne favorable, c'est ça ?

— Très bien. Et le momentum ?

— Désolé, Bonar. On entend beaucoup parler des fondamentaux, mais le momentum, pour moi, c'est du chinois.

— Le principe est le même. Dans la spéculation à court terme, on parie qu'une devise qui a commencé à monter va continuer sur sa lancée, alors on prend le train en marche.

— C'est pareil si la devise en question commence à baisser ?

— Absolument.

— Mais si tout le monde fait pareil, qu'est-ce qui peut faire contrepoids ?

— Le truc, évidemment, c'est de vendre et d'acheter exactement au bon moment, et donc de savoir détecter le « momentum » dans tout changement de cours.

— Là, je ne vous suis plus.

— Rappelez-vous ce que j'ai dit : la question est toujours de savoir à quel moment prendre le train en marche ou en sauter. Cane, lui, était incollable sur l'histoire des momentums dans le marché des valeurs mobilières.

— Les actions ?

— Oui. Et il avait conçu un nouvel indice, qu'il avait nommé « Indice inertie/désastre ». Il avait effectué de nombreuses recherches pour montrer qu'on peut parier sur l'inertie de la population pour prendre de la distance par rapport à un changement de valeur, même lorsque les fondamentaux sont faibles. Son indice était fondé sur de nombreux paramètres, le premier étant une analyse psychologique très sophistiquée de la manière dont l'homme de la rue réagit émotionnellement à une variation marquée du prix de ses actions, même lorsqu'il a en sa possession des renseignements concrets qui devraient lui permettre de savoir exactement quoi faire. Laissez-moi vous donner un exemple sommaire : pendant son mandat, Margaret Thatcher a privatisé de nombreuses industries d'État, et le citoyen moyen a été invité à acheter des actions avant que ces dernières ne soient mises sur le marché, ce qui était conforme à la philosophie sociale de Thatcher, pour qui en chaque individu sommeille – ou devrait sommeiller – un petit capitaliste. Dans certains cas, les actions ont augmenté dès leur mise en marché, et le citoyen moyen a fait un profit, mais dans au moins un autre cas, les actions ont été offertes au citoyen à un prix que le marché a jugé trop élevé, de sorte que le jour de leur introduction à la Bourse, leur valeur a baissé. Cela étant, les petits actionnaires n'avaient aucune obligation légale de prendre livraison de leurs actions, et c'était absurde de le faire puisque, s'ils le souhaitaient, ils pouvaient les acheter au prix du marché, soit moins cher. Mais que s'est-il passé ? La plupart des gens qui s'étaient engagés ont effectivement pris livraison de leurs actions en payant le prix fort – parfois même avec des paiements échelonnés. Quand on leur a demandé pourquoi ils avaient choisi cette option peu avantageuse, leurs réponses ont été stupéfiantes. Un homme a même déclaré : « Oh, eh bien, je persiste à penser que c'est une bonne entreprise, alors je lui reste fidèle. J'ai pris ma décision et je déteste les tergiversations. » C'est là qu'intervient le fameux indice de Cane, qui est fondé sur l'existence de telles réactions. Il avait entrepris de l'appliquer à n'importe quelle variation de prix d'une action majeure afin d'être en mesure de prédire comment l'inertie du petit actionnaire affecterait le momentum. Cane prétendait avoir compilé soixante-quinze ans de l'histoire des réactions émotionnelles aux variations de cours des actions. Mais c'est encore plus sophistiqué que ça, car il faut également prendre en compte le fait que le petit investisseur est lui-même de plus en plus sophistiqué, puisqu'il applique instinctivement son propre indice d'inertie, lequel est fondé sur la connaissance qu'il a des gens comme lui.

— Ainsi, en utilisant cet indice, Cane achetait ou vendait un jour avant tout le monde, c'est bien ça ?

— Plus ou moins, oui.

— Et donc, vous avez confié votre argent à Cane ?

— Nous avons acheté des actions dans le cadre du partenariat que nous avions créé entre nous.

— Pourquoi avait-il besoin de vous ? S'il était capable de prédire la tendance, pourquoi ne s'est-il pas contenté de gagner de l'argent pour lui tout seul ?

Robinson eut un sourire.

— Là, inspecteur, vous avez mis le doigt sur le grand mystère. En gros, la question est de comprendre pourquoi, s'ils savent tout, les spécialistes, analystes, pronostiqueurs et autres gourous partagent leur connaissance avec nous. Pourquoi, effectivement, ne se contentent-ils pas d'empocher de l'argent ? Là, il faudra que vous trouviez la réponse vous-même, parce que, moi, je l'ignore. Cela dit, nous avons trop tendance à oublier qu'il y a certainement plus d'argent à récolter en vendant des conseils sur la façon de faire fortune qu'à risquer son propre argent. Et en plus, c'est sans risque. Dans le cas de Cane, quelqu'un lui a posé la question, en fait : il a répondu que pour mettre en œuvre certaines stratégies, il avait besoin de plus d'argent qu'il n'en disposait. Il a même feint d'être honnête en nous avouant qu'il lui fallait risquer de grosses sommes et même envisager de les perdre afin de pouvoir rester sur le marché pour les récupérer, voire les faire fructifier. Pour lui, notre partenariat était de classe A, car nous avions convenu qu'il ne devait gérer pour nous que des actions de premier rang, celles qui composent la crème du Dow Jones.

— Vous visiez la sécurité.

— Si vous voulez. Et nous voulions être assurés que si une transaction tournait mal, nous détenions encore des options sur des actions solides.

— Des options ?

— Nous ne jouions pas sur les actions réelles, mais sur des options pour les vendre ou les acheter, dans le but de jouer sur l'effet de levier financier. Ça, c'est quand…

— Oh, merde ! Laissez tomber. Que s'est-il passé ?

— Notre investissement a été lessivé presque aussitôt.

— Mais pourquoi envoyer Cane en prison, alors que vous étiez conscients que vous ne faisiez que parier ?

— Parce que son plan, son fameux indice inertie/désastre, n'était qu'une arnaque ; le vrai plan de Cane, c'était d'empocher de l'argent. Il n'a jamais investi notre argent comme il le disait ; il a vraiment *joué* avec.

— Et vous ignoriez tout de ses agissements ?

— Il nous envoyait presque tous les jours des rapports bidons qui laissaient supposer qu'il boursicotait beaucoup et qui montraient les profits que nous avions réalisés sur certaines opérations spécifiques. Mais tout était faux. Sans compter que Cane n'avait aucune bonne intuition pour le marché. Quand il s'est fait prendre, il était complètement fauché.

— On peut se demander quel genre d'escroc il est…

— Exact. Il croyait à ses transactions, et même à son indice inertie/désastre. Mais il croyait encore plus à ses autres plans, et ceux-ci n'ont pas fonctionné non plus. En outre, il ne s'en est même pas mis plein les poches ; à ce que je sais, il pense toujours que s'il avait eu un peu plus de temps et d'argent, ce qu'il s'employait à obtenir, il nous aurait fait faire fortune.

— Lorsque l'escouade des fraudes vous a contacté, avez-vous dit que vous ne souhaitiez pas le poursuivre en justice ?

— Franchement, l'argent en jeu ne valait pas la honte que tout ça me valait.

— Pour d'éminents avocats, vous auriez plutôt eu l'air d'une bande de parfaits trous de cul.

— C'est ce que tout le monde aurait pensé, oui. Mais vous avez raison, sur le fond. Quant à moi, je pense encore que Cane est un gars très brillant qui s'est fourvoyé en mauvaise compagnie.

— La compagnie de qui ?

— La sienne, principalement.

— Et Lucas était le seul homme lucide parmi vous.

— Hé, je ne vous permets pas…

— Il est difficile de voir les choses autrement, Bonar. Vous étiez une vraie bande de pigeons qui a été roulée dans la farine par sa propre cupidité. Tellement classique !

— Oui, c'est vrai. On aurait dû agir avec plus de prudence. Jerry était le seul à avoir la tête sur les épaules. Quand sa sœur est allée lui en parler, c'était la première fois qu'il se rendait compte qu'elle avait été impliquée dans toute cette histoire, mais il a agi assez rapidement pour que son nom n'apparaisse pas.

# Chapitre 23

— J'ai bien peur que vous n'ayez pas de chance, inspecteur, annonça Fury.

— Ainsi, Lucas n'a commis aucune prévarication et n'a pas détourné les fonds de ses clients ?

— Aucune quoi ?

— C'est un mot qui me vient d'une de mes précédentes enquêtes, et je ne l'ai jamais oublié. Il désigne un grave manquement commis dans une gestion.

— Les experts comptables m'ont donné une évaluation verbale préliminaire des affaires gérées par Jerry, et ils n'ont trouvé aucune raison qui leur permette de redouter une mauvaise surprise quand ils vont examiner les données correspondantes.

— Tout est parfaitement réglo, alors ? Pas de transactions avec Cane ?

— C'est ce qu'ils m'ont dit. Je vous le confirmerai dès que j'aurai leur rapport écrit. Je leur ai demandé de procéder à une vérification de routine de tous les dossiers gérés par Jerry. Il tâtait de la gestion artistique. Deux ou trois fois par an, il levait des fonds pour monter un concert : il organisait la vente des billets, payait les artistes, etc. Il recueillait aussi des fonds pour un hospice – il avait mis sur pied une fondation pour ça –, et il a aussi pris la suite de Larry Holt pour gérer le fonds en fiducie de sa mère. Tout cela m'a paru en ordre, mais je veux que les experts comptables regardent tout.

— Dites-moi, il n'avait pas un Stradivarius pour lequel on aurait pu vouloir le tuer, par hasard ?

— Il jouait du piano.

◆

Cane était en tout point conforme aux descriptions que Salter en avait eues : sémillant, même en prison, des cheveux blonds plaqués sur le crâne, mince, il avait l'air d'un danseur de claquettes de l'ancien temps en costume de répétition. Il était charmant, affable et débordant de sincérité. Pour autant que Salter pût en juger, il était par ailleurs profondément convaincu de sa propre probité, au sens large du terme. En ce sens, il n'avait pas planifié d'escroquer ses clients : il avait seulement utilisé leur argent pour un meilleur objectif que celui qui avait initialement été déterminé.

— C'est très simple, dit-il. Je me suis tourné vers les devises, là où est le vrai argent. C'est une véritable blague : le vrai argent était sur le point de me sauver la mise lorsque les gars de l'escouade des fraudes se sont pointés.

— C'est du charabia, ce que vous me racontez là, Harry.

— Je vais vous expliquer. Vous voyez, je pariais contre le rouble, et les Russes nous ont pressurés en manipulant le taux de change et en nous compliquant l'emprunt de roubles pour couvrir nos positions. Après ça, quand on a été saignés à blanc, ils ont arrêté, et je me suis retrouvé complètement anéanti.

— C'est toujours du charabia, mais on dirait bien que vous êtes tombé sur plus fort que vous. Ils apprennent vite, hein ? Ce qu'ils ont fait était-il illégal ?

— Ce mot ne veut rien dire dans les opérations de change. De nombreuses banques centrales tentent de manipuler le cours de leurs devises, mais en l'occurrence, les Russes ont réussi. Dans les faits, ils doublent le cours de leur monnaie pendant une journée, ce qui est suffisant pour éliminer la spéculation. J'imagine qu'ils en rient encore. Cela dit, il n'y a là aucun crime. Le péché, c'est de se tromper dans ses conjectures. Quoi qu'il en soit, je pensais avoir encore une chance de m'en sortir avant que mes clients ne demandent à voir leur argent, cette fois avec le réal brésilien. Ç'aurait pu marcher, ça aussi. Eh bien, je vous le donne en mille: ça a marché, mais avant que j'aie pu réunir assez d'argent pour que ce soit rentable, l'un de mes clients a réclamé son argent, et je ne l'avais plus. La prochaine fois, ce sera différent.

— Ah bon, parce qu'il y aura une prochaine fois ?

— Vous pensez que la hausse du marché boursier va durer éternellement ? Ne me parlez pas du momentum ! Et je pense avoir inventé l'outil parfait pour déterminer quand la chute finale a commencé. J'espère qu'on me laissera sortir d'ici à temps.

— Vous n'aurez plus le droit d'exercer comme courtier, non ?

— Pas en mon nom. Il faudra que je trouve un partenaire. (Cane se mit à rire.) Bon, assez parlé boutique. Vous êtes ici pourquoi ? Pas pour entendre mon histoire, je parie.

— Oh, que oui ! Pour ça aussi. Mais ne faites pas le malin: vous savez ce qui m'amène. Un homme vous rend visite, et il se fait tuer quelques jours plus tard. Nous savons qu'il est venu pour une affaire urgente: de quoi s'agissait-il ?

— J'ai perdu l'argent de sa sœur. Vingt mille dollars. Il était venu me demander de passer le nom de sa sœur sous silence si des journalistes m'interviewaient. C'est une politicarde, vous savez. Ça ferait mauvais effet si...

— Je sais, je sais, l'interrompit Salter. Et c'était tout ce qu'il vous voulait ? Quelle urgence y avait-il ?

— Oui, c'était tout. Il a cependant ajouté qu'il ferait son possible pour m'aider à ma sortie de prison.

— Mais personne d'autre que vous n'est au courant de ça, je parie.

— Je pensais que sa sœur voudrait honorer la promesse de son frère. (Cane darda sur Salter un regard sérieux, puis haussa les épaules.) Mais je ne la harcèlerai pas.

— Bien. Bon. Elle est très mignonne, votre histoire, Harry, mais c'est de la foutaise. Je pense que Lucas avait un autre motif pour venir vous rendre visite. À mon avis, il est tombé sur un truc qui sentait bien plus mauvais qu'il n'aurait dû. Il a peut-être découvert que vous aviez soutiré à sa sœur nettement plus que vingt mille dollars. Peut-être que vous lui aviez fait signer un papier que vous pouviez présenter à la banque. Je ne sais pas, moi ; je patauge un peu. Peut-être aussi que ça n'a rien à voir avec elle. Mais en ce moment même, cinq comptables agréés sont en train d'éplucher les livres de comptes de Lucas, et l'escouade des fraudes passe tout le reste aux rayons X afin de trouver de nouvelles traces, un nom dont on ignore tout, surtout s'il a un rapport avec vous. Parce qu'il y a de l'argent en jeu. De l'argent – et vous. Je suis dans le brouillard, Harry, et je finirai par vous tenir par les couilles, vous et l'autre gars aussi. Lucas vous a rendu visite et s'est fait trucider, à cause d'un truc que vous lui avez dit. Bien. Je répète ma question : pourquoi Lucas est-il venu vous voir ?

— Je vous l'ai déjà dit : sa sœur…

— Je finirai par le savoir, de toute façon. C'est juste qu'il existe beaucoup de liens possibles entre vous et Lucas. Je vais commencer par tous ceux qui ont perdu de l'argent à cause de vous et que Lucas connaissait. J'ai la liste.

— Pour l'amour du ciel…

— C'est que, voyez-vous, vous êtes peut-être la seule personne à savoir qui a tué Lucas, ou au moins à savoir pourquoi il a été tué.

— Nom de Dieu, inspecteur !

— J'ai consulté les transcriptions de votre procès ; vous étiez très coopératif, à l'époque. Si vous restez un bon garçon, vous serez hors d'ici dans peu de temps. Dans le cas contraire, non.

— Mais je coopère toujours ! Je ne sais pas qui a tué Lucas. Que puis-je vous dire d'autre ?

Salter se leva. Il avait fait ce pour quoi il était venu. Il pouvait laisser Cane mariner pendant qu'il allait discuter avec Louise Wilder.

— Vous êtes très loyal envers vos amis, Harry. Mais vous pouvez dire à celui-ci en particulier que c'est une perte de temps, car je lui mettrai la main dessus très bientôt. Je vous conseille de ne pas être dans les parages quand ça se produira.

◆

— Devrais-je appeler un avocat ?

Louise Wilder parlait d'une voix ferme mais pas totalement détendue.

— Je ne pense pas que vous en aurez besoin. J'avais prévu de vous inviter à dîner ce soir, et je n'ai pas envie de nourrir votre avocat, en plus.

— Vous avez le droit d'inviter un suspect à dîner ?

— Je demanderai une note de frais pour que ce soit officiel. Je dirai à mon patron que j'essayais de vous mettre à l'aise. Par ailleurs, vous n'êtes pas un suspect, mais il se pourrait bien que vous soyez un témoin.

— Où allons-nous ?

— Vous ne m'avez pas demandé : « Témoin de quoi ? » Certaines personnes pourraient trouver ça louche. Vous connaissez le Purple Orchid, juste après Woodlawn Avenue ? Retrouvez-moi là-bas à six heures. Si vous arrivez la première, montez à l'étage. À cette heure-là, on devrait avoir toute la salle pour nous seuls.

◆

Le Purple Orchid fut coopératif: Salter et Louise Wilder se virent attribuer une table au fond de la salle, protégée par un mur situé en haut de l'escalier. Même quand la salle était comble, cette table était à l'abri des oreilles indiscrètes.

— Vous serez très tranquilles ici, monsieur, confirma la patronne, une jolie quadragénaire portant un tailleur-pantalon noir et dont une mèche de cheveux blonds lui barrait un œil.

— Ils pensent que nous avons une liaison, dit Louise Wilder.

— Ah oui ? À mon âge, c'est plutôt flatteur.

Louise Wilder avait adopté une attitude légèrement guindée, comme si elle subissait un entretien d'embauche, mais sa remarque, un peu hardie étant donné les circonstances, laissait supposer qu'elle s'efforçait de maîtriser la situation.

Salter commanda un verre de vin pour elle et un scotch pour lui – nature et sans glace. La plupart du temps, il buvait de la bière, mais quand il prenait un whisky, il aimait en sentir le goût.

Lorsque les boissons arrivèrent, il ne toucha pas à son verre. Il se pencha en arrière et lança :

— J'irai tout de suite au fait: pourquoi êtes-vous allée avec des bottes argentées et une perruque blonde dans l'appartement de Lucas le soir où il a été tué ?

Elle bondit sur ses pieds en renversant presque sa chaise.

— Quelle sorte de jeu… ? murmura-t-elle comme pour elle-même, avant de continuer assez fort pour que Salter fût soulagé qu'ils fussent protégés par le mur: allez vous faire foutre, monsieur l'inspecteur bêcheur ! Je veillerai à avoir un avocat avec moi la prochaine fois qu'on se verra, soyez-en sûr ! Et la première chose que je lui demanderai, c'est si une conversation comme celle-ci est légale, ou si elle ne vous vaudra pas plutôt au minimum une réprimande majeure.

Elle attrapa la lanière de son sac à main, s'empara de son manteau posé sur le dossier de sa chaise et le mit sur ses épaules.

Salter, qui s'était levé à sa suite, s'approcha d'elle et lui toucha le bras.

— Attendez. Soyez indulgente avec moi, s'il vous plaît. C'était stupide de ma part, et je suis désolé. Vous avez raison : je suis allé trop loin. Je vous en prie, rasseyez-vous. Je vais reprendre depuis le début. S'il vous plaît.

L'indignation de Louise Wilder s'effondra d'un coup ; elle s'assit de biais sur sa chaise, en serrant son sac contre elle comme si elle voulait le protéger des intempéries. Elle regarda Salter en silence.

Ce dernier s'éclaircit la voix, ajusta sa chaise et se rassit, s'efforçant d'avoir l'air aussi peu menaçant que possible.

— Nous savons que Jerry Lucas a été assassiné après que vous avez quitté son appartement. Nous avons la preuve qu'il y avait chez lui une personne qui lui a parlé, peut-être même pendant que votre mari et vous discutiez dans le stationnement. Vous n'êtes suspectée de rien du tout, mais vous pourriez peut-être nous aider. Je reviens donc à la case départ : que faisiez-vous…

— Je veux quand même d'abord savoir pourquoi nous avons cette conversation au Purple Orchid.

— Parce que je voulais vous parler, pas vous interroger. Je n'ai pas beaucoup de questions à vous poser, et je pensais que si nous bavardions un peu, vous pourriez me fournir des renseignements que je n'aurais pas pensé demander, faute d'en connaître l'existence. Vous êtes la seule à avoir été assez intime avec Lucas pour qu'il ait pu vous confier certaines choses, émettre une remarque anodine, dévoiler une inquiétude quelconque, n'importe quoi qui pourrait m'être utile.

Lentement, elle changea de position sur sa chaise et relâcha un peu son sac à main.

— Vous êtes certain que je n'ai rien à voir avec sa mort ?

— Oui, j'en suis certain. Je dois toutefois le prouver, afin d'ôter toute pertinence à la question.

— J'ai toujours pensé qu'il vous faudrait en effet le prouver si on en arrivait là.

— Jerry Lucas a-t-il jamais mentionné le nom de Harry Cane ?

— Moi d'abord : comment avez-vous découvert que c'est moi qui portais le déguisement ?

— Quelqu'un vous a identifiée.

— Qui donc ? Je ne connais personne dans cet immeuble.

— L'identification a été obtenue grâce à un lien avec une autre personne à qui il nous a été rapporté que vous ressembliez.

— Et en français, ça donne quoi ?

— Un témoin a affirmé que vous ressembliez à Gloria Grahame.

— Vraiment ? Et c'est le cas ?

— Je vous avais déjà rencontrée ; j'ai donc loué *Oklahoma* en vidéo, et ça m'a sauté aux yeux.

Elle eut un léger sourire ; son visage conserva néanmoins une expression incertaine, comme si elle venait d'être giflée.

— Oui, c'est vrai. En fait, on me l'a déjà dit. Et James, mon mari ?

— Nous l'avons retrouvé grâce à sa camionnette. En passant, gardez-vous vos tickets de stationnement, tous les deux ?

— James les met de côté pour son comptable. Pourquoi ?

— Parce que l'heure d'entrée et de sortie y est imprimée.

— Et c'est un bon point, non ? Je persiste à penser que vous avez suivi un cheminement bien étrange. Une fois que vous m'avez identifiée, vous auriez dû venir m'arrêter immédiatement ! Je m'y attendais à tout moment.

— Si je ne vous avais pas déjà rencontrée avant, je l'aurais peut-être fait.

— C'est juste que vous avec cru en moi, c'est ça ?

— Exact. Après quoi, mon hypothèse s'est confirmée, de sorte que je n'avais plus besoin de croire en vous.

— Seigneur ! J'imagine que j'ai été chanceuse.

Salter l'observa tandis qu'elle suspendait de nouveau son sac à main au dossier de sa chaise et buvait une gorgée d'eau.

— Vous voulez commander ? proposa-t-il.

— Pour commencer, je prendrais bien un verre de vin.

— Vous en avez un devant vous.

— Ah oui, c'est vrai.

Elle avala une gorgée puis joua avec son couteau.

— Bien. Poursuivons.

— Il y a un type que Lucas a côtoyé et qui est maintenant en prison…

— Harry Cane. Le gars qui a escroqué la sœur de Jerry.

— Est-ce tout ce que Lucas vous a dit ?

— Il est allé voir Cane en prison. Vous le saviez ?

— Oui. C'était pour sa sœur : il voulait s'assurer que son nom resterait à l'écart de cette affaire.

— Il y avait autre chose. C'est certain que Jerry avait à cœur de protéger la réputation de Flora – plus qu'elle-même, je pense. Jerry avait des idées un peu vieillottes en la matière : il était convaincu que les politiciens devaient avoir une réputation sans tache pour que le public les accepte.

— Pourquoi dire que ce sont des idées vieillottes ? Pourquoi, de nos jours, tout le monde se foutrait-il de savoir qu'il y a des escrocs au gouvernement ? Je reste pour ma part persuadé du contraire, mais j'imagine que ce n'est pas l'avis des stratèges en communication. Bref. Il s'est donc rendu à Bath pour veiller aux intérêts de Flora.

— Oui, mais il y avait autre chose, comme je vous disais.

— Vous saviez qu'il avait annulé une partie de pêche pour aller voir Cane ?

— J'y venais. Puis-je vous raconter mon histoire, maintenant ? Vous êtes bien ici pour ça, non ?

— Désolé.

— Comme je me tue à vous le dire, je pense que Flora n'était pas le seul but de son déplacement à Bath. Le jeudi, soit le jour où nous nous rencontrions – c'était inhabituel le vendredi, d'ailleurs. On y reviendra ?

— Oui, mais finissez le jeudi d'abord.

— Il était agité, à cause de Cane. Il m'a dit qu'il devait aller le voir. J'ai supposé que c'était à propos de sa sœur, mais il m'a certifié que c'était bien plus important que ça, que Cane avait le nez partout et que ça deviendrait vraiment délicat. Il craignait de devoir faire quelque chose qui produirait un mauvais effet – en fait, c'est sa motivation qui paraîtrait malhonnête –, mais il ne pouvait pas l'empêcher. Il n'y avait pas que Jerry et sa sœur à être impliqués.

— Qui d'autre ?

— Vous n'avez jamais rencontré Jerry, n'est-ce pas ? Il ne parlait jamais de son travail. Jamais. Pas de confidences sur l'oreiller, c'est certain. Ce qu'il m'a dit, c'est qu'il devait voir Cane à propos d'une affaire qui dépassait sa sœur.

— Il n'a mentionné aucun nom ?

— Qui, par exemple ?

— Regardez le menu ; pendant ce temps, je vous fais une liste.

Salter sortit un crayon et recréa la partie de poker, nommant tous les joueurs. Il achevait d'inscrire les noms au moment où Louise Wilder leva les yeux. Le serveur prit leur commande, et dès qu'il les eut quittés, Salter tourna le papier face à sa commensale :

— Est-ce que l'un de ces noms vous dit quelque chose ?

— Bonar Robinson, Craig Lister, Scott Mercer, Brian Davis, Andrew Cutler, Larry Holt : ce sont ses copains du poker.

— À l'exception de Holt, c'étaient tous aussi des victimes de Harry Cane, comme Flora Lucas. A-t-il parlé de l'un d'entre eux, ce fameux soir ? ou de quelqu'un d'autre ?

— Non, non. J'ai entendu parler de chacun d'eux, bien sûr. Ils ont tous perdu de l'argent à cause de Cane, c'est ça ? Cependant, ce n'était pas très important pour eux. Je crois me souvenir que Jerry a œuvré de concert avec Calvin Gregson pour que leurs noms ne soient pas rendus publics.

— Lucas et Gregson se parlaient-ils ?

— Bien sûr : ils veillaient tous deux aux affaires de Flora.

Soudain, l'évidence sauta aux yeux de Salter.

— Gregson et Flora Lucas sont ensemble, vous voulez dire ?

— Oh, merde, vous l'ignoriez ? Eh bien, vous auriez bien fini par l'apprendre, de toute façon.

— Mais Gregson est un conservateur ?

— Oui, et Flora est libérale. Intéressant, non ? À mon avis, il va rendre sa carte du parti et travailler pour elle. Jerry prétendait que Gregson n'aurait jamais abandonné Flora, même si elle était devenue trotskiste.

— Ils étaient au Costa Rica ensemble ?

— C'est Gregson qui a répondu au téléphone quand Jerry a appelé dans sa maison du Costa Rica pour parler de cette affaire impliquant Cane.

— Eh bien, eh bien… Cela ne me regarde pas, remarquez. Je suis surpris que Lucas vous en ait parlé, étant donné sa réputation de discrétion.

— Nous étions amants, et les amants doivent se révéler quelques secrets, à défaut de quoi ils ne se font pas confiance. Jerry, lui, me confiait des secrets intéressants mais sans rapport avec le domaine juridique.

— Ce qui me ramène à ma question initiale. Encore une fois, je suis désolé d'être si…

— Oh, ne vous inquiétez pas. Vous voulez savoir ce que je faisais dans cet accoutrement un vendredi soir. C'est vraiment important ?

— Si nous trouvons l'assassin, oui.

— Comment ça, « si » ?

— Quand nous le trouverons, je veux dire.

— Vous y arriverez bientôt, vous pensez ?

— Dès que tout concordera. Pour l'instant, si son avocat prenait connaissance de mon dossier, il plaiderait non coupable. Dans ce genre de cas, un criminaliste s'efforce généralement de trouver une personne qui est aussi suspecte que son client, mais que la police a apparemment négligée, et ça ne lui prendrait pas longtemps à vous mettre la main dessus. Avant que cela n'arrive, je veux que mon dossier soit si solide qu'il perdrait son temps à tenter de coller le meurtre sur le dos de quelqu'un d'autre. Donc, parlez-moi un peu de ces bottes argentées.

— C'était une blague. On s'amusait bien, nous deux. En dehors de son travail, Jerry était un homme espiègle. Il ne faisait pas semblant d'être amoureux, pas du tout. Je n'avais aucune illusion quant aux raisons pour lesquelles nous étions ensemble. Nous avions des points communs, le sexe compris. Nous avons couché ensemble une fois, et comme ça nous a plu, nous nous sommes organisés pour recommencer régulièrement.

— Et votre mari, dans tout ça ?

— Mon mari n'avait rien à voir avec ça, ni avec votre problème, d'ailleurs.

Louise Wilder attendit que Salter réagisse ; il haussa les épaules et elle poursuivit.

— Bien. Vous voulez savoir, pour les bottes. Je vous l'ai dit, c'était une blague. Je les ai achetées et j'ai emprunté la perruque. Tout le reste provenait de ma garde-robe, plus ou moins modifiée pour la circonstance. L'idée, c'était que je fasse comme si je faisais du porte-à-porte et que je l'allume dès qu'il m'ouvrirait. « Bonjour, bel inconnu. Vous voulez passer un bon moment ? »

— Le directeur adjoint avait pensé qu'il s'agissait d'un scénario de ce genre. Et ça a marché ?

— Hé, c'était une blague, je vous ai dit !

— Désolé. Et c'est tout ? Pourquoi vendredi, au fait ? Votre jour, c'était le jeudi, non ?

— Oui, mais il nous arrivait de nous voir d'autres soirs, quand j'avais une bonne excuse et que Jerry n'avait pas de concert en vue. Ce soir-là, James avait dit qu'il devait rencontrer un client à King City et qu'il rentrerait tard. J'ai immédiatement appelé Jerry : il était libre, alors j'ai dit à James que j'allais au cinéma, et le reste est…

— Mais James n'est pas allé à King City.

— Il m'a piégée. Ça faisait longtemps qu'il soupçonnait que j'avais une liaison, alors il m'a suivie.

— Et maintenant ?

— Ça ne vous regarde pas, ça non plus, non ? En fait, il a été très compréhensif. Je lui ai tout raconté et nous avons décidé ensemble de ne pas venir vous en parler à moins d'y être obligés.

— C'était une erreur, et ça l'est toujours. Maintenant que vous avez eu l'occasion d'y repenser, Lucas vous a-t-il dit qu'il attendait quelqu'un après vous ? Non ? Avez-vous rencontré quelqu'un que vous connaissiez en arrivant ou en partant ?

— Quand je me tenais devant la porte de Jerry, un type est sorti de l'ascenseur et m'a regardée. J'ai pensé qu'il avait remarqué mon déguisement – et c'est probablement le cas –, alors j'ai serré mon imper autour de moi. Je crois me souvenir qu'il s'est éloigné dans le couloir, mais j'étais trop occupée avec Jerry pour prêter attention. C'était probablement un résident surpris de voir une pute dans son immeuble. Il y a eu des plaintes ?

— À quoi ressemblait-il ?

— À des milliers d'autres hommes. J'ai failli dire « michetons » : une allure professionnelle, comme un comptable ou un avocat, des cheveux gris, des vêtements qui tombaient bien. C'est tout ce que j'ai remarqué.

— Une dernière question : qu'avez-vous fait de votre déguisement ?

— Il est dans une poubelle, quelque part en ville. Mon mari s'en est débarrassé parce que j'ai commencé à paniquer. Il est donc parti en auto vers Jarvis Street et l'a jeté. Il a pensé que ça vous gênerait dans votre enquête.

Le serveur arriva. Salter paya l'addition, puis les deux convives sortirent du restaurant et marchèrent un peu dans la rue.

— Je vous raccompagne chez vous ? proposa Salter.

— Où êtes-vous stationné ?

— Près d'Avenue Road, répondit-il avec un geste vers le nord.

— J'aurai besoin d'être seule quelques minutes après vous avoir quitté, avant de parler à James. Qui, soit dit en passant, m'attend à la maison et sait tout de notre petit dîner en tête à tête. (Elle fit une grimace.) Et il est aussi déconcerté que je l'étais quant aux raisons qui vous ont poussé à m'inviter. Je vous laisse ici. Je suis satisfaite de ma réplique finale, alors restons-en là.

— Si vous le dites.

— Vous savez qui est le coupable, n'est-ce pas ?

— On croit toujours savoir, mais la moitié du temps, on se trompe. Mais oui, je sais qui c'est.

◆

— Elle l'a regardé et il a eu peur qu'elle puisse l'identifier, dit plus tard Salter à Smith. Alors il a parcouru Jarvis Street à sa recherche. Vous vous rappelez ce que vos copines vous ont dit ?

— Il voulait la tuer pour la faire taire ?

— À mon avis, il voulait plutôt acheter son silence.

# Chapitre 24

Le premier appel eut lieu à neuf heures trente le lendemain matin ; il provenait d'un gardien de la prison de Bath, qui révéla que Harry Cane venait de recevoir l'appel téléphonique que Salter avait prévu, de la part d'un certain monsieur Lucas. Cane avait reçu l'autorisation de rencontrer ce monsieur l'après-midi même, à deux heures trente.

— Un « monsieur » Lucas, vous êtes sûr ? Monsieur Lucas est mort. Était-ce une voix masculine ?

— Ne quittez pas. Ouais, aucun doute là-dessus, affirma le gardien quelques instants plus tard.

— Combien de temps les visiteurs ont-ils le droit de rester ?

— Dans ce cas, une heure.

— Voici ce que j'aimerais que vous fassiez pour moi : quand le visiteur se pointera, amenez-le à stationner son auto sur un emplacement difficile d'accès et barrez-lui le passage pour qu'il lui faille quinze minutes avant de pouvoir sortir. C'est juste au cas où leur rencontre durerait moins d'une heure. Relevez le numéro de sa plaque d'immatriculation et communiquez-le-moi sur-le-champ.

Après avoir raccroché, Salter passa un coup de fil à la police provinciale de l'Ontario, qui accepta de faire suivre le pseudo Lucas par une voiture banalisée dès qu'il sortirait de la prison, et ce, jusqu'à Toronto, où la police métropolitaine prendrait le relais. Il sortirait probablement de l'autoroute à Bayview Avenue, mais Salter demanda que des voitures de police fussent postées également dans Yonge Street et Avenue Road, au cas où « Lucas » aurait une raison farfelue de prendre l'un de ces autres itinéraires pour entrer dans la ville.

— On est quasiment prêts, annonça Salter à Smith en reposant le combiné. Il utilise un pseudo, « Lucas », le nom du gars qu'il a tué.

— Devrais-je rédiger une note pour le cas où vous seriez victime d'un arrêt cardiaque, monsieur ? C'est que vous avez plus de soixante ans et que je n'ai absolument aucune idée de ce que vous mijotez...

— Dans ce cas, écoutez-moi bien : hier, j'ai soupé avec la Chatte Bottée, juste pour l'éliminer de notre liste de suspects – remarquez bien qu'elle n'a jamais été sur la mienne. Elle m'a confirmé tout ce que nous savions déjà et a ajouté une description sommaire qui correspond à notre homme.

— Mais qui est-ce ?... Vous connaissez son nom ?

— Je pense que oui. Mais je pense que je vais le garder pour moi jusqu'à ce qu'on en ait la preuve. En passant, la Chatte Bottée, c'est Louise Wilder, la maîtresse de Lucas. Il ne la payait pas, évidemment. Ils se rencontraient un jeudi par mois, sous le prétexte d'une réunion de leur cercle de lecture – qu'ils avaient laissé tomber –, et parfois d'autres soirs, quand ils étaient libres et que le mari de Louise Wilder était en déplacement.

— Et les bottes et la minijupe, c'était pourquoi ?

— C'était pour faire une blague à Lucas.

— Rien de pervers, alors ?

— D'après elle, non. Nous avons assez d'éléments pour rayer son nom de la liste des suspects.

— Je ne crois pas que j'irais jusque-là en me fondant uniquement sur ce que vous m'avez dit, monsieur.

— Ce n'est pas la coupable, Smitty. Écoutez : hier, j'ai été à la prison, où j'ai parlé avec Cane pendant une heure environ. Il pensait que j'essayais de savoir pourquoi Lucas lui avait rendu visite.

— Vous connaissiez déjà la réponse ?

— Je crois que oui. Mais il fallait que ça vienne de lui. Pendant tout le temps que j'ai parlé, je voulais confirmer que nous touchions au but et que l'issue était proche. Et j'ai menacé de l'accuser d'obstruction à la justice, ce qui influerait sur son éventuelle libération conditionnelle.

— C'est réglo, ça ?

— J'en doute, mais vu le peu de temps qu'il me reste à faire dans la police, je ne vois pas quel mal une réprimande pourrait me causer. Cane n'a pas changé de disque : Lucas s'inquiétait pour sa sœur. Je voulais juste le voir aller, lui donner une chance d'y réfléchir – ce qu'il a fait –, et après mon départ, il a changé d'avis. Jusque-là, il avait été loyal, mais le moment était venu de dire à monsieur X, juste au cas où ce serait lui l'assassin – ce que Cane ignorait –, que lui, Cane, avait prévu de moucharder tout le monde dans un jour ou deux, parce qu'il avait les flics au cul et que tant que ceux-ci l'auraient dans le collimateur, il avait intérêt à être un bon garçon et à coopérer. Tout cela n'est que pure conjecture de ma part, mais c'est en train de se concrétiser, parce qu'en ce moment même, Cane attend une visite de « Lucas »…

— Pourquoi prendre ce nom puisque Lucas est mort ?

— C'est devenu un code, maintenant. Le visiteur ne veut pas signer le registre de son vrai nom. Cane lui a certainement dit que nous avions trouvé le nom de Lucas dans ce registre, et l'homme panique. Quand il a cherché un pseudo, le nom de Lucas est le premier à lui être venu à l'esprit.

— Et vous, vous savez qui c'est.

— On va nous transmettre le numéro d'immatriculation de son véhicule dès qu'il arrivera là-bas. À ce moment-là, j'en serai sûr.

— Au fait, monsieur Fury a appelé. Il souhaite que vous le rappeliez dès que possible.

Salter s'exécuta aussitôt.

— Je voudrais vous montrer quelque chose, dit Fury. Je ne souhaite pas vous en dire plus au téléphone, parce que je ne veux pas que notre conversation soit enregistrée. Pouvez-vous venir tout de suite ?

— Il le faut vraiment ?

— Oui.

◆

Le dossier, bleu et épais de trois centimètres, portait le nom de Lucas, mais accolé au prénom de Beryl, prénom de la mère de Jerry et Flora.

— Vous savez que Holt s'occupait des affaires de Beryl Lucas ?

Fury tremblait, mais Salter ignorait pourquoi.

— Il l'a complètement dépouillée, et il ne reste plus d'argent, c'est ça ?

— Pas exactement. L'avoir de son compte bancaire est à peu près conforme à ce que nous nous attendions à trouver, mais d'autres choses qu'on se serait attendus à voir manquent. Il est impossible de trouver la croissance mensuelle ou annuelle qui conduit au résultat final.

— J'imagine qu'il existe un fichier de sauvegarde. Peut-être que le dossier physique était trop volumineux.

— Vous ne savez absolument pas de quoi vous parlez ! Un dossier qui deviendrait trop gros serait tout simplement divisé par période. On n'en enlèverait certainement pas des documents importants pour les mettre ailleurs. Non, les comptables ont trouvé la réponse : bien que les résultats finaux concordent avec le solde d'ouverture et quelques années d'investissements conservateurs, dans l'intervalle, le solde a considérablement baissé, flirtant par deux fois avec le zéro, puis le compte s'est de nouveau rempli, très récemment, juste avant que Holt ne doive transmettre le dossier. Cette espèce de salopard d'escroc faisait ce qu'il voulait avec l'argent de ses clients, celui de Beryl et fort probablement celui de tous les autres ! Nous en saurons bientôt plus, mais mon instinct me dit que le fonds de Beryl Lucas a été regarni avec de l'argent provenant des comptes d'autres clients. Seigneur Dieu tout-puissant !

— S'attendait-il à partir avec cet argent ?

— Il était probablement aux abois.

— J'imagine que le compte de Beryl contenait très peu d'argent et que Lucas s'en est aperçu.

Fury avait cessé de trembler ; son visage pâlit subitement.

— C'est Larry Holt qui aurait tué Jerry ? chuchota-t-il d'une voix à peine audible. Et dire que je m'efforçais de ne pas y penser…

— Je vais procéder à son arrestation dès cet après-midi. Gardez ça pour vous jusqu'à ce que vous en entendiez parler aux nouvelles.

Fury se leva.

— Je rentre chez moi. Avez-vous mon numéro de téléphone personnel ? (Il tendit une carte de visite à Salter.) Esther, appela-t-il. Je suis souffrant ; je rentre à la maison. Si les comptables appellent, dites-leur que je préviendrai la commission des valeurs mobilières dès demain, ainsi que le barreau. Si je comprends bien, il n'y a aucune urgence. Enfin, plus maintenant… (Il se tourna vers Salter.) Depuis quand le savez-vous ?

— Quand je l'ai rencontré pour la première fois, Holt a évoqué un portrait de Flora qui se trouvait dans l'appartement de Jerry Lucas. Quand les autres m'ont dit que Lucas n'invitait jamais personne chez lui, ni sa bande de joueurs de poker ni les membres de son cercle de lecture, je me suis rappelé que Holt, lui, y était déjà allé. Et ça m'est revenu le soir où j'ai joué au poker avec eux, ce fameux soir où il s'est arrangé pour entrer dans mes bonnes grâces, allant même jusqu'à me prévenir d'une mauvaise blague qu'ils avaient préparée pour moi. Je ne soupçonnais pour ainsi dire aucun autre des joueurs de cartes, mais le comportement de Holt ce soir-là m'est resté en mémoire. Après cela, il n'a jamais cessé de se présenter comme celui qui n'était mêlé à rien du tout. Pourquoi ne faisait-il pas partie de la petite coopérative que Cane a escroquée ? La réponse, c'est qu'il était déjà impliqué dans les manigances de Cane, et si profondément qu'il ne pouvait pas le révéler sans que quelqu'un se demande d'où provenait l'argent qu'il utilisait. Il a donc conclu un marché avec Cane pour que son nom à lui soit tenu complètement à l'écart de l'affaire.

— Les comptables vont finir par tout découvrir.

— Je pense que votre associé avait déjà tout compris. Bon. Je dois vous quitter. Et n'oubliez pas : motus et bouche cousue jusqu'à ce que tout soit public.

◆

Salter alla ensuite rendre une petite visite à Gregson.

— Alors, comment c'était, le Costa Rica, Calvin ?

Gregson se redressa dans son fauteuil, le visage tendu.

— J'ignore totalement ce que vous croyez être en train de faire, Salter. On m'avait prévenu que quelqu'un enquêtait sur moi. Laissez-moi vous avertir que tenir un citoyen à l'œil juste pour s'amuser vous expose à de graves accusations.

— Calmez-vous le pompon, Calvin. Asseyez-vous et écoutez-moi. Je suis ici parce que je vais peut-être pouvoir vous aider. Je savais dès le début ce que vous maniganciez. Vous étiez trop impliqué, ce qui a tout naturellement aiguisé mes soupçons. J'ai donc procédé à une petite enquête de routine, selon la procédure policière traditionnelle. Afin de vous innocenter. Puisque vous étiez si proche de la sœur de la victime, vous auriez pu avoir une raison quelconque de le tuer, raison que j'aurais ignorée. Qu'importe ce que je pense, je dois effectuer des vérifications. Bref. L'affaire est quasiment bouclée, et j'ai pensé que vous aimeriez peut-être avoir une occasion de satisfaire ce fameux journaliste, vous savez? celui qui effraie tout le monde. Vous pourriez lui donner toute l'histoire en primeur. (Salter remit à Gregson un résumé des faits.) Je vais arrêter Holt cet après-midi. Je vais agir discrètement et en douceur, mais même s'il ne proteste pas, s'il passe aux aveux, il aura besoin d'être conseillé, parce qu'en fait, ce n'est pas un vrai avocat, je me trompe? Je veux dire par là qu'il n'a jamais fricoté avec les criminels…

— Je vais prendre bien soin de lui, répliqua Gregson sans cacher son enthousiasme.

— Par contre, je vous signale qu'il n'a plus un sou.

— Je vais tout simplement agir dans l'intérêt du public. Ses clients voudront retrouver leur argent et se venger, et les tribunaux devront s'en charger plus tard. Et Cane?

— Je pense que Holt et Cane étaient associés financièrement.

— Avaient-ils d'autres complices?

— Je l'ignore.

— Il n'en reste pas moins que ses clients voudront savoir ce qu'il a fait de leur argent.

— Laissez-moi l'arrêter, et on verra ce qu'il a à raconter.

# Chapitre 25

Dès que Salter s'assit en face de Holt, il vit que celui-ci avait abandonné la partie. Salter expliqua brièvement à l'avocat véreux qu'il savait que ce dernier avait tué Lucas et qu'il était en mesure de le prouver. Il lui balança aussi qu'il n'était pas certain de son mobile, mais que la police disposait d'une flopée de témoins en mesure de l'identifier sur les lieux du crime, et que par ailleurs, les experts médico-légaux…

— C'est bon, allons-y, le coupa Holt en tendant les poignets.

Mais il restait des zones d'ombre que Salter tenait à éclaircir : quelle avait été l'origine de son affrontement avec Lucas ? La mort de Beryl Lucas ?

— Jerry Lucas m'a prévenu qu'il allait me dénoncer à la commission des valeurs mobilières, parce qu'il avait découvert les opérations douteuses pratiquées dans le fonds. Après quoi, il a évoqué le barreau. (Holt haussa les épaules.) Je n'avais pas prévu de le tuer, ajouta-t-il.

— Je ne le crois pas, en effet. Dans le cas contraire, vous vous seriez muni d'une meilleure arme. N'oubliez pas de mentionner ce fait à votre avocat. Mais qu'est-ce qui vous en a donné l'idée ?

— Nous arpentions son appartement, à nous disputer. Je lui courais après, en quelque sorte, en le suppliant de m'accorder un peu plus de temps, juste le temps de trouver l'argent. Quelques jours m'auraient suffi. Si Beryl n'était pas morte, j'aurais pu gagner une fortune.

— Comme Cane ? À attendre la chute du réal brésilien ?

— Oh, non. J'attendais le marché boursier, moi. J'avais misé gros sur les marchés futurs, et je comptais me refaire dans trois ou quatre jours.

— Et votre pari a porté ses fruits ?

— Pas encore. Mais ça va marcher.

— Pourtant, lorsque monsieur Fury a examiné les comptes, l'argent y était.

— J'ai acheté du temps avec des fonds prélevés dans les autres fiducies que je gère.

— Faisiez-vous toujours affaire avec Cane ?

— Au début, oui. Pas dernièrement.

— Pourquoi êtes-vous allé le voir à Bath hier ?

— Il m'a appelé pour me prévenir, après votre discussion.

— Mais vous n'étiez plus un de ses clients.

— Nous nous connaissions bien, à de nombreux égards. Il me devait une faveur, parce que je lui avais recommandé quelques clients. Le groupe de poker, par exemple, Flora Lucas, ainsi que quelques autres.

— En échange d'une commission ?

— Plus ou moins.

— Vous saviez, à ce moment-là, que c'était un escroc ?

— Pas du tout. Il me paraissait brillant. Quand il me versait une « commission », comme vous dites, je la réinvestissais aussitôt auprès de lui.

— Et vous faisiez la même chose avec l'argent de vos clients.

— Non. Je pensais en savoir assez pour me passer de Cane pour ça. Je gérais moi-même l'argent de mes clients.

— Et vous avez tout perdu.

— Presque.

— Mais de quoi Cane vous a-t-il averti ? Que savait-il de votre gestion ?

— Rien de concret, mais il savait que je boursicotais, il avait du flair pour sentir ce genre de chose. J'ai réussi un ou deux coups que je n'ai pas su taire, et il en a entendu parler. Mais nous étions en bons termes, alors il a juste pensé à me rendre service quand il m'a appelé.

— Bon, maintenant, racontez-moi ce qui s'est passé dans la cuisine de Lucas.

— On se disputait, et je continuais à le suivre partout en le menaçant avec ma canne. Il était face au bloc porte-couteaux et il s'est brutalement retourné, un couteau à la main, pour me demander de partir. J'ai donné un coup de canne pour lui ôter le couteau de la main, et là, celui-ci s'est retrouvé planté dans sa poitrine. C'est tout ce que je peux vous dire.

— Vous auriez dû venir nous trouver à ce moment-là.

— Sans doute. Mais quand je me suis calmé, j'ai compris que j'avais une chance de m'en tirer : j'avais vu cette prostituée quitter l'appartement de Jerry. C'était une sacrée surprise. Quand j'en ai parlé à Jerry, il est devenu comme fou…

— Vous lui avez dit que vous alliez le faire chanter à cause de cette prostituée, c'est ça ?

— C'est ce qu'il a cru, mais bien sûr, je n'ai rien dit de tel.

— Ça l'a néanmoins mis suffisamment en colère pour qu'il agite un couteau sous votre nez.

— Oui. Bref. À ce stade, j'ai pensé que je devrais attendre de voir si quelqu'un d'autre l'avait aperçue…

— Auquel cas cette femme pouvait porter le chapeau, c'est ça ?

— Je savais qu'on ne la retrouverait jamais. J'ai donc nettoyé le couteau et je suis parti. Je n'ai croisé personne en sortant.

— Comment saviez-vous qu'on ne mettrait jamais la main sur elle ?

— Ce n'était pas une pute. J'avais déjà vu son visage auparavant.

— Où ça ?

— À un ou deux concerts. Je l'avais vue discuter une fois avec Jerry ; quand je m'étais approché pour les saluer, elle avait filé avant que j'arrive à leur hauteur. Ça s'était reproduit à un autre concert et cette fois-là, je suis certain que Jerry l'avait prévenue que je m'approchais. J'ai donc pensé que c'était une personne que je connaissais, peut-être la femme de quelqu'un. Alors je l'ai suivie du regard et, après avoir bavardé un peu avec Jerry, je l'ai de nouveau observée au bar du hall. Je ne la connais donc pas, mais je me suis rappelé son visage quand je l'ai vue toute déguisée, et j'ai deviné à quoi ils jouaient, ces deux-là.

— Ils ne faisaient que s'amuser un peu.

— J'ai plutôt eu l'impression d'une personne qui assouvissait un fantasme.

— Aucune importance. Continuez.

— Après que Jerry a pris le couteau dans la poitrine, j'ai d'abord paniqué, mais ensuite, pendant que je nettoyais un peu les lieux, je me suis rendu compte qu'elle était la suspecte idéale. Quelqu'un avait dû la voir, mais on ne la retrouverait jamais. Elle allait disparaître, de sorte qu'aucun innocent ne serait accusé.

— C'était vraiment votre première idée ?

— Disons simplement que j'y ai pensé, d'accord ?

— Allez, sortons d'ici. Vous voulez un avocat quand on sera au poste ?

— Aucun des avocats que je connais ne me serait très utile. Vous avez des suggestions ?

— Gregson. C'est le meilleur.

— Je n'ai pas les moyens de m'offrir ses services.

— Demandez-le-lui quand même.

Holt saisit un annuaire des avocats, y trouva les coordonnées de Gregson et appela le bureau de celui-ci. Salter lui prit le combiné des mains et expliqua la situation avant de rendre le téléphone à Holt.

— Je n'ai pas les moyens de vous payer actuellement, signala Holt. Je pourrais le faire plus tard ? (Il écouta et eut l'air surpris.) C'est la première bonne nouvelle de la semaine. Pourquoi feriez-vous cela ? Ah, je vois : j'ai tiré le bon numéro dans votre loterie de charité. Bon. Nous partons maintenant. Merci infiniment.

Après avoir raccroché, il se tourna vers Salter.

— Il dit qu'il n'est pas question d'argent : il travaille parfois *pro bono*, et d'après lui, c'est une affaire intéressante.

◆

Salter était si content de lui qu'il n'avait pas remarqué, en revenant à son bureau, que Smith avait l'air plus excité que d'habitude.

— Il reste encore un détail à élucider, non, monsieur ? demanda-t-il après que Salter eut fini de lui raconter l'histoire. Si Holt n'est pas allé à la recherche de la prostituée inexistante dans Jarvis Street, comme les filles nous l'ont rapporté, alors qui était ce type ?

— Je ne le sais pas, mais gardons ça pour nous jusqu'à ce que le mystère soit résolu. Nous avons des aveux complets, mais si Gregson vient à connaître l'existence de cette piste, il trouvera sans doute un moyen de les anéantir.

Smith secoua la tête, le visage rayonnant.

— Pas d'inquiétude. Pendant votre absence, les gars de l'escouade de la moralité ont appelé. Ils ont ramassé le type en question la nuit dernière. (Il jeta un coup d'œil à une note qu'il tenait à la main.) Vous savez qui c'était ?

— Ne jouez pas au con, Smitty. C'était qui ?

— Un certain Gavin Chapel, journaliste au *Daily Dominion*. Vous le connaissez ?

Salter éclata de rire.

— Je vais le dire au directeur adjoint : il aura peut-être envie d'avoir une petite conversation avec lui.

◆

— L'avocat de Holt lui conseillera sans doute de plaider coupable d'homicide involontaire, dit plus tard Salter à son patron, le directeur adjoint Mackenzie. Gregson souhaite un procès rapide, et c'est aussi le cas du procureur général. Quelle surprise ! Il a probablement pitié d'un collègue, vous ne croyez pas ? Cela dit, on s'en fout, du moment qu'on a fait notre travail, n'est-ce pas ? Quoi qu'il en soit, si Holt décide de changer d'avis et de plaider non coupable, toute l'affaire repose sur des preuves circonstancielles. Il n'y a aucune empreinte sur le couteau, aucune fibre ou cheveu ou truc que les techniciens en scène de crime sont censés trouver. Louise Wilder était tétanisée par la peur et n'est pas sûre de pouvoir l'identifier ; nous devrons donc nous fier aux preuves financières, mais aucune des personnes impliquées ne voudra que ses affaires soient étalées au grand jour au cours d'un procès pour homicide. Plus tard, quand il sera en prison, Holt subira un procès pour détournement de fonds, mais une affaire d'avocat véreux est devenue une telle routine que les journaux en parlent à peine.

— Ainsi, vous ne l'avez réellement identifié que grâce à un témoin qui aurait lui-même été suspecté si nous n'avions pas épinglé Holt ? Nom de Dieu, Salter, cette femme est un bien meilleur suspect que lui ! Tout ce que Holt aura à dire, c'est qu'il n'est jamais entré dans l'appartement. Il pourra déclarer qu'il a frappé à la porte, qu'il a entendu des voix et qu'il est parti. Il sera simplement venu rendre visite à un ami. Oui, nom de Dieu, bouclons ce procès rapidement et oublions cette affaire. Cela dit, vous avez fait un sacré bon travail. Quand avez-vous commencé à soupçonner Holt ?

— Quand il m'a parlé d'un portrait de Flora Lucas qu'il avait vu chez Lucas. Plus tard, quand j'ai appris à quel point Lucas protégeait son intimité, j'ai commencé à me demander comment Holt avait pu entrer dans son appartement si aucun des autres joueurs de poker ne l'avait fait.

— Je suis soulagé que vous ne l'ayez pas arrêté avant d'avoir autre chose en main. Il aurait très bien pu déclarer qu'il était allé voir Lucas une fois, pour passer le temps. Un dimanche après-midi, par exemple...

— C'est pour ça que j'ai attendu.

— Excellent. Quand avez-vous obtenu des éléments plus solides ?

— Quand il a essayé de me baiser dans la cuisine.

— Quand il... quoi ??? Il a quel âge, ce type ? Oh, je vois : vous êtes encore en train de me raconter des conneries. Très drôle. Bon. Vous la finissez, votre histoire ?

— Bien sûr, je parlais métaphoriquement, monsieur. Il est venu à moi comme si nous étions frères d'armes, mais il est pourri, comme acteur. Je n'ai jamais cru que c'était simplement pour mes beaux yeux qu'il m'a permis, lors de notre partie de poker, de déjouer l'arnaque de la dernière main.

— Bien, bien.

— En plus, je n'ai flairé aucun sombre secret qui aurait justifié qu'on tue Lucas. Je pensais que tous ces avocats avaient assez d'argent, et Lucas était un avocat parfaitement normal : dans la force de l'âge, doté de revenus supérieurs à la moyenne, hétérosexuel, sans goûts pervers. Mis à part la Chatte Bottée – à qui je ne saurais moi-même résister –, cette enquête semblait être une affaire ennuyeuse et difficile, et je m'en serais bien volontiers passé.

— Espèce de fils de pute ! s'exclama le directeur adjoint en gloussant de rire. Vous êtes décidément chanceux et rusé, hein, Salter ? Bon. J'ai autre chose dont j'aimerais que vous vous occupiez.

— Une enquête ?

— Une affaire très délicate : il s'agit d'un de nos gars.

Salter secoua la tête.

— Je ne crois pas, monsieur. J'ai fait mon temps. Si vous essayez de me forcer la main, je me déclarerai malade.

— Alors, c'est la fin, hein ? Voilà une bien belle façon de faire ses adieux. Vous avez marqué un but pendant la période de prolongation, finalement. Je parlais justement à Marinelli ce matin…

— Ça l'a écœuré, tout ça ?

— Marinelli ? Nan. Mais ne vous avisez surtout pas de recommencer.

— Parfait. Je vais déposer ma demande de mise à la retraite dès aujourd'hui.

— Je vais organiser un dîner en votre honneur au club. Ça vous convient ?

— J'aimerais aussi des menottes en métal argenté. Et demandez à l'agent Smith s'il jouera de la cornemuse.

— On vous fera une belle cérémonie de départ, croyez-moi.

Salter prit congé et alla se mesurer à Lichtman.

# ÉPILOGUE

Salter gagna la première manche. Lichtman était silencieux ; son adversaire n'entendait que sa respiration sifflante quand il reprenait son souffle, indication que la situation était grave. Dans la deuxième manche, le terrain se transforma en une cage d'acier géante dans laquelle les deux hommes avaient été enfermés pour se livrer un combat à mort. Lichtman gagna de justesse.

— On fait un jeu décisif ? proposa Salter.

Lichtman sourit pour la première fois en voyant le policier suggérer une solution temporaire à la lutte sans merci qu'ils se livraient.

— OK, répondit-il. On va rejouer et régler cette affaire tant qu'on est encore jeunes.

◆

Angus attendait son père après la partie de squash. Au moment où Salter sortit du vestiaire, il aperçut son fils aîné assis au bar du club, d'où il avait regardé la partie à travers la cloison vitrée. Il y avait maintenant une semaine qu'Angus, Annie et Charlotte, sa petite-fille, étaient à la maison – pour de bon.

— Tu es vraiment déchaîné sur le terrain, hein, papa ? observa Angus.

— Ce n'est pas seulement un jeu, tu sais, répliqua Salter. Tu veux une bière ?

Angus accepta.

— Et si tu m'apprenais à jouer ? demanda ce dernier quand son père revint avec deux chopes.

Salter eut aussitôt envie de lui demander si l'idée venait d'Annie, mais il se mordit la langue.

— As-tu déjà joué au tennis ? Je ne m'en souviens pas...

— Oui, au collège. J'ai failli faire partie de l'équipe junior.

— Dans ce cas, tu devrais t'en sortir. Tu ne mettras pas plus de deux ou trois mois à me battre, et à ce moment-là, tu devras trouver un autre partenaire.

— Disons un mois. Tu sais quoi ? On va conclure un marché : tu m'apprends le squash, et je t'apprends la pêche à la mouche.

— Quoi ? Mais tu n'as jamais aimé la pêche !

C'était d'ailleurs le point faible de leur relation.

— Je te parle de pêche à la mouche, de vraie pêche, pas de celle où tu restes le cul dans un bateau avec un ver accroché à un hameçon. Oncle John m'a montré. C'est la seule vraie façon de pêcher.

— Hé, va chier ! Moi, j'aime ça, rester le cul dans un bateau avec un asticot accroché à un hameçon. Cela dit, je n'ai jamais vu quiconque faire ça par ici. Pêcher à la mouche, je veux dire.

Angus hocha la tête.

— Il y a un endroit qui est prévu pour ça dans un coin du parc Algonquin. On ira à l'ouverture de la saison de la truite, au printemps prochain. Ça te va ?

Est-ce que ça lui allait ? Pas sûr.

Salter avait éprouvé une légère déception quand il avait vu la manière dont Angus avait géré sa rupture avec Linda, après quoi il l'avait jugé et s'était posé des questions sur son fils. Il était maintenant quelque peu exaspéré de le voir s'enthousiasmer pour une partie de pêche alors que des problèmes bien plus importants restaient encore à régler. Il avait récemment commencé à se demander s'il n'aurait pas dû sonder l'irritation que ses beaux-frères ressentaient à l'égard d'Angus comme employé, s'il ne fallait pas considérer leur impatience comme le signe d'un manque chez son fils, autant que chez eux. Ce constat général le rendait un peu triste et altérait sa capacité à partager l'enthousiasme d'Angus.

La réceptionniste du club vint chercher Salter.

— Il y a un appel pour vous. Ça semble urgent, dit-elle en lui tendant le téléphone.

C'était Smith.

— Les gars du service de stationnement ont finalement découvert la Volkswagen qui rôdait autour de l'immeuble de Lucas. Elle appartient à une femme, une certaine Jane Rudd.

C'était logique: elle traquait Lucas, elle était folle de lui et, par surcroît, elle était légèrement dérangée.

— Je suis content qu'on n'ait pas retrouvé sa trace avant maintenant, Smitty, car elle aurait pu devenir notre suspecte numéro un. Écrivez simplement une note comme quoi on savait tout sur elle et qu'elle n'a rien à voir avec l'affaire.

— C'est qui, cette femme ?

— Une ancienne petite amie de Lucas.

— Celle qui nous a appelés plusieurs fois ?

— Celle-là même. Elle essayait juste d'attirer notre attention ou de vérifier qu'elle n'avait pas attiré l'attention, justement. Ça n'a plus aucune importance, maintenant.

— Bien, bien. C'était très intéressant de travailler avec vous, monsieur. Très anticonformiste.

— Ouais. Vous vous entendrez très bien avec Marinelli.

— Oui, mais pas pour longtemps.

— Vous nous quittez déjà ? lui demanda Salter.

— Oui, je pars.

— Pourquoi ?

— Ma femme n'aime pas Toronto.

— Oh, merde, désolé. C'est quoi, la prochaine destination ? Retour à Inverness ?

Smith prit une inspiration.

— Elle, elle rentre à Inverness. Quant à moi, je rentre à Glasgow, où je suis vraiment chez moi. J'ai parlé à une conseillère conjugale : d'après elle, ma femme sera une éternelle insatisfaite, parce que c'est moi qu'elle n'aime pas, et non l'endroit où nous vivons. Et c'est aussi bien comme ça, vous savez. Je m'y attendais un peu. À bien y réfléchir, je ne l'aime pas beaucoup non plus, et ça m'ôte un poids.

Salter était consterné.

— Eh bien ! Ça va aller ?

— Je vais bien, merci.

Encore une fois, Salter capta le signal : Smith l'invitait à se mêler de ses affaires.

— Tant mieux. Si jamais je passe à Glasgow…

— Oh, ouais. Je vous y reverrai, alors, conclut Smith avant de raccrocher aussitôt.

De retour au bar, Salter posa les yeux sur les nouvelles chopes de bière qu'Angus avait commandées.

— Qui va prendre le volant ? s'enquit-il.

— Toi, répondit Angus en souriant. Je me suis dit que tu étais blindé.

Salter consulta sa montre.

— Et qui s'occupe de ton bébé, en ce moment ?

— Maman. Je voulais justement t'en parler, papa. Tu vois, papa, on vient de m'offrir un poste génial à Vancouver. Le directeur de l'entreprise est un très bon ami à moi.

— Dans ce cas, nous allons devoir reporter notre partie de pêche, non ? C'est loin de Vancouver, le parc Algonquin.

Salter s'efforçait de garder un ton amusé et pince-sans-rire ; il venait de comprendre que cette conversation sur